青岛市即墨区诗词学会
青岛市即墨区实验学校学校课程 教材

诗词格律简释

杜继凯 著

中国海洋大学出版社
CHINA OCEAN UNIVERSITY PRESS
·青岛·

图书在版编目（CIP）数据

诗词格律简释 / 杜继凯著. -- 青岛：中国海洋大学出版社，2019.8

ISBN 978-7-5670-2352-9

Ⅰ. ①诗… Ⅱ. ①杜… Ⅲ. ①诗词格律—基本知识—中国 Ⅳ. ① I207.21

中国版本图书馆CIP数据核字(2019)第176826号

出版发行 中国海洋大学出版社
社　　址 青岛市香港东路23号　　**邮政编码** 266071
出 版 人 杨立敏
网　　址 http://pub.ouc.edu.cn
电子信箱 zhanghua@ouc-press.com
订购电话 0532-82032573（传真）
责任编辑 张　华　　**电　　话** 0532-85902342
封面设计 孙友军
印　　制 北京虎彩文化传播有限公司
版　　次 2019年9月第1版
印　　次 2019年9月第1次印刷
成品尺寸 145 mm × 210 mm
印　　张 22.5
字　　数 225千
印　　数 1 ~ 1 000
定　　价 68.00元

赋诗初阶口诀

一

赋诗两妙招，诗谱韵部表。
平是一二声，仄是三四声。

二

写好古诗找素材，精选词语上高台。
平韵看准阴阳平，仄韵认识上去声。

序 一

《墨河诗刊》副主编杜继凯，为了传承国粹，培养新人，结合个人几年来学习和写作古典诗词的实践体会，编著了《诗词格律简释》一书，作为墨河诗社诗词班授课的教材。此举对于传承推广诗词文化，提升社会对于诗词的关注具有重要作用。

中华诗词在华夏文明悠久的历史上，犹如灿烂的明星，点缀着文学的碧空！唐诗瑰丽而奔放，绝伦于万古，写尽大唐盛世繁华；宋词豪放又幽婉，流芳于千载，唱尽两宋兴衰沧桑……在民族复兴的今天，海内外诗词方家、爱好者与时俱进，心系祖国，情系山河，佳作频现，显示了中华诗词极强的生命力！

诗词是心灵的律动。以诗育人，即墨市实验学校为即墨传承传统文化的主要阵地，当仁不让地起到先锋作用。爱好古典诗词，写出富有诗趣、感人肺腑的精品，光凭热情不行，还得有攀登诗山、扬帆词海的领路者。我觉得《诗词格律简释》理论与实践相结合，深入浅出，通俗易懂，触类旁通，对推行新声、新韵，指导中小学生诗词创作是一本好的入门工具书。

这本书不仅能在实验校园里传播诗香，我也期望它能在全市校园、社区里广洒雨露。为此，我建议将这本书作为即墨市诗词学会的教材，为中华诗词之花在墨邑大地璀璨绽放，为即墨创建“中华诗词之乡”做出应有贡献。

故乐为之序！

即墨市诗词学会会长 周衍英

2012年10月

序 二

《诗词格律简释》所编选的内容艺术性较高，好多是历久传诵不衰的名作。它兼收并蓄，不主一家，既收婉约，也收豪放，是一本不可多得的学习诗词的入门级读物。

中华民族有着源远流长的诗歌传统。从流传下来的远古歌谣算起，经诗经、楚辞、汉魏乐府、唐诗、宋词、元曲、明清文人诗及民歌至今大约有五千年的历史了。那些脍炙人口的优秀诗篇和民歌，之所以能流传下来被人们称道，除了因其思想内容的深刻，代表了人民和时代的呼声外，也是由于其有着鲜明的节奏和韵律，易唱易记，读来朗朗上口，入耳好听，因而更易于引起读者和听众共鸣。

即墨市实验学校成立诗社，创办《墨河诗刊》，举办诗词培养班，编著学习诗词的工具书，让我们看到了几千年来国学薪火相传的生命力。

“诗者，志之所之也。在心为志，发言为诗。情动于中而形于言。”“诗言志”就注定了它的社会作用，“饥者歌其食，劳者歌其事”，诗歌是人们抒发感情、寄托意愿的一种表达方式。

《诗词格律简释》这本书的不少内容我们都很熟悉，但其博采众长、归纳经典的实用性，很能启人深思。书中给我们提供了写诗填词的基本方法，只要我们愿意尝试，相信很多人都会成功。

一马嘶鸣引来万马奔腾，愿大家关注国学，让历史悠久的中华诗歌传统得到继承和发展，让更多的富有中国民族特色的新诗问世。

是为序！

即墨市教体局局长 

2012年10月

序 三

即墨市实验学校承载着成立于1958年8月的山东省即墨师范学校的文化底蕴，该校于1999年8月在其原址上创办，是一所公办初级中学。学校占地101亩，总建筑面积3.87万平方米，现有26个教学班，1316名学生，正式在编教职工203人。13年来，学校先后荣获国家高水平体育后备人才基地、山东省规范化学校、山东省校本教研先进单位、山东省文明单位、青岛市教育改革十面红旗单位等100余项荣誉称号。

即墨市实验学校创建了“自主成长”教育品牌，着力于素质培养，狠抓教学改革创新，大力培养人格健全、发展全面的新型人才。创办之初，学校就尝试开设了学科、艺术、体育、科技四大类20多种学校课程，以体现办学宗旨、满足学生的多样化需求，并开始编写学校课程专用教材。

2002年10月，学校出版了《中学生优秀作品选集》，收录学生文章53篇，研究性学习报告6篇，优秀书法、绘画、摄影作品14篇。

2005年9月，学校出版了《即墨地理·历史》《初中学生研究性学习研究报告、论文集》《写作指导与练习》《书法教程》《篮球教程》《摄影教程》《山水画教程》《舞蹈教程》《合唱教程》《绘画教程》10本校本教材并投入使用。

2007年10月，这10本校本教材被中国教育学会评为优秀校本课程资源。

2009年3月，《心理健康教育》印刷并投入使用。

2010年5月，学校出版了《为成长导航》《为学子架桥》两本学校课程并投入使用。

2012年10月，学校即将出版第13本学校课程《诗词格律简释》。

《管乐教程》《电子琴教程》《跆拳道教程》等教材正在编印中。

这些学校课程的开发和使用，为教师发展提供了更为广阔的舞台，为学生自主成长打造了新空间，促进了师生素质的全面提高，促进了学校内涵建设，提升了学校办学品质。希望今后再接再厉，努力探索，继续推出更多更好的教材，不断提升学校的素质教育和人文教育的水平。

即墨市实验学校校长

2012年10月

目　录

第一章　诗词格律的概念

第二章　诗　律

第三章 词 律

第四章 诗词的节奏布局及语法特点

第五章 对联基础知识

第一章　诗词格律的概念

第一节　诗的概念

诗是文学体裁的一种，通过有节奏和韵律的语言反映生活，抒发情感，吟咏言志。一首绝妙的好诗，要体现五大要点，即格律娴熟严谨，情感激荡真挚，语言凝练明快，形象生动逼真，意境含蓄蕴藉；要体现三大要素，即声律（平仄）、韵律（押韵）、联律（对仗）。

汉代以后《诗》则专指我国最早的诗歌总集——《诗经》。诗人一般泛指写诗的人，在文学意义上讲，应是在诗歌创作上取得成就的人，如屈原、李白、杜甫、白居易、陆游等人。诗的题材繁多，按形式一般分为古体诗和近体诗。古体诗，包括古诗（唐以前的诗歌）、楚辞、乐府诗。"歌""歌行""引""曲""吟"等古诗题材的诗歌也属古体诗。而与古体诗相对的近体诗又称今体诗，是唐代形成的一种格律体诗，其字数、句数、平仄、用韵等都有严格规定。诗的创作一般要求押韵，对仗，符合起、承、转、合的基本要求。

诗歌以抒情的方式，高度凝练、集中地反映社会生活，用丰富的想象，富有节奏感、韵律美的语言和分行排列的形式来抒发思想情感。诗歌是一种有节奏、有韵律并富有感情色彩的语言艺术形式，也是世界上最古老、最基本的文学形式。诗歌起源于上古的社会生活、劳动生产、原始宗教等。《尚书·虞书》：“诗言志，歌咏言，声依咏，律和声。”《礼记·乐记》：“诗，言其志也；歌，咏其声也；舞，动其容也；三者本于心，然后乐器从之。”早期，诗、歌与乐、舞是合为一体的。诗即歌词，在实际表演中总是配合音乐、舞蹈而歌唱，后来诗、歌、乐、舞各自发展，独立成个体，诗与歌统称诗歌。

广义上，人们认为，人的情感就是诗篇。如果这种说法能取得共识，那么诗的概念就很容易被界定出来。纵观古今中外的诗词佳作，又有哪一篇不是围绕人的情感之境而写出的！

如果把诗的概念界定为“情感之境”，那么诗学上存在的一切困惑与纷争都可以迎刃而解。如问“什么是诗”就可以说人的情感之境是诗，用以体现人的情感之境的作品就是诗作。如你听了一个故事，你的内心为之感动，沉浸于故事情节的境界中产生共鸣，那么你内心产生的这种情感之境就是诗，如果以文笔加以表现的话，那作品就是诗作。

诗的概念非常广泛，一幅令你神往的画，那对你来说就是诗一般的境界。通常人们所说的诗感、诗意、诗化等词，都是由于对诗的概念有所感悟而得出的。

诗的概念，看似复杂，但讲解起来，却是如此简单。如果领悟不透的话，再简单的理论，也会被说得复杂而又缠绕不清。用心用情体悟，我们就不会迷失而是回归于诗。

第二节　词的概念

词是诗的别体。它始于梁代，形成于唐代，极盛于宋代，故称宋词。

词又称曲子词、长短句、诗余，是配合宴乐乐曲而填写的歌词。

词牌是词的调子的名称，不同的词牌在句数、每句的字数、平仄上都有规定。

词的特点

1. 每首词都有一个表示音乐性的词调（词牌）。一般说，词调并不是词的题目，只能把它当作词谱看待。到了宋代，有些词人为了表明词意，常在词调下面另加题目，或者写上一段小序。

2. 词一般都分两段（叫作上下阕或上下阕），不分段或分段较多的是极少数。

3. 一般词调的字数和句子的长短都是固定的，有一定的格式。

4. 词的句式参差不齐，基本上是长短句。

5. 词中声韵的规定特别严格，用字要分平仄，每个词调的平仄都有所规定，各不相同。

6. 词有时会不符合上述规律，因为早期是和着曲子写的，因此它最注重的还是与曲的配合。

7. 一般按字数将词分为小令、中调和长调三种，58字以内为小令，59到90字为中调，91字以上为长调。

词的流派

词的流派有两种，一是婉约派，二是豪放派。

唐代，民间的词大都是反映爱情相思之类的题材，所以它在文人眼里是不登大雅之堂的，被视为诗余小令。

白居易、刘禹锡等诗人注重汲取民歌艺术的长处，写的词具有朴素自然的风格，洋溢着浓厚的生活气息。

温庭筠以写脂粉气浓烈的艳词而驰名。

南唐李后主将词开拓出一个新的深沉的艺术境界，给后世词客以强烈的艺术感染，产生很大影响。

第三节　韵

韵是诗词格律的基本要素之一。诗人在诗词中用韵，叫作押韵。从《诗经》到后代的诗词，差不多没有不押韵的。民歌也没有不押韵的。在北方戏曲中，韵又叫辙，押韵叫合辙。

一首诗有没有韵，是一般人都觉察得出来的。至于要说明什么是韵，那却不太简单。但是，今天我们有了汉语拼音字母，对于韵的概念还是容易说明的。

诗词中所谓的韵，大致等于汉语拼音中所谓的韵母。大家知道，一个汉字用拼音字母拼起来，一般都有声母、韵母。例如“公”字拼成gōng，其中g是声母，ōng是韵母。声母总是在前面的，韵母总是在后面的。我们再看“东”dōng、“同”tóng、“隆”lóng、“宗”zōng、“聪”cōng等，它们的韵母都是ong，所以它们是同韵字。

凡是同韵的字都可以押韵。所谓押韵，就是把同韵的两个或更多的字放在同一位置上。一般总是把韵放在句尾，所以又叫“韵脚”。试看下面一个例子：

书湖阴先生壁

宋・王安石

茅檐常扫净无苔（tái），花木成蹊手自栽（zāi）。
　　　　　　　△　　　　　　　　　　△

一水护田将绿绕，　　　两山排闼送青来（lái）。
　　　　　　　　　　　　　　　　　　△

这里“苔”“栽”和“来”押韵，因为它们的韵母都是ai。绕字不押韵，因为“绕”字读音是rào，它的韵母是ao，跟“苔”“栽”“来”不是同韵字。依照诗律，像这样的四句诗，第三句是不押韵的。

在拼音中，a、e、o的前面可能还有i、u、ü，如ia、ua、uai、iao、ian、uan、üan、iang、uang、ie、üe、iong等。这种i、u、ü叫作韵头，不同韵头的字也算是同韵字，也可以押韵。例如：

四时田园杂兴

宋·范成大

昼出耘田夜绩麻（má），村庄儿女各当家（jiā）。
　　　　　　　△　　　　　　　　　　△

童孙未解供耕织，　　也傍桑阴学种瓜（guā）。
　　　　　　　　　　　　　　　　　　△

“麻”“家”“瓜”的韵母是a、ia、ua。韵母虽不完全相同，但它们是同韵字，押起韵来是同样和谐的。

押韵的目的是为了声韵的和谐。同类的乐音在同一位置上的重复，这就构成了声音回环的美。

但是，为什么当我们读古人的诗的时候，常常觉得它们的韵并不十分和谐，甚至很不和谐呢？这是因为时代不同的缘故。语言发展了，语音起了变化，我们拿现代的语音去读它们，自然不能完全适合了。例如：

山　行

唐·杜牧

远上寒山石径斜（xié），白云深处有人家（jiā）。
　　　　　　　△　　　　　　　　△

停车坐爱枫林晚，　　　霜叶红于二月花（huā）。
　　　　　　　　　　　　　　　　△

xié和jiā、huā不是同韵字，但是，唐代“斜”字读xiá，和现代上海“斜”字的读音一样。因此，在当时是和谐的。又如：

江面曲

唐·李益

嫁得瞿塘贾，朝朝误妾期（qī）。
　　　　　　　　　　△

早知潮有信，嫁与弄潮儿（ér）。
　　　　　　　　　　△

在这首诗里，“期”和“儿”是押韵的，按今天的普通话去读，qī和ér就不能算押韵了。如果按上海的白话音念“儿”字，像ní音（这个音正是接近古音的），那就和谐了。今天我们当然不可能（也不必要）按照古音去读古人的诗，不过我们应该明白这个道理，才不至于怀疑古人所押的韵是不和谐的。

古人押韵是依照韵书的。古人所谓“官韵”，就是朝廷颁布的韵书。这种韵书，在唐代，和口语还是基本上一致的，仿照韵书押韵，也是较合理的。

宋代以后，语音变化较大，诗人们仍旧依照韵书来押韵，那就变为不合理的了。

今天如果我们写旧诗，自然不一定要依照韵书来押韵。不过，当我们读古人的诗的时候，应该知道古人的诗韵。

在下文律诗的韵、词韵及古体诗的韵里，我们还要回到这个问题上来讲。

第四节　四　声

四声，这里指的是古代汉语的四种声调。我们要知道四声，必须先知道声调是怎样构成的。所以这里先从声调谈起。

声调，这是汉语（以及某些其他语言）的特点。语音的高低、升降、长短构成了汉语的声调，而高低、升降则是主要的因素。拿普通话来说，共有四个声调：阴平声是一个高平调（不升不降叫平）；阳平声是一个中升调（不高不低叫中）；上声是一个低升调（有时是低平调）；去声是一个高降调。

古代汉语也有四个声调，但是和今天普通话的声调种类不完全一样。

古代的四声如下。

1.平声。这个声调到后代分化为阴平和阳平。

2.上声。这个声调到后代有一部分变为去声。

3.去声。这个声调到后代仍是去声。

4.入声。这个声调是一个短促的调子。现代江浙、福建、广东、广西、江西等地还保存着入声。北方也有一些地方（如山西、内蒙古）保存着入声。湖南的入声不是短促的了，但也保存着入声这一调类。北方的大部分和西南的大部分口语里，入声已经消失了。北方的入声字，有的变为阴平，有的变为阳平，有的变为上声，有的变为去声。就普通话来说，入声字变为去声的最多，其次是阳平，变为上声的最少。西南方言中（从湖南到云南）的入声字一律变成了阳平。

古代的四声高低升降的情况是怎样的，现在不能详细知道了。依照传统的说法，平声应该是一个中平调，上声应该是一个升调，去声应该是一个降调。入声应该是一个短调。《康熙字典》前面载有一首歌诀，名为《分四声法》：

平声平道莫低昂，上声高呼猛烈强。
去声分明哀远道，入声短促急收藏。

这种叙述是不够科学的，但是它也让我们知道了古代四声的大概。

四声和韵的关系很密切。在韵书中，不同声调的字不能算是同韵。在诗词中，不同声调的字一般不能押韵。

什么字归什么声调，在韵书中是很清楚的。在今天还保存着入声的汉语方言里，某字属某声也还相当清楚。特别应该注意一字两读的情况。有时候，一个字有两种意义（往往词性也不同），同时也有两种读音。例如“为”字，用作“因为”“为了”，就读去声。古代汉语里的这种情况比现代汉语多得多。现在试举一些例子：

骑，平声，动词，骑马；去声，名词，骑兵。

思，平声，动词，思念；去声，名词，思想。

数，上声，动词，计算；去声，名词，数目，命运；入声（读如朔），形容词，频繁。

教，去声，名词，教化，教育；平声，动词，使，让。

令，去声，名词，命令；平声，动词，使，让。

禁，去声，名词，禁令，宫禁；平声，动词，堪，经得起。

杀，入声，及物动词，杀戮；去声（读如晒），不及物动词，衰落。

有些字，本来是读平声的，后来变为去声，但是意义词性都不变。“望”“汉”“看”字都属于这一类。“望”和“叹”在唐诗中已经有读去声的了，“看”字总是读去声。也有比较复杂的情况：如“过”字用作动词有时平、去两读的，至于用作名词，解作“过失”时，就只有去声一读了。

辨别四声，是辨别平仄的基础。下文我们就讨论平仄问题。

第五节　平　仄

知道了什么是四声，平仄就好懂了。平仄是诗词格律的一个术语：诗人们把四声分为平、仄两大类，平就是平声，仄就是上、去、入三声。仄，按字义解释，就是不平的意思。

凭什么来分平仄两大类呢？因为平声是没有升降的，较长，而其他三声是有升降的（入声也可能是微升或微降），较短，这样，它们就形成了两大类型。如果让这两类声调在诗词中交错着，那就能使声调多样化，而不至于单调。古人所谓“声调铿锵”，虽然有许多讲究，但是平仄谐和是其中的一个重要因素。

平仄在诗词中又是怎样交错着的呢？我们可以概括为两句话：

平仄在本句中是交替的；平仄在对句中是对立的。

这种平仄的规则在律诗中表现得特别明显。

例如，毛主席《长征》诗的第五、六两句：

金沙水拍云崖暖，大渡桥横铁索寒。

这两句诗的平仄是：

平平｜仄仄｜平平｜仄，仄仄｜平平｜仄仄｜平。

就本句来说，每两个字一个节奏。平起句平平后面跟着的是仄仄，仄仄后面跟着的是平平，最后一个又是仄。仄起句仄仄后面跟着的是平平，平平后面跟着的是仄仄，最后一个又是平。这就是交替。就对句来说，"金沙"对"大渡"，是平平对仄仄，"水拍"对"桥横"，是仄仄对平平，"云崖"对"铁索"，是平平对仄仄，"暖"对"寒"，是仄对平。这就是对立。

关于诗词的平仄规则，下文律诗的平仄及词的平仄中还要详细讨论。现在先谈一谈我们怎样辨别平仄。

如果你的方言是有入声的（譬如说，你是江浙人或山西人、湖南人等），那么，问题就容易解决。在那些有入声的方言里，声调不止四个，不但平声分阴阳，连上声、去声、入声，往往也都分阴阳。像广东地区方言入声还分为三类。这都好办：只消把它们合并起来就可以了。例如，把阴平、阳平合并为平声，把阴上、阳上、阴去、阳去、阴入、阳入合并为仄声。问题在于你要先弄清楚自己方言里有几个声调。这就要找一位懂得声调的朋友帮助一下。如果你在语文课上已经学过本地声调和普通话声调的对应规律，已经弄清楚了自己方言里的声调，那就更好了。

如果你是湖北、四川、云南、贵州和广西北部地区的人，那么入声字在你的方言里都归了阳平。这样，遇到阳平字就应该特别注意，其中有一部分在古代是属于入声字的。至于哪些字属入声，哪些字属阳平，就只好查字典或韵书了。

如果你是北方人，那么，辨别平仄的方法又跟湖北等地稍有不同。古代入声字在普通话里多数变了去声，去声也是仄声；又有一部分变了上声，上声也是仄声。因此，由入变去和由入变上的字都不妨碍我们辨别平仄；只有由入变平（阴平、阳平）才造成辨别平仄的困难。我们遇着诗律上规定用仄声的地方，而诗人用了一个在今天读来是平声的字时，可以查字典或韵书来解决。

注意，凡韵尾是-n或-ng的字，不会是入声字。如果就湖北、四川、云南、贵州和广西北部地区方言来说，ai、ei、ao、ou等韵基本上也没有入声字。

总之，入声问题是辨别平仄的唯一障碍。这个障碍是查字典或韵书才能消除的；但是，平仄的道理是很好懂的。而且，中国大约还有一半的地方是保留着入声的，在那些地方的人们，辨别平仄更是没有问题了。

第六节　对　仗

诗词中的对偶，叫作对仗。古代的仪仗队是两两相对的，这是“对仗”这个术语的来历。

对偶又是什么呢？对偶就是把同类的概念或者对立的概念并列起来，例如“抗美援朝”，“抗美”与“援朝”形成对偶。对偶可以句中自对，又可以两句相对。例如“抗美援朝”是句中自对，“抗美援朝，保家卫国”是两句相对。

一般来讲，对偶指的是两句相对，上句叫出句，下句叫对句。

对偶的一般规则，是名词对名词，动词对动词，形容词对形容词，副词对副词等。仍以“抗美援朝，保家卫国”为例：“抗”“援”“保”“卫”都是动词相对，“美”“朝”“家”“国”都是名词相对。实际上，名词还可细分为若干类，同类名词相对被认为是工整对偶，简称“工对”。这里“美”与“朝”都是专有名词，而且都是简称，所以是工对；“家”与“国”都是人的集体，所以也是工对。“保家卫国”对“抗美援朝”也算工对，因为句中自对工整了，两句相对就不要求同样工整了。

对偶是一种修辞手段，它的作用是形成整齐的美。汉语的特点特别适宜于对偶，因为汉语单音词较多，即使是复音词，其中的词素也有相当的独立性，容易造成对偶。对偶既然是修辞手段，那么，散文与诗都用得着它。例如，《易经》说："同声相应，同气相求。"（《易·乾文言》）《诗经》说："昔我往矣，杨柳依依；今我来思，雨雪霏霏。"（《小雅·采薇》）这些对仗都适应修辞的需要。但是，律诗中的对仗还有它的规则，而不是像《诗经》那样随便。

这个规则是：

出句和对句的平仄是相对的；出句的字和对句的字不能重复。

至少是同一位置上不能重复。例如，"昔我往矣，杨柳依依；今我来思，雨雪霏霏"，出句第二字和对句第二字都是"我"字，那就是同一位置上的重复。

因此，像上面所举的《易经》和《诗经》的例子还不合于律诗对仗的标准。上面所举毛主席《长征》诗中的两句："金沙水拍云崖暖，大渡桥横铁索寒"，才是合于律诗对仗的标准的。

对联（对子）是从律诗演化出来的，所以也要适合上述的两个标准。例如

下面这副对子：

墙上芦苇，头重脚轻根底浅；

山间竹笋，嘴尖皮厚腹中空。

这里上联（出句）的字和下联（对句）的字不相重复，而它们的平仄则是相对的：

（仄）仄　平　平，（仄）仄（平）平平仄仄；

（平）平（仄）仄，（平）平（仄）仄仄平平[①]。

注：字外有括符的，表示可平可仄。

就修辞方面来说，这副对子也是对得很工整的。“墙上”是名词带方位词，“根底”原作“根柢”，是平行结构，写作“根底”仍是平行结构。我们说是名词带方位词，是因为这里确实利用了“底”也可以做方位词这一事实来构成对仗；所对的“山间”也是名词带方位词。“根底”是名词带方位词，所对的“腹中”也是名词带方位词。“头”对“嘴”，“脚”对“皮”，都是名词对名词。“重”对“尖”，“轻”对“厚”，都是形容词对形容词。“头重”对“脚轻”，“嘴尖”对“皮厚”，都是句中自对。这样句中自对而又两句相对，更显得特别工整了。

关于诗词的对仗，在下面律诗的对仗及词的对仗中还要做详细讨论。

第七节　声律启蒙

《声律启蒙》是训练新人应对、掌握声韵格律的启蒙读物，分为上、下卷。按韵分编，包罗天文、地理、花木、鸟兽、人物、器物等的虚实应对。从单字对到双字对、三字对、五字对、七字对到十一字对，声韵协调，朗朗上口，从中得到语音、词汇、修辞的训练。从单字到多字的层层属对，读起来，如唱歌般。较之其他全用三言、四言句式更见韵味。

吟诗填词作对，讲究的是平仄，对仗的是工整。借助《声律启蒙》平仄对仗工整了，声律韵部自然形成。

上　卷

一　东

云对雨，雪对风，晚照对晴空。来鸿对去燕，宿鸟对鸣虫。三尺剑，六钧弓，岭北对江东。人间清暑殿，天上广寒宫。两岸晓烟杨柳绿，一园春雨杏花红。两鬓风霜，途次早行之客；一蓑烟雨，溪边晚钓之翁。

沿对革，异对同，白叟对黄童。江风对海雾，牧子对渔翁。颜巷陋，阮途穷，冀北对辽东。池中濯足水，门外打头风。梁帝讲经同泰寺，汉皇置酒未央宫。尘虑萦心，懒抚七弦绿绮；霜华满鬓，羞看百炼青铜。

贫对富，塞对通，野叟对溪童。鬓皤对眉绿，齿皓对唇红。天浩浩，日融融，佩剑对弯弓。半溪流水绿，千树落花红。野渡燕穿杨柳雨，芳池鱼戏芰荷风。女子眉纤，额下现一弯新月；男儿气壮，胸中吐万丈长虹。

二　冬

春对夏，秋对冬，暮鼓对晨钟。观山对玩水，绿竹对苍松。冯妇虎，叶公龙，舞蝶对鸣蛩。衔泥双紫燕，课蜜几黄蜂。春日园中莺恰恰，秋天塞外雁雍雍。秦岭云横，迢递八千远路；巫山雨洗，嵯峨十二危峰。

明对暗，淡对浓，上智对中庸。镜奁对衣笥，野杵对村舂。花灼烁，草蒙茸，九夏对三冬。台高名戏马，斋小号蟠龙。手擘蟹螯从毕卓，身披鹤氅自王恭。五老峰高，秀插云霄如玉笔；三姑石大，响传风雨若金镛。

仁对义，让对恭，禹舜对羲农。雪花对云叶，芍药对芙蓉。陈后主，汉中宗，绣虎对雕龙。柳塘风淡淡，花圃月浓浓。春日正宜朝看蝶，秋风那更夜闻蛩。战士邀功，必借干戈成勇武；逸民适志，须凭诗酒养疏慵。

三　江

楼对阁，户对窗，巨海对长江。蓉裳对蕙帐，玉斝对银釭。青布幔，碧油幢，宝剑对金缸。忠心安社稷，利口覆家邦。世祖中兴延马武，桀王失道杀龙逄。秋雨潇潇，漫烂黄花都满径；春风袅袅，扶疏绿竹正盈窗。

旌对旆，盖对幢，故国对他邦。行山对万水，九泽对三江。山岌岌，水淙淙，鼓振对钟撞。清风生酒舍，白月照书窗。阵上倒戈辛纣战，道旁系剑子婴降。夏日池塘，出沿浴波鸥对对；春风帘幕，往来营垒燕双双。

铢对两，只对双，华岳对湘江。朝车对禁鼓，宿火对塞缸。青琐闼，碧纱窗，汉社对周邦。笙箫鸣细细，钟鼓响摐摐。主簿栖鸾名有览，治中展骥姓惟庞。苏武牧羊，雪屡餐于北海；庄周活鲋，水必决于西江。

四　支

茶对酒，赋对诗，燕子对莺儿。栽花对种竹，落絮对游丝。四目颉，一足夔，鸲鹆对鹭鸶。半池红菡萏，一架白荼蘼。几阵秋风能应候，一犁春雨甚知时。智伯恩深，国士吞变形之炭；羊公德大，邑人竖堕泪之碑。

行对止，速对迟，舞剑对围棋。花笺对草字，竹简对毛锥。汾水鼎，岘山碑，虎豹对熊罴。花开红锦绣，水漾碧琉璃。去妇因探邻舍枣，出妻为种后园葵。笛韵和谐，仙管恰从云里降；橹声咿轧，渔舟正向雪中移。

戈对甲，鼓对旗，紫燕对黄鹂。梅酸对李苦，青眼对白眉。三弄笛，一围棋，雨打对风吹。海棠春睡早，杨柳昼眠迟。张骏曾为槐树赋，杜陵不作海棠诗。晋士特奇，可比一斑之豹；唐儒博识，堪为五总之龟。

五　微

来对往，密对稀，燕舞对莺飞。风清对月朗，露重对烟微。霜菊瘦，雨梅肥，客路对渔矶。晚霞舒锦绣，朝露缀珠玑。夏暑客思欹石枕，秋寒妇念寄边衣。春水才深，青草岸边渔父去；夕阳半落，绿莎原上牧童归。

宽对猛，是对非，服美对乘肥。珊瑚对玳瑁，锦绣对珠玑。桃灼灼，柳依依，绿暗对红稀。窗前莺并语，帘外燕双飞。汉致太平三尺剑，周臻大定一戎衣。吟成赏月之诗，只愁月堕；斟满送春之酒，惟憾春归。

声对色，饱对饥，虎节对龙旗。杨花对桂叶，白简对朱衣。尨也吠，燕于飞，荡荡对巍巍。春暄资日气，秋冷借霜威。出使振威冯奉世，治民异等尹翁归。燕我弟兄，载咏棣棠韡韡；命伊将帅，为歌杨柳依依。

六　鱼

无对有，实对虚，作赋对观书。绿窗对朱户，宝马对香车。伯乐马，浩然驴，弋雁对求鱼。分金齐鲍叔，奉璧蔺相如。掷地金声孙绰赋，回文锦字窦滔书。未遇殷宗，胥靡困傅岩之筑；既逢周后，太公舍渭水之渔。

终对始，疾对徐，短褐对华裾。六朝对三国，天禄对石渠。千字策，八行书，有若对相如。花残无戏蝶，藻密有潜鱼。落叶舞风高复下，小荷浮水卷还舒。爱见人长，共服宣尼休假盖；恐彰已吝，谁知阮裕竟焚车。

麟对凤，鳖对鱼，内史对中书。犁锄对耒耜，畎浍对郊墟。犀角带，象牙梳，驷马对安车。青衣能报赦，黄耳解传书。庭畔有人持短剑，门前无客曳长裾。波浪拍船，骇舟人之水宿；峰峦绕舍，乐隐者之山居。

七　虞

金对玉，宝对珠，玉兔对金乌。孤舟对短棹，一雁对双凫。横醉眼，捻吟须，李白对杨朱。秋霜多过雁，夜月有啼乌。日暖园林花易赏，雪寒村舍酒难沽。人处岭南，善探巨象口中齿；客居江右，偶夺骊龙颔下珠。

贤对圣，智对愚，傅粉对施朱。名缰对利锁，挈榼对提壶。鸠哺子，燕调雏，石帐对郇厨。烟轻笼岸柳，风急撼庭梧。鸜眼一方端石砚，龙涎三炷博山垆。曲沼鱼多，可使渔人结网；平田兔少，漫劳耕者守株。

秦对赵，越对吴，钓客对耕夫。箕裘对杖履，杞梓对桑榆。天欲晓，日将晡，狡兔对妖狐。读书甘刺股，煮粥惜焚须。韩信武能增四海，左思文足赋三都。嘉遁幽人，适志竹篱茅舍；胜游公子，玩情柳陌花衢。

八　齐

岩对岫，涧对溪，远岸对危堤。鹤长对凫短，水雁对山鸡。星拱北，月流西，汉露对汤霓。桃林牛已放，虞坂马长嘶。叔侄去官闻广受，弟兄让国有夷齐。三月春浓，芍药丛中蝴蝶舞；五更天晓，海棠枝上子规啼。

云对雨，水对泥，白璧对玄圭。献瓜对投李，禁鼓对征鼙。徐稚榻，鲁班梯，凤翥对鸾栖，有官清似水，无客醉如泥。截发惟闻侃母，断机只有乐羊妻。秋望佳人，目送楼头千里雁；早行远客，梦惊枕上五更鸡。

熊对虎，象对犀，霹雳对虹霓。杜鹃对孔雀，桂岭对梅溪。萧史凤，宋宗鸡，远近对高低。水寒鱼不跃，林茂鸟频栖。杨柳和烟彭泽县，桃花流水武陵溪。公子追欢，闲骤玉骢游绮陌；佳人倦绣，闷欹珊枕掩香闺。

九　佳

河对海，汉对淮，赤岸对朱崖。鹭飞对鱼跃，宝钿对金钗。鱼圉圉，鸟喈喈，草履对芒鞋。古贤尝笃厚，时辈喜诙谐。孟训文公谈性善，颜师孔子问心斋。缓抚琴弦，像流莺而并语；斜排筝柱，类过雁之相挨。

丰对俭，等对差，布袄对荆钗。雁行对鱼阵，榆塞对兰崖。挑荠女，采莲娃，菊径对苔阶。诗成对六义备，乐奏八音谐。造律吏哀秦法酷，知音人说郑声哇。天欲飞霜，塞上有鸿行已过；云将作雨，庭前多蚁阵先排。

城对市，巷对街，破屋对空阶。桃枝对桂叶，砌蚓对墙蜗。梅可望，橘堪怀，季路对高柴。花藏沽酒市，竹映读书斋。马首不容孤竹扣，车轮终就洛阳埋。朝宰锦衣，贵束乌犀之带；宫人宝髻，宜簪白燕之钗。

十　灰

增对损，闭对开，碧草对苍苔。书签对笔架，两曜对三台。周召虎，宋桓魋，阆苑对蓬莱。薰风生殿阁，皓月照楼台。却马汉文思罢献，吞蝗唐太冀移灾。照耀八荒，赫赫丽天秋日；震惊百里，轰轰出地春雷。

沙对水，火对灰，雨雪对风雷。书淫对传癖，水浒对岩限。歌旧曲，酿新醅，舞馆对歌台。春棠经雨放，秋菊傲霜开。作酒固难忘曲糵，调羹必要用盐梅。月满庾楼，据胡床而可玩；花开唐苑，轰羯鼓以奚催。

休对咎，福对灾，象箸对犀杯。宫花对御柳，峻阁对高台。花蓓蕾，草根荄，剔藓对剜苔。雨前庭蚁闹，霜后阵鸿哀。元亮南窗今日傲，孙弘东阁几时开。平展青茵，野外茸茸软草；高张翠幄，庭前郁郁凉槐。

十一　真

邪对正，假对真，獬豸对麒麟。韩卢对苏雁，陆橘对庄椿。韩五鬼，李三人，北魏对西秦。蝉鸣哀暮夏，莺啭怨残春。野烧焰腾红烁烁，溪流波皱碧粼粼。行无踪，居无庐，颂成酒德；动有时，藏有节，论著钱神。

哀对乐，富对贫，好友对嘉宾。弹琴对结绶，白日对青春。金翡翠，玉麒麟，虎爪对龙鳞。柳塘生细浪，花径起香尘。闲爱登山穿谢屐，醉思漉酒脱陶巾。雪冷霜严，倚槛松筠同傲岁；日迟风暖，满园花柳各争春。

香对火，炭对薪，日观对天津。禅心对道眼，野妇对宫嫔。仁无敌，德有邻，万石对千钧。滔滔三峡水，冉冉一溪冰。克国功名当画阁，子张言行贵书绅。笃志诗书，思入圣贤绝域；忘情官爵，羞沾名利纤尘。

十二　文

家对国，武对文，四辅对三军。九经对三史，菊馥对兰芬。歌北鄙，咏南薰，迩听对遥闻。召公周太保，李广汉将军。闻化蜀民皆草偃，争权晋土已瓜分。巫峡夜深，猿啸苦哀巴地月；衡峰秋早，雁飞高贴楚天云。

欹对正，见对闻，偃武对修文。羊车对鹤驾，朝旭对晚曛。花有艳，竹成文，马燧对羊欣。山中梁宰相，树下汉将军。施帐解围嘉道韫，当垆沽酒叹文君。好景有期，北岭几枝梅似雪；丰年先兆，西郊千顷稼如云。

尧对舜，夏对殷，蔡惠对刘蕡。山明对水秀，五典对三坟。唐李杜，晋机云，事父对忠君。雨晴鸠唤妇，霜冷雁呼群。酒量洪深周仆射，诗才俊逸鲍参军。鸟翼长随，凤兮洵众离长；狐威不假，虎也真百兽尊。

十三　元

幽对显，寂对喧，柳岸对桃源。莺朋对燕友，早暮对寒暄。鱼跃沼，鹤乘轩，醉胆对吟魂。轻尘生范甑，积雪拥袁门。缕缕轻烟芳草渡，丝丝微雨杏花村。诣阙王通，献太平十二策；出关老子，著道德五千言。

儿对女，子对孙，药圃对花村。高楼对邃阁，赤豹对玄猿。妃子骑，夫人轩，旷野对平原。匏巴能鼓瑟，伯氏善吹埙。馥馥早梅思驿使，萋萋芳草怨王孙。秋夕月明，苏子黄岗游绝壁；春朝花发，石家金谷启芳园。

歌对舞，德对恩，犬马对鸡豚。龙池对凤沼，雨骤对云屯。刘向阁，李膺门，唳鹤对啼猿。柳摇春白昼，梅弄月黄昏，岁冷松筠皆有节，春喧桃李本无言。噪晚齐蝉，岁岁秋来泣恨；啼宵蜀鸟，年年春去伤魂。

十四　寒

多对少，易对难，虎踞对龙蟠。龙舟对凤辇，白鹤对青鸾。风淅淅，露漙漙，绣毂对雕鞍。鱼游荷叶沼，鹭立蓼花滩。有酒阮貂奚用解，无鱼冯铗必须弹。丁固梦松，柯叶忽然生腹上；文郎画竹，枝梢倏尔长毫端。

寒对暑，湿对干，鲁隐对齐桓。寒毡对明暖席，夜饮对晨餐。叔子带，仲由冠，郏鄏对邯郸。嘉禾忧夏旱，衰柳耐秋寒。杨柳绿遮元亮宅，杏花红映仲尼坛。江水流长，环绕似青罗带；海蟾轮满，澄明如白玉盘。

横对竖，窄对宽，黑志对弹丸。朱帘对画栋，彩槛对雕栏。春既老，夜将阑，百辟对千官。怀仁称足足，抱义美般般。好马君王曾市骨，食猪处士仅思肝。世仰双仙，元礼舟中携郭泰，人称连壁，夏侯车上并潘安。

十五　删

兴对废，附对攀，露草对霜菅，歌廉对借寇，习孔对希颜。山垒垒，水潺潺，奉壁对探镮。礼由公旦作，诗本仲尼删。驴困客方经灞水，鸡鸣人已出函关。几夜霜飞，已有苍鸿辞北塞；数朝雾暗，岂无玄豹隐南山。

犹对尚，侈对悭，雾髻对烟鬟。莺啼对鹊噪，独鹤对双鹇。黄牛峡，金马山，结草对衔环。昆山惟玉集，合浦有珠还。阮籍旧能为眼白，老莱新爱着衣斑。栖迟避世人，草衣木食；窈窕倾城女，云鬟花颜。

姚对宋，柳对颜，赏善对惩奸。愁中对梦里，巧慧对痴顽。孔北海，谢东山，使越对征蛮，淫声闻濮上，离曲听阳关。骁将袍披仁贵白，小儿衣着老莱斑。茅舍无人，难却尘埃生榻上；竹亭有客，尚留风月在窗间。

下　卷

一　先

晴对雨，地对天，天地对山川。山川对草木，赤壁对青田。郏鄏鼎，武城弦，木笔对苔钱。金城三月柳，玉井九秋莲。何处春朝风景好，谁家秋夜月华圆。珠缀花梢，千点蔷薇香露；练横树杪，几丝杨柳残烟。

前对后，后对先，众丑对孤妍。莺簧对蝶板，虎穴对龙渊。击石磬，观韦编，鼠目对鸢肩。春园花柳地，秋沼芰荷天。白羽频挥闲客坐，乌纱半坠醉翁眠。野店几家，羊角风摇沽酒旆；长川一带，鸭头波泛卖鱼船。

离对坎，震对乾，一日对千年，尧天对舜日，蜀水对秦川。苏武节，郑虔毡，涧壑对林泉。挥戈能退日，持管莫窥天。寒食芳辰花烂熳，中秋佳节月婵娟。梦里荣华，飘忽枕中之客，壶中日月，安闲市上之仙。

二　萧

恭对慢，吝对骄，水远对山遥。松轩对竹槛，雪赋对风谣。乘五马，贯双雕，烛灭对香消。明蟾常彻夜，骤雨不终朝。楼阁天凉风飒飒，关河地隔雨潇潇。几点鹭鸶，日暮常飞红蓼岸；一双鸂鶒，春朝频泛绿杨桥。

开对落，暗对昭，赵瑟对虞韶。轺车对驿骑，锦绣对琼瑶。羞攘臂，懒折腰，范甑对颜瓢。寒天鸳帐酒，夜月凤台箫。舞女腰肢杨柳软，佳人颜貌海棠娇。豪客寻春，南陌草青香阵阵；闲人避暑，东堂蕉绿影摇摇。

班对马，董对晁，夏昼对春宵。雷声对电影，麦穗对禾苗。八千路，廿四桥，总角对垂髫。露桃匀嫩脸，风柳舞纤腰。贾谊赋成伤鵩鸟，周公诗就托鸱鸮。幽寺寻僧，逸兴岂知俄尔尽；长亭送客，离魂不觉黯然消。

三　肴

风对雅，象对爻，巨蟒对长蛟。天文对地理，蟋蟀对螵蛸。龙生矫，虎咆哮，北学对东胶。筑台须垒土，成屋必诛茅。潘岳不忘秋兴赋，边韶常被昼眠嘲。抚养群黎，已见国家隆治；滋生万物，方知天地泰交。

蛇对虺，蜃对蛟，麟薮对鹊巢。风声对月色，麦穗对桑苞。何妥难，子云嘲，楚甸对商郊。五音惟耳听，万虑在心包。葛被汤征因仇饷，楚遭齐伐责包茅。高矣若天，洵是圣人大道；淡而如水，实为君子神交。

牛对马，犬对猫，旨酒对嘉肴。桃红对柳绿，竹叶对松梢，藜杖叟，布衣樵，北野对东郊。白驹形皎皎，黄鸟语交交。花圃春残无客到，柴门夜永有僧敲。墙畔佳人，飘扬竞把秋千舞；楼前公子，笑语争将蹴踘抛。

四　豪

琴对瑟，剑对刀，地迥对天高。峨冠对博带，紫绶对绯袍。煎异茗，酌香醪，虎兕对猿猱。武夫攻骑射，野妇务蚕缫。秋雨一川淇澳竹，春风两岸武陵桃。螺髻青浓，楼外晚山千仞；鸭头绿腻，溪中春水半篙。

刑对赏，贬对褒，破斧对征袍。梧桐对橘柚，枳棘对蓬蒿。雷焕剑，吕虔刀，橄榄对葡萄。一椽书舍小，百尺酒楼高。李白能诗时秉笔，刘伶爱酒每铺糟。礼别尊卑，拱北众星常灿灿；势分高下，朝东万水自滔滔。

瓜对果，李对桃，犬子对羊羔。春分对夏至，谷水对山涛。双凤翼，九牛毛，主逸对臣劳。水流无限阔，山耸有余高。雨打村童新牧笠，尘生边将旧征袍。俊士居官，荣引鹓鸿之序；忠臣报国，誓殚犬马之劳。

五　歌

山对水，海对河，雪竹对烟萝。新欢对旧恨，痛饮对高歌。琴再抚，剑重磨，媚柳对枯荷。荷盘从雨洗，柳线任风搓。饮酒岂知欹醉帽，观棋不觉烂樵柯。山寺清幽，直踞千寻云岭；江楼宏敞，遥临万顷烟波。

繁对简，少对多，里咏对途歌。宦情对旅况，银鹿对铜驼。刺吏鸭，将军鹅，玉律对金科。古堤垂亸柳，曲沼长新荷。命驾吕因思叔夜，引车蔺为避廉颇。千尺水帘，今古无人能手卷；一轮月镜，乾坤何匠用功磨。

霜对露，浪对波，径菊对池荷。酒阑对歌罢，日暖对风和。梁父咏，楚狂歌，放鹤对观鹅。史才推永叔，刀笔仰萧何。种橘犹嫌千树少，寄梅谁信一枝多。林下风生，黄发村童推牧笠；江头日出，皓眉溪叟晒渔蓑。

六　麻

松对柏，缕对麻，蚁阵对蜂衙。赪鳞对白鹭，冻雀对昏鸦，白堕酒，碧沉茶，品笛对吹笳。秋凉梧堕叶，春暖杏开花。雨长苔痕侵壁砌，月移梅影上窗纱。飒飒秋风，度城头之筚篥；迟迟晚照，动江上之琵琶。

优对劣，凸对凹，翠竹对黄花。松杉对杞梓，菽麦对桑麻。山不断，水无涯，煮酒对烹茶。鱼游池面水，鹭立岸头沙。百亩风翻陶令秫，一畦雨熟邵平瓜。闲捧竹根，饮李白一壶之酒；偶擎桐叶，啜卢同七碗之茶。

吴对楚，蜀对巴，落日对流霞。酒钱对诗债，柏叶对松花。驰驿骑，泛仙槎，碧玉对丹砂。设桥偏送笋，开道竟还瓜。楚国大夫沉汨水，洛阳才子谪长沙。书箧琴囊，乃士流活计；药炉茶鼎，实闲客生涯。

七　阳

高对下，短对长，柳影对花香。词人对赋客，五帝对三王。深院落，小池塘，晚眺对晨妆。绛霄唐帝殿，绿野晋公堂。寒集谢庄衣上雪，秋添潘岳鬓边霜。人浴兰汤，事不忘于端午；客斟菊酒，兴常记于重阳。

尧对舜，禹对汤，晋宋对隋唐。奇花对异卉，夏日对秋霜。八叉手，九回肠，地久对天长。一堤杨柳绿，三径菊花黄。闻鼓塞兵方战斗，听钟宫女正梳妆。春饮方归，纱帽半淹邻舍酒；早朝初退，衮衣微惹御炉香。

荀对孟，老对庄，亸柳对垂杨。仙宫对梵宇，小阁对长廊。风月窟，水云乡，蟋蟀对螳螂。暖烟香霭霭，寒烛影煌煌。伍子欲酬渔父剑，韩生尝窃贾公香。三月韶光，常忆花明柳媚；一年好景，难忘橘绿橙黄。

八　庚

深对浅，重对轻，有影对无声。蜂腰对蝶翅，宿醉对余酲。天北缺，日东生，独卧对同行。寒冰三尺厚，秋月十分明。万卷书容闲客览，一樽酒待故人倾。心侈唐玄，厌看霓裳之曲；意骄陈主，饱闻玉树之赓。

虚对实，送对迎，后甲对先庚。鼓琴对舍瑟，搏虎对骑鲸。金匼匝，玉瑽琤，玉宇对金茎。花间双粉蝶，柳内几黄莺。贫里每甘藜藿味，醉中厌听管弦声。肠断秋闺，凉吹已侵重被冷；梦惊晓枕，残蟾犹照半窗明。

渔对猎，钓对耕，玉振对金声。雉城对雁塞，柳袅对葵倾。吹玉笛，弄银笙，阮杖对桓筝。墨呼松处士，纸号楮先生。露浥好花潘岳县，风搓细柳亚夫营，抚动琴弦，遽觉座中风雨至；哦成诗句，应知窗外鬼神惊。

九　青

红对紫，白对青，渔火对禅灯。唐诗对汉史，释典对仙经。龟曳尾，鹤梳翎，月榭对风亭。一轮秋夜月，几点晓天星。晋士只知山简醉，楚人谁识屈原醒。绣倦佳人，慵把鸳鸯文作枕；吮毫画者，思将孔雀写为屏。

行对坐，醉对醒，佩紫对纡青。棋枰对笔架，雨雪对雷霆。狂蛱蝶，小蜻蜓，水岸对沙汀。天台孙绰赋，剑阁孟阳铭。传信子卿千里雁，照书车胤一囊萤。冉冉白云，夜半高遮千里月；澄澄碧水，宵中寒映一天星。

书对史，传对经，鹦鹉对鹡鸰。黄茅对白荻，绿草对青萍。风绕铎，雨淋铃，水阁对山亭。渚莲千朵白，岸柳两行青。汉代宫中生秀柞，尧时阶畔长祥蓂。一枰决胜，棋子分黑白；半幅通灵，画色间丹青。

十　蒸

新对旧，降对升，白犬对苍鹰。葛巾对藜杖。涧水对池冰。张兔网，挂鱼罾，燕雀对鹏鹍。炉中煎药火，窗下读书灯。织锦逐梭成舞凤，画屏误笔作飞蝇。宴客刘公，座上满斟三雅爵；迎仙汉帝，宫中高插九光灯。

儒对士，佛对僧，面友对心朋。春残对夏老，夜寝对晨兴。千里马，九霄鹏，霞蔚对云蒸。寒堆阴岭雪，春泮水池冰。亚父愤生撞玉斗，周公誓死作金滕。将军元晖，莫怪人讥为饿虎；侍中卢昶，难逃世号作饥鹰。

规对矩，墨对绳，独步时同登。吟哦对讽咏，访友对寻僧。风绕屋，水襄陵，紫鹄对苍鹰。乌寒惊夜月，鱼暖上春冰。扬子口中飞白凤，何郎鼻上集青蝇。巨鲤跃池，翻几重之密藻；颠猿饮涧，挂百尺之垂藤。

十一　尤

荣对辱，喜对忧，夜宴对春游。燕关对楚水，蜀犬对吴牛。茶敌睡，酒消愁，青眼对白头。马迁修史记，孔子作春秋。适兴子猷常泛棹，思归王粲强登楼。窗下佳人，妆罢重将金插鬓；筵前舞妓，曲终还要锦缠头。

唇对齿，角对头，策马对骑牛。毫尖对笔底，绮阁对雕镂。杨柳岸，荻芦洲，语燕对啼鸠。客乘金络马，人泛木兰舟。绿野耕夫春举耜，碧池渔父晚垂钩。波浪千层，喜见蛟龙得水；云霄万里，惊看雕鹗横秋。

庵对寺，殿对楼，酒艇对渔舟。金龙对彩凤，豮豕对童牛。王郎帽，苏子裘，四季对三秋。峰峦扶地秀，江汉接天流。一湾绿水渔村小，万里青山佛寺幽。龙马呈河，羲皇阐微而画卦；神龟出洛，禹王取法以陈畴。

十二　侵

眉对目，口对心，锦瑟对瑶琴。晓耕对寒钓，晚笛对秋砧。松郁郁，竹森森，闵损对曾参。秦王亲击缶，虞帝自挥琴。三献卞和尝泣玉，四知杨震固辞金。寂寂秋朝，庭叶因霜摧嫩色；沉沉春夜，砌花随月转清阴。

前对后，古对今，野兽对山禽。犍牛对牝马，水浅对山深。曾点瑟，戴逵琴，璞玉对浑金。艳红花弄色，浓绿柳敷阴。不雨汤王方剪爪，有风楚子正披襟。书生惜壮岁韶华，寸阴尺璧，游子爱良宵光景，一刻千金。

丝对竹，剑对琴，素志对丹心。千愁对一醉，虎啸对龙吟。子罕玉，不疑金，往古对来今。天寒邹吹律，岁旱傅为霖。渠说子规为帝魄，侬知孔雀是家禽。屈子沉江，处处舟中争系粽；牛郎渡渚，家家台上竞穿针。

十三　覃

千对百，两对三，地北对天南。佛堂对仙洞，道院对禅庵。山泼黛，水浮蓝，雪岭对云潭。凤飞方翙翙，虎视已眈眈。窗下书生时讽咏，筵前酒客日耽酣。白草满郊，秋日牧征人之马；绿桑盈亩，春时供农妇之蚕。

将对欲，可对堪，德被对恩覃。权衡对尺度，雪寺对云庵。安邑枣，洞庭柑，不愧对无惭。魏徵能直谏，王衍善清谈。紫梨摘去从山北，丹荔传来自海南。攘鸡非君子所为，但当月一；养狙是山公之智，止用朝三。

中对外，北对南，贝母对宜男。移山对浚井，谏苦对言甘。千取百，二为三，魏尚对周堪。海门翻夕浪，山市拥晴岚。新缔直投公子纻，旧交犹脱馆人骖。文在淹通，已咏冰兮寒过水；永和博雅，可知青者胜于蓝。

十四　盐

悲对乐，爱对嫌，玉兔对银蟾。醉侯对诗史，眼底对眉尖。风飘飘，雨绵绵，李苦对瓜甜。画堂施锦帐，酒市舞青帘。横槊赋诗传孟德，引壶酌酒尚陶潜。两曜迭明，日东生而月西出；五行式序，水下润而火上炎。

如对似，减对添，绣幕对朱帘。探珠对献玉，鹭立对鱼潜。玉屑饭，水晶盐，手剑对腰镰。燕巢依邃阁，蛛网挂虚檐。夺槊至三唐敬德，奕棋第一晋王恬。南浦客归，湛湛春波千顷净；西楼人悄，弯弯夜月一钩纤。

逢对遇，仰对瞻，市井对闾阎。投簪对结绶，握发对掀髯。张绣幕，卷珠帘，石碏对江淹。宵征方肃肃，夜饮已厌厌。心褊小人长戚戚，礼多君子屡谦谦。美刺殊文，备三百五篇诗咏；吉凶异画，变六十四卦爻占。

十五　咸

清对浊，苦对咸，一启对三缄。烟蓑对雨笠，月榜对风帆。莺睍睆，燕呢喃，柳杞对松杉。情深悲素扇，泪痛湿青衫。汉室既能分四姓，周朝何用叛三监。破的而探牛心，豪矜王济；竖竿以挂犊鼻，贫笑阮咸。

能对否，圣对贤，卫瓘对浑瑊。雀罗对鱼网，翠巘对苍崖。红罗帐，白布衫，笔格对书函。蕊香蜂竞采，泥软燕争衔。凶孽誓清闻祖逖，王家能乂有巫咸。溪叟新居，渔舍清幽临水岸；山僧久隐，梵宫寂寞倚云岩。

冠对带，帽对衫，议鲠对言谗。行舟对御马，俗弊对民岩。鼠且硕，兔多毚，史册对书缄。塞城闻奏角，江浦认归帆。河水一源形弥弥，泰山万仞势岩岩。郑为武公，赋缁衣而美德；周因巷伯，歌贝锦以伤谗。

第二章　诗　律

第一节　诗的种类

关于诗的种类，问题是相当复杂的。《唐诗三百首》的编者把诗分为古诗、律诗、绝句三类，又在这三类中都附有乐府一类；古诗、律诗、绝句又各分为五言、七言。这是一种分法。沈德潜所编的《唐诗别裁》的分类稍有不同：他不把乐府独立起来，但是增加了五言长律一类。宋代郭知达所编的杜甫的诗集就只简单地分为古体诗和近体诗两类。现在我们试就上述三种分类再参照别的分类法加以讨论。

从格律上看，诗可分为古体诗和近体诗。古体诗又称古风；近体诗又称今体诗。从字数上看，有四言诗、五言诗、七言诗，还有很少见的六言诗。唐代以后，四言诗很少见了，所以一般诗集只分为五言、七言两类。

古体和近体

古体诗是依照古代的诗体来写的。在唐人看来，从《诗经》到南北朝庾信的诗，都算是古代的诗体，因此，所谓仿照古代的诗体，也就没有一定的标准。但是，诗人们所写的古体诗，有一点是一致的，那就是不受近体诗的格律的束缚。我们可以说，凡不受近体诗格律的束缚的，都是古体诗。

乐府产生于汉代，本来是配音乐的，所以称为“乐府”或“乐府诗”。这种乐府诗称为“曲”“辞”“歌”“行”等。到了唐代以后，文人模仿这种诗体而写成的古体诗，也叫“乐府”，但是已经不再配音乐了。由于隋唐时代逐渐形成了新音乐，后来又产生了配新音乐的歌词，叫作“词”。词大概产生于盛唐。在乐府衰微之后，词产生之前的一个过渡时期，配新乐曲的歌词即采用近体诗。如王维的《渭城曲》、李白的《清平调》，都是近体诗的形式。

近体诗以律诗为代表。律诗的韵、平仄、对仗，都有许多讲究。由于格律很严，所以称为律诗。

律诗有以下四个特点：

1.每首限定八句，五律共四十字，七律共五十六字；

2.押平声韵；

3.每句的平仄都有规定；

4.每篇必须有对仗，对仗的位置也有规定。

有一种超过八句的律诗，称为长律。长律自然也是近体诗。长律一般是五言的，往往在题目上标明韵数，如杜甫《风疾舟中伏枕三十六韵》，就是三百六十字；白居易《代书诗一百韵寄微之》，就是一千字。这种长律除了尾联（或除了首尾两联）以外，一律用对仗，所以又叫排律。也有七言长律，如杜甫《清明》二首等。

绝句比律诗的字数少一半。五言绝句只有二十字，七言绝句只有二十八字。绝句实际上可以分为古绝、律绝两类。

古绝可以用仄韵。即使是押平韵的，也不受近体诗平仄规则的束缚。这可以归入古体诗一类。

律绝不但押平声韵，而且依照近体诗的平仄规则。在形式上它们就等于半首律诗，这些诗可以归入近体诗。

郭编杜甫诗集把多数绝句都归入近体诗。元稹所编的《白氏长庆集》索性就把这种绝句归入律诗。

总括起来说：一般所谓古风属于古体诗，而律诗（包括长律）则属于近体诗。乐府和绝句，有些属于古体，有些属于近体。

五言就是五个字一句，七言就是七个字一句。五言古诗简称五古，七言古诗简称七古；五言律诗简称五律，七言律诗简称七律；五言绝句简称五绝，七言绝句简称七绝。

古风分为五古、七古，这只是大致的分法。其实除了五言、七言之处，还有所谓杂言。杂言指的是长短句杂用在一起，主要是三字句、五字句、七字句，其中偶然也有四字句、六字句以及七字以上的句子。杂言诗一般不另立一类，而只归入七古。甚至篇中完全没有七字句，只要是长短句，也就归入七古。这是习惯上的分类法，是没有什么理论根据的。

第二节　律诗的韵

我们先讲近体诗，后讲古体诗，这是因为彻底了解了近体诗之后，才能更好地了解古体诗。

第一，古体诗既然以不受近体诗格律的束缚为其特征，我们就必须先知道近体诗的格律是什么，然后才能知道什么是古体诗。

第二，自从有了律诗以后，古体诗也不能不受律诗的影响，所以要先了解律诗，然后才能知道古体诗所受律诗的影响是什么。

在这里，我们先谈律诗的韵。

古人写律诗，是严格地依照韵书来押韵的。韵书的历史，这里用不着详细叙述。清代一般人常常查阅的《诗韵集成》《诗韵合璧》等韵书，不但可以说明清代律诗的押韵，而且可以说明唐宋律诗的用韵。一般人所谓"诗韵"，也就是指这个来说的。《佩文韵府》等书，也是按这个诗韵排列的。诗韵共有一百零六个韵：平声三十韵，上声二十九韵，去声三十韵，入韵十七韵。律诗一般只用平声韵，所以我们在这里只谈平声韵；刘长卿、白居易、韩偓等人写了一些仄韵律诗，因为这种诗是罕见的，这里就不谈了，留待下文讲古体诗时再行讨论。

在韵书里，平声分为上平声、下平声。平声字多，所以分为两卷，等于说平声上卷，平声下卷，没有别的意思。

上平声十五韵：

一东	二冬	三江	四支	五微
六鱼	七虞	八齐	九佳	十灰
十一真	十二文	十三元	十四寒	十五删

下平声十五韵：

一先	二萧	三肴	四豪	五歌
六麻	七阳	八庚	九青	十蒸
十一尤	十二侵	十三覃	十四盐	十五咸

东、冬等字都只是韵的代表字，它们只表示韵母的种类。至于东、冬这两个韵（以及其他相似的韵）在读音上有什么分别，现在我们不需要追究它。我们只需知道：它们在最初的时候可能是有区别的，后来混而为一了，但是古代诗人们依照韵书，在写律诗时不能把它们混用。起初是限于功利，在科举应试的时候不能不遵守；后来成为风气，平常写律诗的时候也遵守这个原则了。在《红楼梦》里，有这样一段故事：林黛玉叫香菱写一首咏月的律诗，指定用寒韵。香菱正在挖空心思、耳不旁听、目不斜视的时候，探春隔窗笑说着："菱姑娘，你闲闲吧。"香菱怔怔答道："闲字是十五删的，错了错了。"这一段故事可以说明近体诗用韵的严格。

韵有宽有窄：字数多的叫宽韵，字数少的叫窄韵。宽韵如支韵、真韵、先韵、阳韵、庚韵、尤韵等，窄韵如江韵、佳韵、肴韵、覃韵、盐韵、咸韵等。窄韵的律诗是比较少见的。有些韵，如微韵、删韵、侵韵，字数虽不多，但是比较常用，诗人们也很喜欢用它们。

现在我们举出几首律诗为例。

我们有意识地举一些在今天看来不必分别，而前人在律诗中严格区别开来的韵，如东与冬，鱼与虞，庚与青。其余的韵可参看下文举的例子。窄韵不举例。

送魏大将军（一东）

唐·陈子昂

匈奴犹未灭，魏绛复从戎。△
怅别三河道，言追六郡雄。△
雁山横代北，狐塞接云中。△
勿使燕然上，惟留汉将功。△

喜见外弟又言别（二冬）

唐·李益

十年离别后，长大一相逢。△
问姓惊初见，称名忆旧容。△
别来沧海事，语罢暮天钟。△
明日巴陵道，秋山又几重？△

筹笔驿（六鱼）

唐·李商隐

猿鸟犹疑畏简书，风云常为护储胥。
　　　　　　△　　　　　　　△

徒令上将挥神笔，终见降王走传车。
　　　　　　　　　　　　　　△

管乐有才原不忝，关张无命欲何如？
　　　　　　　　　　　　　　△

他年锦里经祠庙，梁父吟成恨有余。
　　　　　　　　　　　　　　△

终南山（七虞）

唐·王维

太乙近天都，连山到海隅。
　　　　△　　　　　△

白云回望合，青霭入看无。
　　　　　　　　　　△

分野中峰变，阴晴众壑殊。
　　　　　　　　　　△

欲投人处宿，隔水问樵夫。
　　　　　　　　　　△

钱塘湖春行（八齐）

唐·白居易

孤山寺北贾亭西，水面初平云脚低。
　　　　　　△　　　　　　　△

几处早莺争暖树，谁家新燕啄春泥。
　　　　　　　　　　　　　　△

乱花渐欲迷人眼，浅草才能没马蹄。
△

最爱湖东行不足，绿杨阴里白沙堤。
△

月夜忆舍弟（八庚）

唐·杜甫

戍鼓断人行，边秋一雁声。
△　△

露从今夜白，月是故乡明。
△

有弟皆分散，无家问死生。
△

寄书长不达，况乃未休兵。
△

送赵都督赴代州（九青）

唐·王维

天官动将星，汉城柳条青。
△　△

万里鸣刁斗，三军出井陉。
△

忘身辞凤阙，报国取龙庭[①]。
△

岂学书生辈，窗间老一经！
△

注①：杨炯《从军行》：“牙璋辞凤阙，铁骑绕龙城。”“龙庭”就是“龙城”。这里不用“龙城”，而用“龙庭”，因为“城”字是八庚韵，“庭”字是九青韵。

咏煤炭（十二侵）

明·于谦

凿开混沌得乌金，藏蓄阳和意最深。
△　△

爝火燃回春浩浩，洪炉照破夜沉沉。
△

鼎彝元赖生成力，铁石犹存死后心。
△

但愿苍生俱饱暖，不辞辛苦出山林。
△

五律第一句，多数是不押韵的；七律第一句，多数是押韵的。由于第一句押韵与否是自由的，所以第一句的韵脚也可以不太严格，用邻近的韵也行。这种首句用邻韵的风气到晚唐才相当普遍，宋代则更为流行。现在试举两个例子：

清　明

唐·杜牧

清明时节雨纷纷，路上行人欲断魂。
△　△

借问酒家何处有，牧童遥指杏花村。
△

山园小梅

北宋·林逋

众芳摇落独暄妍，占尽风情向小园。
△　△

疏影横斜水清浅，暗香浮动月黄昏。
△

霜禽欲下先偷眼，粉蝶如知合断魂。
△

幸有微吟可相狎，不须檀板共金樽。
△

这两首诗用的都是十三元韵，但是杜牧《清明》第一句韵脚却用了十二文韵的“纷”字，林逋《山园小梅》第一句韵脚却用了一先韵的“妍”字。这种首句用邻韵的情况，在王维、李白、杜甫等盛唐诗人的律诗里是少见的。

以上所述律诗用韵的严格性，只是为了说明古代的律诗，是按平水韵即旧韵来写的。今天我们如果也写律诗，就不必拘泥古人的诗韵。不但首句用邻韵，就是其他的韵脚用邻韵，只要朗诵起来谐和，都是可以的。因为我们现在用的是中华十四新韵。

第三节　律诗的平仄

平仄，是律诗中最重要的因素。律诗的平仄规则，一直应用到后代的词曲。我们讲诗词的格律，主要就是讲平仄。

一、五律的平仄

五言的平仄只有四个类型，而这四个类型可以构成两联。即：

仄仄平平仄，平平仄仄平；
平平平仄仄，仄仄仄平平。

由这两联的错综变化，可以构成五律的四种平仄格式。其实只有两种基本格式，其余两种不过是在基本格式的基础上稍有变化罢了。⊙表示可平可仄。

1.仄起式

$\underset{\odot}{仄}$仄平平仄，$\underset{\odot}{平}$平仄仄平。
$\underset{\odot}{平}$平平仄仄，$\underset{\odot}{仄}$仄仄平平。
$\underset{\odot}{仄}$仄平平仄，平平仄仄平。
$\underset{\odot}{平}$平平仄仄，$\underset{\odot}{仄}$仄仄平平。

春　望

唐·杜甫

国破山河在，城春草木深。
感时花溅泪，恨别鸟惊心。
烽火连三月，家书抵万金。
白头搔更短，浑欲不胜簪。①

注①：胜，平声，读如升。簪字有zān、zēn两读，分别入覃、侵两韵，这里押侵韵，读zēn。

另一式，首句改为（仄）仄仄平平，其余不变。

2.平起式

平平平仄仄，仄仄仄平平。
仄仄平平仄，平平仄仄平。
平平平仄仄，仄仄仄平平。
仄仄平平仄，平平仄仄平。

山居秋暝

唐·王维

空山新雨后，天气晚来秋。
明月松间照，清泉石上流。
竹喧归浣女，莲动下渔舟。
随意春芳歇，王孙自可留。

另一式，首句改为平平仄仄平，其余不变。

二、七律的平仄

七律是五律的扩展，扩展的办法是在五字句的前面加一个两字的头。仄上加平，平上加仄。试看下面的对照表：

1.平仄脚

五言仄起仄收	○○仄仄平平仄
七言平起仄收	平平仄仄平平仄

2.仄平脚

五言平起平收	○○平平仄仄平
七言仄起平收	仄仄平平仄仄平

3.仄仄脚

五言平起仄收　　○○平平平仄仄

七言仄起仄收　　仄仄平平平仄仄

4.平平脚

五言仄起平收　　○○仄仄仄平平

七言平起平收　　平平仄仄仄平平

因此，七律的平仄也只有四个类型，这四个类型也可以构成两联，即：

平平仄仄平平仄，仄仄平平仄仄平。

仄仄平平平仄仄，平平仄仄仄平平。

由这两联的平仄错综变化，可以构成七律的四种平仄格式。其实只有两种基本格式，其余两种不过是在基本格式的基础上稍有变化罢了。

1.仄起式

仄仄平平仄仄平，平平仄仄仄平平。

平平仄仄平平仄，仄仄平平仄仄平。

仄仄平平平仄仄，平平仄仄仄平平。

平平仄仄平平仄，仄仄平平仄仄平。

书愤五首（其一）

南宋·陆游

早岁那[1]知世事艰，中原北望气如山。

楼船夜雪瓜洲渡，铁马秋风大散关。

塞上长城空自许，镜中衰鬓已先斑。

出师一表真名世，千载谁堪仲伯间。

注①：那，平声。

到韶山

毛泽东

别梦依稀咒逝川，故园三十二年前。
红旗卷起农奴戟，黑手高悬霸主鞭。
为有牺牲多壮志，敢教②日月换新天。
喜看稻菽千重浪，遍地英雄下夕烟。

注②：教，平声。

冬　云

毛泽东

雪压冬云白絮飞，万花纷谢一时稀。
高天滚滚寒流急，大地微微暖气吹。
独有英雄驱虎豹，更无豪杰怕熊罴。
梅花欢喜漫③天雪，冻死苍蝇未足奇。

注③：漫，平声。

另一式，第一句改为仄仄平平平仄仄，其余不变。

2.平起式

平平仄仄仄平平，仄仄平平仄仄平。
仄仄平平平仄仄，平平仄仄仄平平。
平平仄仄平平仄，仄仄平平仄仄平。
仄仄平平平仄仄，平平仄仄仄平平。

长　征

毛泽东

红军不怕远征难，万水千山只等闲。
五岭逶迤腾细浪，乌蒙磅礴走泥丸。
金沙水拍云崖暖，大渡桥横铁索寒。
更喜岷山千里雪，三军过后尽开颜。

人民解放军占领南京

毛泽东

钟山风雨起苍黄，百万雄师过大江。
虎踞龙盘今胜昔，天翻地覆慨而慷。
宜将剩勇追穷寇，不可沽名学霸王。
天若有情天亦老，人间正道是沧桑。

登庐山

毛泽东

一山飞峙大江边，跃上葱茏四百旋。
冷眼向洋看世界，热风吹雨洒江天。
云横九派浮黄鹤，浪下三吴起白烟。
陶令不知何处去，桃花源里可耕田？

和郭沫若同志

毛泽东

一从大地起风雷，便有精生白骨堆。
僧是愚氓犹可训，妖为鬼蜮必成灾。
金猴奋起千钧棒，玉宇澄清万里埃。

今日欢呼孙大圣，只缘妖雾又重来。

另一式，第一句改为（平）平（仄）仄平平仄，其余不变。

三、粘对

律诗的平仄有“粘对”的规则。

对，就是平对仄，仄对平。这也就是上文所说的，在对句中，平仄是对立的。

五律的“对”，只有两副对联的形式，即：

1.仄仄平平仄，平平仄仄平。

2.平平平仄仄，仄仄仄平平。

七律的“对”，也只有两副对联的形式，即：

1.平平仄仄平平仄，仄仄平平仄仄平。

2.仄仄平平平仄仄，平平仄仄仄平平。

如果首句用韵，则首联的平仄就不是完全对立的。由于韵脚的限制，也只能这样办。这样，五律的首联成为：

1.仄仄仄平平，平平仄仄平。

或者是：

2.平平仄仄平，仄仄仄平平。

七律的首联成为：

1.平平仄仄仄平平，仄仄平平仄仄平。

或者是：

2.仄仄平平仄仄平，平平仄仄仄平平。

粘，就是平粘平，仄粘仄；后联出句第二字的平仄要跟前联对句第二字相一致。具体说来，要使第三句跟第二句相粘，第五句跟第四句相粘，第七句跟第六句相粘。上文所述的五律平仄格式和七律平仄格式，都是合乎这个规则的。

总之，相粘问题发生在绝句的二句与三句之间，律诗的二句与三句、四句与五句、六句与七句之间。也就是说，绝句只有一个相粘问题，律诗则有三个相粘问题。排律以此类推。

诗谱中平仄的四个基本要求：

1. 一句之内平仄相间；

2. 一联之内平仄相对；

3. 两联之间平仄相粘；

4. 出句尾仄，对句尾平。

以上相间、相对、相粘，五言看“二、四”字；七言看“二、四、六”字。

以五律仄起首句不押韵为例：

春　望

唐·杜甫

⊙仄 平平 仄， 国破 山河 在，	一句之内平仄相间	出句尾仄 一联之内平仄相对；首联	
平平 仄仄 平。 城春 草木 深。	一句之内平仄相间	对句尾平————————	两联之间平仄相粘
⊙平 平 仄仄， 感时 花 溅泪，	一句之内平仄相间	出句尾仄———————— 一联之内平仄相对；颔联	
⊙仄 仄 平平。 恨别 鸟 惊心，	一句之内平仄相间	对句尾平————————	两联之间平仄相粘
⊙仄 平 平仄， 烽火 连 三月，	一句之内平仄相间	出句尾仄———————— 一联之内平仄相对；颈联	
平平 仄 仄平。 家书 抵 万金。	一句之内平仄相间	对句尾平————————	两联之间平仄相粘
⊙平 平 仄仄， 白头 搔 更短，	一句之内平仄相间	出句尾仄———————— 一联之内平仄相对；尾联	
⊙仄 仄平 平。 浑欲 不胜 簪。	一句之内平仄相间	对句尾平	

粘对的作用是使声调多样化。如果不“对”，上下两句的平仄就雷同了；如果不“粘”，前后两联的平仄又雷同了。

明白了粘对的道理，可以帮助我们了解长律的平仄。不管长律有多长，也不过是依照粘对的规则来安排平仄。

违反了粘的规则，叫作失粘；违反了对的规则，叫作失对。在王维等人的律诗中，由于律诗尚未定型化，还有一些不粘的律诗。

例如：

使至塞上

唐·王维

单车欲问边，属国过居延。
征蓬出汉塞，归雁入胡天。
大漠孤烟直，长河落日圆。
萧关逢候骑，都护在燕①然。

注①：燕，平声。

这里第三句和第二句不粘。到了后代，失粘的情形非常罕见。至于失对，就更是诗人们所留心避免的了。

四、孤平的避忌

孤平是律诗（包括长律、律绝）的大忌，所以诗人们在写律诗的时候，注意避免孤平。在词曲中用到同类的句子的时候，也注意避免孤平。

在五言“平平仄仄平”这个句型中，第一字必须用平声；如果用了仄声字，就是犯了孤平。因为除了韵脚之外，只剩一个平声字了。七言是五言的扩展，所以在“仄仄平平仄仄平”这个句型中，第三字如果用了仄声，也叫犯孤平。在唐人的律诗中，绝对没有孤平的句子。

注意：犯孤平指的是平脚的句子；仄脚的句子即使只有一个平声字，也不算犯孤平。如李白《宿五松山下荀媪家》：“我宿五松下”，只算拗句，不算孤平。犯孤平也指的是“平平仄仄平”这个格式，至于像孟浩然《临洞庭上张丞阳》“八月湖水平”，那也是另一种拗句，不是孤平。

在这种情况下，如果五言第一字、七言第三字必须用仄声，另有一种补救办法，详见下文。

五、特定的一种平仄格式

在五言“平平平仄仄”这个句型中，可以使用另一个格式，就是“平平仄平仄”；七言是五言的扩展，所以在七言“仄仄平平平仄仄”这个句型中，也可以使用另一个格式，就是“仄仄平平仄平仄”。这种格式的特点：五言第三四两字的平仄互换位置，七言第五六两字的平仄互换位置。注意：在这种情况下，五言第一字、七言第三字必须用平声，不再是可平可仄的了。

这种格式在唐宋的律诗中是很常见的，它和常规的诗句一样常见。

唐人的试帖诗也容许有这种平仄格式，可见它是正规的格式。

例如：

月 夜

唐·杜甫

今夜鄜[1]州月，闺中只独看。
遥怜小儿女，未解忆长安。
香雾云鬟湿，清辉玉臂寒。
何时倚虚幌，双照泪痕干！

注①：鄜，读如夫，平声。看，读如刊，平声。

一首诗只有两个句子是应该用“平平平仄仄”的，这里都换上了“平平仄平仄”了。

这种特定的平仄格式，常常用在第七句。例如：

渡荆门送别

唐·李白

渡远荆门外，来从楚国游。
山随平野尽，江入大荒流。
月下飞天镜，云生结海楼。
仍怜故乡水，万里送行舟。

山中寡妇

唐·杜荀鹤

夫因兵死守蓬茅，麻苎衣衫鬓发焦。
桑柘废来犹纳税，田园荒尽尚征苗。
时挑野菜和根煮，旋[1]斫生柴带叶烧。
任是深山更[2]深处，也应无计避征徭！

注①：本诗名一作《时世行赠田妇》。旋，去声。

注②：更，去声。

六、拗救

凡平仄不依常格的句子，叫作拗句。律诗中如果多用拗句，就变成了古风式的律诗。上文所叙述的那种特定格式（五言“平平仄平仄”，七言“仄仄平平仄平仄”）也可以认为是拗句之一种，但是，它被常用到那样的程度，自然就跟一般拗句不同了。现在再谈几种拗句：它在律诗中也是相当常见的，但是前面一字用拗，后面还必须用“救”。所谓“救”，就是补偿。一般说来，前面该用平声的地方用了仄声，后面必须（或经常）在适当的位置补上一个平声。

下面三种情况是比较常见的。

⑴本句自救。在该用“平平仄仄平”的地方，第一字用了仄声，第三字补偿一个平声，以免犯孤平。这样就变成了“仄平平仄平”。七言则是由“仄仄平平仄仄平”变成了“仄仄仄平平仄平”。适应于第一、三、五字拗救。

⑵对句相救。在该用“仄仄平平仄”的地方，第四字用了仄声（或三四两字都用了仄声），就在对句的第三字改用平声来补偿。这样就成为“（仄）仄（平）仄仄，（平）平平仄平。”七言则成为“（平）平（仄）仄（平）仄仄，（仄）仄（平）平平仄平”。适应于五言，出句第三、四字拗，对句第三字相救；七言，出句第五、六字拗，对句第五字相救。

⑶本句自救兼对句相救。在该用“仄仄平平仄”的地方，第四字没有用仄声，只是第三字用了仄声。七言则是第五字用了仄声。这是半拗，可救可不救，和⑴⑵的严格性稍有不同。

诗人们在运用(1)的同时，常常在出句用(2)或(3)。这样即构成本句自救，又构成对句相救。现在试举出几个例子，并加以说明。

宿五松山下荀媪家

唐·李白

我宿五松下，寂寥无所欢。
田家秋作苦，邻女夜舂寒。
跪进雕胡饭，月光明素盘。
令人惭漂母，三谢不能餐。①

注①：令，平声。漂，去声。

第一句“五”字第二句“寂”字都是该平而用仄，“无”字平声，既救第二句的第一字，也救第一句的第三字。这是本句自救兼对句相救。第六句是孤平拗救，和第二句同一类型，但它只是本句自救，跟第五句无拗救关系。

天末怀李白

唐·杜甫

凉风起天末，君子意如何？
鸿雁几时到，江湖秋水多。
文章憎命达，魑魅喜人过①。
应共冤魂语，投诗赠汨罗。

注①：过，平声。

第一句是特定的平仄格式，用“平平仄平仄”代替“（平）平平仄仄”（参看上文）。第三句“几”字仄声拗，第四句“秋”字平声救。这是对句相救。

赋得古原草送别

唐·白居易

离离原上草，一岁一枯荣。
野火烧不尽，春风吹又生。
远芳侵古道，晴翠接荒城。
又送王孙去，萋萋满别情。

第三句“不”字仄声拗，第四句“吹”字平声救。这是对句相救。

咸阳城东楼

唐·许浑

一上高楼万里愁，蒹葭杨柳似汀洲。
溪云初起日沉阁，山雨欲来风满楼。
鸟下绿芜秦苑夕，蝉鸣黄叶汉宫秋。
行人莫问当年事，故国东来渭水流。

第三句“日”字拗，第四句“欲”字拗，“风”字既救本句“欲”字，又救出句“日”字。这是本句自救兼对句相救。

新城道中·其一

北宋·苏轼

东风知我欲山行，吹断檐间积雨声。
岭上晴云披絮帽，树头初日挂铜钲。
野桃含笑竹篱短，溪柳自摇沙水清。
西崦人家应最乐，煮芹烧笋饷春耕。

第五句“竹”字拗，第六句“自”字拗，“沙”字既救本句的“自”字，又救出句“竹”字。这是本句自救兼对句相救。

夜泊水村

南宋·陆游

腰间羽箭久凋零，太息燕然未勒铭。
老子犹堪绝大漠，诸君何至泣新亭。
一身报国有万死，双鬓向人无再青。
记取江湖泊船处，卧闻新雁落寒汀。

第五句“有”“万”二字都拗，第六句“向”字拗，“无”字既是本句自救，又是对句相救。这是本句自救兼对句相救。

由此看来，律诗一般总是合律的。有些律诗看来好像不合律，其实是用了拗救，仍旧合律。这种拗救的做法，以唐诗为较常见。宋代以后，讲究音律的诗人如苏轼、陆游等仍旧精于此道。我们今天当然不必模仿。但是，知道了拗救的道理，对于唐宋律诗的了解，是有帮助的。

七、三仄脚和三平调

律诗和绝句中的三仄脚和三平调在写作中如何把握，是初学者必须弄明白的。

（一）三仄脚，也叫三连仄，是指句尾连用三个仄声字。

例如，⊙平仄仄仄，这种句式一般出现在出句。如能改，可将三连仄的前一个字改为平声，如，⊙平平仄仄。在古体诗中，“三仄脚”是经常见到的：

清晨入古寺，初日照高林。（常建《题破山寺后禅院》）

微升古塞外，已隐暮云端。（杜甫《初月》）

孤城向水闭，独鸟背人飞。（刘长卿《馀干旅舍》）

秋水才深四五尺，野航恰受两三人。（杜甫《南邻》）

怅望千秋一洒泪，萧条异代不同时。（杜甫《咏怀古迹）》

朝罢须裁五色诏，佩声归到凤池头。（王维《和贾舍人早朝》）

（二）三平调，也叫三连平、三平尾，是指句尾连用三个平声字。

例如，⊙仄平平平，这种句式在出句和对句中都有可能出现。三平调在近体诗中是被禁止的。若只有一种声调，单调，易引起听觉疲劳，甚至引起听觉麻痹。一句诗的声调给人们感觉最明显的部分是尾部，讲究声调的近体诗特别反对三平尾，这是有声学和乐理学原理的。

要避免这种情况，可将三平调的前一个字改为仄声，如⊙仄仄平平。

古人是这样处理三仄脚和三平调的。（用了对句相救）⊙平仄仄仄，⊙仄平平平。如：

萧萧古塞冷，漠漠秋云低。（杜甫《秦州来诗》）

故人越五岭，旅雁留三湘。（贺铸《登乌边柏子

风》)

草色全经细雨湿，花枝欲动春风寒。(王维《酌酒与裴迪》)

八、“一三五不论”

关于律诗的平仄，相传有这样一个口诀：“一三五不论，二四六分明。”这是指七律(包括七绝)来说的。意思是说，第一、第三、第五字的平仄可以不拘，第二、第四、第六字的平仄必须分明。至于第七字呢，自然也是要求分明的。如果就五言律诗来说，那就应该是“一三不论，二四分明”。

这个口诀对于初学律诗的人是有用的，因为它是简单明了的。但是，它分析问题是不全面的，因为容易引起误解。这个影响很大。既然它是不全面的，就不能不予以适当的批评。

先说“一三五不论”这句话是不全面的。在五言“平平仄仄平”这个格式中，第一字不能不论，在七言“仄仄平平仄仄平”这个格式中，第三字不能不论，否则就要犯孤平。在五言“平平仄平仄”这个特定格式中，第一字也不能不论；同理，在七言“仄仄平平仄平仄”这个特定格式中，第三字也不能不论。以上讲的是五言第一字、七言第三字在一定情况下不能不论。至于五言第三字、七言第五字，在一般情况下，更是以“论”为原则了。

总之，七言仄脚的句子可以有三个字不论，平脚的句子只能有两个字不论。五言仄脚的句子可以有两个字不论，平脚的句子中能有一个字不论。“一三五不论”的话是不对的。

再说“二四六分明”这句话也是不全面的。五言第二字“分明”是对的，七言第二、四两字“分明”是对的，至于五言第四字、七言第六字，就不一定“分明”。依特定格式“平平仄平仄”五言来看，第四字并不一定“分明”；又依“仄仄平平仄平仄”来看，第六字并不一定“分明”。又如“仄仄平平仄”这个格式也可以换成“仄仄平仄仄”，只需在对句第三字补偿一个平声就是了。七言由此类推。“二四六分明”的话也不是完全正确的。

九、古风式的律诗

在律诗尚未定型化的时候，有些律诗没有完全工整。例如：

黄鹤楼

唐·崔颢

昔人已乘黄鹤去，此地空余黄鹤楼。
黄鹤一去不复返，白云千载空悠悠。
晴川历历汉阳树，芳草萋萋鹦鹉洲。
日暮乡关何处是，烟波江上使人愁。

这诗前半首是古风的格调，后半首才是律诗。依照上文所述七律的平仄的平起式来看，第一句第四字应该是仄声而用了平声（“乘”chéng），第六字应该是平声而用了仄声（“鹤”，古读入声），第三句第四字和第五字应该是平声而用了仄声（“去不”），第四句第五字应该是仄声而用了平声

（“空”）。当然，这所谓“应该”是从后代的眼光来看的，当时律诗既然还没有定型化，根本不产生应该不应该的问题。

后来也有一些诗人有意识地写一些古风式的律诗。例如：

崔氏东山草堂

唐·杜甫

爱汝玉山草堂静，高秋爽气相鲜新。
有时自发钟磬响，落日更见渔樵人。
盘剥白鸦谷口栗，饭煮青泥坊底芹。
何为[①]西庄王给事，柴门空闭锁松筠。

注①：为，去声。

作者在诗中故意违反律诗的平仄规则。第一句第六字应仄而用平（“堂”），这还不能算是上文所述的那种特定格式，因为那种格式第三字必须用平声，这句第三字“玉”字用的是仄声（入声）。第二句第五字应仄而用平（“相”），第三句第六字应用平而用仄（“磬”），第四句第三、四两字应平而用仄（“更见”），第五、六两字应仄而用平（“渔樵”）。第五、六两句是“失对”，因为两句都是仄起的句子。第五句的“谷”和第六句的“坊”也不合一般的平仄规则（虽然可认为拗救）。除了字数、韵脚、对仗像律诗以外，“芹”字今入文韵，但杜甫那个时代还是真韵字，不算出韵。若论平仄，这简直就是一篇古风。又如：

寿星院寒碧轩

宋·苏轼

清风肃肃摇窗扉，窗前修竹一尺围。
纷纷苍雪落夏簟，冉冉绿雾沾人衣。
日高山蝉抱叶响，人静翠羽穿林飞。
道人绝粒对寒碧，为[1]问鹤骨何缘肥。

注①：为，去声。

这首诗第一句第五字应仄而用平（“摇”），这种三平调已经给人一种古风的感觉。第二句如果拿“（平）平（仄）仄仄平平”来衡量，第六字应平而用仄（“尺”字古属入声）。第四句如果拿“（仄）仄平平（仄）仄平”来衡量，第三、第四两字应平而用仄（“绿雾”），第六字应仄而用平（“人”）。第五句如果拿“（平）平（仄）仄（平）平仄”来衡量，第四字应仄而用平（“蝉”），第六字应平而用仄（“叶”）。第六句如果拿“（仄）仄平平（仄）仄平”来衡量，第三、四两字应平而用仄（“翠羽”），第六字应仄而用平（“林”）。第八句如果拿“（仄）仄平平（仄）仄平”来衡量，第三、四两字应平而用仄（“鹤骨”），第六字应仄而用平（“缘”）。第七句第五字（“对”）也不合于一般平仄规则。跟“摇窗扉”一样，“沾人衣”“穿林飞”“何缘肥”都是三平调，更显出古风的格调。作者又有意识地造成失对与失粘。

古人把这种诗称为“拗体”。拗体自然不是律诗的正轨，后代模仿这种诗体的人是很少的。

第四节 律诗的对仗

一、对仗的种类

词的分类是对仗的基础。这里所谓的“词”不是诗词的“词”。词类指名词、动词等。古代诗人们在应用对仗时，所分的词类，和今天语法上所分的词类大同小异，不过当时诗人们并没有给它们起一些语法上的术语名称罢了。有时候，也有人把字分为动字、静字。所谓静字，当时指的是今天所谓名词；所谓动字就是动词。

依照律诗的对仗概括起来，词大约可以分为以下九类：

1.名词	2.形容词	3.数词（数目词）
4.颜色词	5.方位词	6.动词
7.副词	8.虚词	9.代词

代词“之”“其”归入虚词。

同类的词相对为对仗。我们应该特别注意如下四点：

1.数目自成一类，“孤”“半”等字也算数目。

2.颜色自成一类。

3.方位自成一类，主要是“东”“西”“南”“北”等字。这三类词很少跟别的词相对。

4.不及物动词常常跟形容词相对。

联绵字只能跟联绵字相对。联绵字当中又再分为名词联绵词（鸳鸯、鹦鹉等）、形容词联绵字（逶迤、磅礴等）、动词联绵字（踌躇、踊跃等）。不同词性的联绵字一般还是不能相对的。

专有名词只能与专有名词相对，最好是人名对人名，地名对地名。

名词还可以细分为以下小类：

1.天文　2.时令　3.地理　4.宫室　5.服饰

6.器用　7.植物　8.动物　9.人伦　10.人事

11.形体

二、对仗的常规——中两联对仗

为了说明的便利，古人把律诗的第一、二两句叫作首联，第三、四两句叫作颔联，第五、六两句叫作颈联，第七、八两句叫作尾联。

对仗一般用在颔联和颈联，即第三、四句和第五、六句，即正体对仗。现在试举几个典型的例子：

春日忆李白

唐·杜甫

白也诗无敌，飘然思[1]不群。
清新庾开府[2]，俊逸鲍参军。
渭[3]北春天树，江东日暮云。
何时一尊酒，重与细论[4]文？

注①：思，去声。

注②："开府"对"参军"，是官名对官名；"清新"句与"何时"句都是拗句。

注③："渭"对"江"（长江），是水名对水名。

注④：论，平声。

这里可以看出拗句在对仗上能起作用，否则“庾开府”不能对“鲍参军”。

观猎

唐·王维

风劲角弓鸣，将军猎渭城。
草枯鹰眼疾，雪尽马蹄轻。
忽过新丰市，还归细柳营。[1]
回看射雕处[2]，千里暮云平。

注①：“新丰”对“细柳”，是地名对地名。

注②：看，平声，读如刊。“回看”句是拗句。

客至

唐·杜甫

舍南舍北皆春水，但见群鸥日日来。
花径不曾缘客扫，蓬门今始为[1]君开。
盘飧市远无兼味，尊酒家贫只旧醅。
肯与邻翁相对饮，隔篱呼取尽余杯。

注①：为，去声。

鹦鹉

唐·白居易

陇西鹦鹉到江东，养得经年嘴渐红。
常恐思归先剪翅，每因喂食暂开笼。
人怜巧语情虽重[1]，鸟忆高飞意不同。
应[2]似朱门歌舞妓，深藏牢闭后房中。

注①：重，上声。

注②：应，平声。

三、前三联对仗

首联的对仗是可用可不用的。首联用了对仗，并不因此减少中两联的对仗。凡是首联用对仗的律诗，实际上常常是用了总共三联的对仗，即“富对仗”。其特征是尾联用散句，其余三联对仗。此后所讲的对仗均为变体。

五律首联用对仗的较多，七律首联用对仗的较少。主要原因是五律首句不入韵的较多，七律首句不入韵的较少。但是，这个原因不是绝对的；在首句入韵的情况下，首联用对仗还是可能的。上文所引的律诗中，已有一些首联对仗的例子。现在再举两个例子：

春夜别友人

唐·陈子昂

银烛吐青烟，金樽对绮筵。
离堂思琴瑟，别路绕山川。①
明月隐高树，长河没晓天。
悠悠洛阳去，此会在何年。②

首联对仗，首句入韵。

注①：“离堂”句连用四个平声，是特殊的拗句，是律诗尚未定型化的现象。

注②：“悠悠”句是普通的拗句，用在第七句。

恨 别

唐·杜甫

洛城一别四千里，胡骑长驱五六年。
草木变衰行剑外，兵戈阻绝老江边。
思家步月清宵立，忆弟看云白日眠。
闻到河阳近乘胜，司徒急为破幽燕。①

首联对仗，首句不入韵。

注①：骑，去声。看，平声。乘，平声。为，去声。“闻到”句是普通的拗句，用在第七句。

四、首联，颔联、颈联、尾联都用对仗，亦称“全首对”

这是比较少见的。例如：

垂 白

唐·杜甫

垂白冯唐老，清秋宋玉悲。
江喧长少睡，楼迥独移时。
多难身何补？无家病不辞！
甘从千日醉，未许七哀诗。

但是尾联半对半不对的就比较多见，例如：

杜甫《登高》尾联：“艰难苦恨繁霜鬓，潦倒新停浊酒杯。”

五、后三联对仗

尾联一般是不用对仗的。到了尾联，一首诗要结束了，对仗是不大适宜于做结束语的。但是，也有少数的例外。例如：

闻官军收河南河北

唐·杜甫

剑外忽传收蓟北，初闻涕泪满衣裳。
却看妻子愁何在，漫卷诗书喜欲狂。
白日放歌须纵酒，青春作伴好还乡。
即从巴峡穿巫峡，便下襄阳向洛阳。

这诗最后两句是一气呵成的，是一种流水对。还是和一般对仗不大相同的，这种是“富对仗”的一种，其特征是首联用散句，颔、颈、尾三联对仗。

六、少于两联的单联对仗

律诗固然以中两联对仗为原则，但是，在特殊情况下，对仗可以少于两联。这样，就只剩下单联对仗了。

这种单联对仗，比较常见的是用于颈联，即蜂腰体。这是“贫对仗”的一种，其特征是只有颈联一联对仗，其余三联用散句，形成了两头有宽松的散句而中腰却用骈偶紧束的情况，类似蜜蜂的细腰，故名。

单联对仗也可以用于颔联，如李白《宿五松下荀媪家》。甚至可以全首不用对仗，如李白《夜泊朱渚怀古》，因为不是常规，所以不详谈了。这里只谈蜂腰体。

例如：

塞下曲

唐·李白

五月天山雪，无花只有寒。
笛中闻折柳，春色未曾看[①]。

晓战随金鼓，宵眠抱玉鞍。
愿将腰下剑，直为[2]斩楼兰。

注①：看，平声。

注②：为，去声。

与诸子登岘山

唐·孟浩然

人事有代谢，往来成古今。
江山留胜迹，我辈复登临。
水落鱼梁浅，天寒梦泽深。
羊公碑尚在，读罢泪沾襟。

七、长律的对仗

长律的对仗和律诗同，只有尾联不用对仗，首联可用可不用，其余各联一律用对仗。例如：

守睢阳诗

唐·张巡

接战春来苦，孤城日渐危。
合围侔月晕，分守若鱼丽[1]。
屡厌黄尘起，时将白羽麾。
裹创[2]犹出阵，饮血更登陴。
忠信应难敌，坚贞谅不移。
无人报天子，心计欲何施！[3]

注①：丽，是平声。

注②：创，是平声。

注③：末联出句“平平仄平仄”，是特定的平仄格式，用在这里等于律诗的第七句。

学诸进士作精卫衔石填海

唐·韩愈

鸟有偿冤者，终年抱寸诚。

口衔山石细，心望海波平。

渺渺功难见，区区命已轻。

人皆讥造次，我独赏专精。

岂计休无日，惟应①尽此生。

何惭刺客传，不著报仇名！

注①：应，平声。

八、对仗的讲究

律诗的对仗，有许多讲究，现在选出重要的谈一谈。

1.工对

凡是同类的词相对，叫作工对。名词既然分为若干小类，同一小类的词相对，更是工对。有些名词虽属不同小类，但是在语言中经常平列，如天地、诗酒、花鸟等，也算工对。反义词也算工对。例如，李白《塞下曲》的“晓战随金鼓，宵眠抱玉鞍”，就是工对。

句中自对而又两句相对，算是工对。杜甫诗中的“国破山河在，城春草木深”，山与河是地理，草与木是植物，对得已经工整了，于是地理对植物也算工整了。

在一个对联中，只要多数字对得工整，就是工对。例如毛主席《送瘟神》（其二）：“红雨随心翻作浪，青山着意化为桥。天连五岭银锄落，地动三河铁臂摇。”“红”对“青”，“着意”对“随心”，“翻作”对“化为”，“天连”对“地动”，

“五岭”对“三河”，“银”对“铁”，“落”对“摇”，都非常工整；而“雨”对“山”，“浪”对“桥”，“锄”对“臂”，名词对名词，也还是工整的。

超过了这个限度，那不是工整，而是纤巧。一般地说，宋诗的对仗比唐诗纤巧；但是，宋诗的艺术水平反而比较低。

同义词相对，似工而实拙。《文心雕龙》说：“反对为优，正对为劣。”同义词比一般正对自然更“劣”。像杜甫《客至》：“花径不曾缘客扫，蓬门今始为君开”，“缘”与“为”就是同义词。因为它们是虚词（介词），不是实词，所以不算是缺点。再说，在一首诗中，偶然用一对同义词也不要紧，多用就不妥当了。出句与对句完全同义（或基本上同义），叫作“合掌”，更是诗家的大忌。

2.宽对

形式服从于内容，诗人不应该为了追求工对而损害了思想内容。同一诗人，在这一首诗中用工对，在另一首诗中用宽对，那是看具体情况来决定的。

宽对和工对之间有邻对，即邻近的事类相对。例如天文对时令，地理对宫室，颜色对方位，同义词对联绵字，等等。王维《使至塞上》：“征蓬出汉塞，归雁入胡天”，以“天”对“塞”是天文对地理；陈子昂《春夜别友人》：“离堂思琴瑟，别路绕山川”，以“路”对“堂”是地理对宫室。这类情况是很多的。

稍为更宽一点，就是名词对名词，动词对动词，形容词对形容词等，这是最普通的情况。

又更宽一点，那就是半对半不对了。首联的对仗本来可用可不用，所以首联半对半不对自然是可以的。陈子昂的“匈奴犹未灭，魏绛复从戎”，李白的“渡远荆门外，来从楚国游”就是这种情况。如果首句入韵，半对半不对的情况就更多一些。颔联的对仗本来就不像颈联那样严格，所以半对半不对也是比较常见的。杜甫的“遥怜小儿女，未解忆长安”就是这种情况。现再举毛主席的诗为例：

赠柳亚子先生

毛泽东

饮茶粤海未能忘，索句渝州叶正黄。
三十一年还旧国，落花时节①读华章。
牢骚太盛防肠断，风物长宜放眼量。
莫道昆明池水浅，观鱼胜过富春江。

注①：“三十一年”和“落花时节”，在整个意思上还是对仗。特别是“年”和“节”，本来是时令对。

3.借对

一个词有两个意义，诗人在诗中用的是甲义，但是同时借用它的乙义来与另一词相为对仗，这叫借对。例如杜甫《巫峡敝庐奉赠侍御四舅》：“行李淹吾舅，诛茅问老翁”，“行李”的“李”并不是桃李的“李”，但是诗人借用桃李的“李”的意义来与“茅”字对仗。又如《杜甫》：“酒债寻常行处有，人生七十古来稀”，古代八尺为寻，两寻为常，所以借来对数目字“七十”。

有时候，不是借意义，而是借声音。借音多见于颜色对，例如借“篮”为“蓝”，借“皇”为“黄”，借“沧”为“苍”，借“珠”为“朱”，借“清”为“青”等。杜甫《恨别》：“思家步月清宵立，忆弟看云白日眠”，以“清”对“白”，又《赴青城县出成都寄陶王二少尹》：“东郭沧江合，西山白雪高”以“沧”对“白”，就是这种情况。

4.流水对

对仗，一般是平行的两句话，它们各有独立性。但是，也有一种对仗是一句话分成两句话说，其实十个字或十四个字只是一个整体，出句独立起来没有意义，至少是意义不全。这叫流水对。现在从上文所引述用的诗篇中摘出下面的一些例子：

即从巴峡穿巫峡，便下襄阳向洛阳。（杜甫）

人怜巧语情虽重，鸟忆高飞意不同。（白居易）

塞上长城空自许，镜中衰鬓已先斑。（陆游）

总之，律诗的对仗不像平仄那样严格，诗人在运用对仗时有更大的自由。艺术修养高的诗人常常能够成功地运用工整的对仗，来做到更好地表现思想内容，而不是损害思想内容，必要时，也能够摆脱对仗的束缚来充分表现自己的意境。无原则地追求对仗的纤巧，那就是庸俗的作风了。

第五节　绝句

上文说过，绝句应该分为律绝和古绝。律绝是律诗兴起以后才有的，古绝远在律诗出现以前就有了。这里我们就把两种绝句分开来讨论。

一、律绝

律绝跟律诗一样，押韵限用平声韵脚，并且依照律句的平仄，讲究粘对。

（甲）五言绝句

1.仄起式

仄仄平平仄，平平仄仄平。
平平平仄仄，仄仄仄平平。

登鹳雀楼

唐·王之涣

白日依山尽，黄河入海流。
欲穷千里目，更上一层楼。

另一式，第一句改为仄仄仄平平，其余不变。

2.平起式

平平平仄仄，仄仄仄平平。
仄仄平平仄，平平仄仄平。

听　筝

唐·李端

鸣筝金粟柱，素手玉房前。

欲得周郎顾，时是误拂弦。

另一式，第一句改为平平仄仄平，其余不变。

（乙）七言绝句

1.仄起式

仄仄平平仄仄平，平平仄仄仄平平。

平平仄仄平平仄，仄仄平平仄仄平。

为女民兵题照

毛泽东

飒爽英姿五尺枪，曙光初照演兵场。

中华儿女多奇志，不爱红装爱武装。

另一式，第一句改为仄仄平平平仄仄，其余不变。

2.平起式

平平仄仄仄平平，仄仄平平仄仄平。

仄仄平平平仄仄，平平仄仄仄平平。

早发白帝城

唐·李白

朝辞白帝彩云间，千里江陵一日还。

两岸猿声啼不住，轻舟已过万重山。

另一式，第一句改为平平仄仄平平仄，其余不变。

跟律诗一样，五言绝句首句以不入韵为常见，七言绝句首句以入韵为常见；五言绝句以仄起为常见，七言绝句以平起为常见。

依平仄类型来看，七言平起式等于五言仄起式，七言仄起式等于五言平起式。五言平起式相当少见，七言仄起式比平起式稍为少些罢了。

跟律诗一样，律绝必须依照韵书的韵部押韵。晚唐以后，首句用邻韵是容许的。

跟律诗一样，律绝可以用特定的格式。

五言除平平仄平仄以外，还有一种罕见的拗句是仄仄平仄仄；七言除仄仄平平仄平仄以外，还有一种罕见的拗句是平平仄仄平仄仄。这一点也与律诗相同。李商隐《登乐游原》中的“向晚意不适，驱车登古原”，就是这种情况。

例如：

宿建德江

唐·孟浩然

移舟泊[1]烟渚，日暮客愁新。

野旷天低树，江清月近人。

注①：泊，入声。烟，平声。

饮湖上初晴后雨

北宋·苏轼

水光潋滟晴方好，山色空濛雨亦奇。

欲把西湖比西子[1]，淡妆浓抹总相宜。

注①：比，上声。西，平声。

跟律诗一样，律绝要避免孤平。五言“平平仄仄平”第一字用了仄声，则第三字必须是平声；七言“仄仄平平仄仄平”第三个字用了仄声，则第五字必须是平声。例如：

夜宿山寺

唐·李白

危楼高百尺，手可摘星辰。

不敢高声语，恐[1]惊天上人。

注①：恐，上声。天，平声。

回乡偶书

唐·贺知章

少小离家老大回，乡音无改鬓毛衰。

儿童相见不相识，笑问客从何[1]处来。

注①："不""客"二字拗，用"何"字救。

不，客，入声。何，平声。

绝句原则上可以不用对仗。上面所引八首绝句当中就有五首是不用对仗的。现再举两个例子：

泊秦淮

唐·杜牧

烟笼寒水月笼沙，夜泊秦淮近酒家。

商女不知亡国恨，隔江犹唱后庭花。

塞下曲（其二）

唐·卢纶

月黑雁飞高，单于夜遁逃。

欲将轻骑逐，大雪满弓刀。

如果用对仗，往往用在首联。上面所引的绝句已有一首（苏轼《饮湖上初晴雨后》）是在首联用对仗的，现在再举两首为例：

八阵图

唐·杜甫

功盖三分国，名成八阵图。
江流石不转，遗恨失吞吴。

郿坞（其二）

北宋·苏轼

衣中甲厚行何惧？坞里金多退足凭。
毕竟英雄谁得似？脐脂自照不须灯！

但是，尾联用对仗，也不少见。像上文所引孟浩然的《宿建德江》，就是尾联用对仗的。

首尾两联都用对仗，即全首用对仗，也不少见。上面所引王之涣《登鹳雀楼》是全首用对仗的。下面再引两个例子：

绝　句

唐·杜甫

迟日江山丽，春风花草香。
泥融飞燕子，沙暖睡鸳鸯。

绝句四首（其三）

唐·杜甫

两个黄鹂鸣翠柳，一行白鹭上青天。
窗含西岭千秋雪，门泊东吴万里船。

有人说，“绝句”就是截取律诗的四句，这话如果用来解释“绝句”的名称的来源，那是不对的，但是以平仄对仗而论，绝句确是截取律诗的四句：或截取前后二联，不用对仗；或截取中二联，全用对仗；或截取前二联，首联不用对仗；或截取后二联，尾联不用对仗。

二、古绝

古绝既然是和律绝对立的，它就是不受律诗格律束缚的。它是古体诗的一种。凡属于下面的两种情况之一的，应该认为是古绝：

1.用仄韵，也可用平韵。

2.不用律句的平仄，有时还不粘、不对。当然有些古绝是两种情况都具备的。

上文说过，律诗一般是用平声韵，因此，律绝也是用平声韵。如果用了仄声韵，那就可以认为是古绝。例如：

悯　农（二首）

唐·李绅

一

春种一粒粟，秋收万颗子。
　　　　　　　　　　△
四海无闲田，农夫犹饿死。
　　　　　　　　　　△

二

锄禾日当午，汗滴禾下土。
　　　　　△　　　　△
谁知盘中餐，粒粒皆辛苦。
　　　　　　　　　　△

江上渔者

北宋·范仲淹

江上往来人，但爱鲈鱼美。
　　　　　　　　　　△
君看①一叶舟，出没风波里！
　　　　　　　　　　△

注①：看，平声。

从上面所引的三首绝句中，已经可以看出，古绝是可以不依律句的平仄的。李绅《悯农》的“春种”句一连用了三个仄声，“谁知”句一连用了五个平声。范仲淹的《江上渔者》用了四个律句，但是首联平仄不对，尾联出句不粘，也还是不合律诗的规则的。

即使用了平声韵，如果不用律句，也只能算是古绝。例如：

静夜思

唐·李白

床前明月光，疑是地上霜。
举头望明月，低头思故乡。

“疑是”句有“平仄仄仄平”，不合律句，“举头”句不粘，“低头”句失对，所以是古绝。

五言古绝比较常见，七言古绝比较少见。现在试举杜甫的两首七言古绝为例：

三绝句（选二）

唐·杜甫

二十一家同入蜀，惟残一人出骆谷。
自说二女啮臂时，回头却向秦云哭。

殿前兵马虽骁雄，纵暴略与羌浑同。
闻道杀人汉水上，妇女多在官军中。

第一首“惟残”句用“平平仄平仄仄仄”，“自说”句用“仄仄仄仄仄仄平”不合律句。尾联与首联不粘，而且用了仄声韵。第二首“纵暴”句用“仄仄仄仄平平平”，“妇女”句用“仄仄平仄平平平”，都不合律句。“殿前”句不尽合。

当然，古绝和律绝的界限并不十分清楚的，因为在律诗兴起以后，即使写古绝，也不能完全不受律句的影响。这里把它们分为两类，只是要说明绝句既不可以完全归入古体诗，也不可以完全归入近体诗罢了。

第六节　古风

古体诗包括古绝与古风，上文已讲了古绝，这里重点讲古风，这是一种半自由体的诗。现在把古风的韵、平仄、对仗等，并在一起叙述。

一、古风的韵

古风既可以押平声韵，又可以押仄声韵。在仄声韵当中，还要区别上声韵、去声韵、入声韵。一般地说，不同声调是不可以押韵的。我们在讲律诗的韵的时候，已经把平声三十韵交代过了，现在再把上声二十九韵、去声三十韵、入声十七韵开列在下面。

上声二十九韵：

一董	二肿	三讲	四纸	五尾
六语	七麌	八荠	九蟹	十贿
十一轸	十二吻	十三阮	十四旱	十五潸
十六铣	十七篠	十八巧	十九皓	二十哿
二十一马	二十二养	二十三梗	二十四迥	二十五有
二十六寝	二十七感	二十八俭	二十九豏[①]	

注①：麌，读yǔ；荠，读jì；潸，读shān；铣，读xiǎn；篠，读xiǎo；哿，读gě；豏，读xiàn。

去声三十韵：

一送	二宋	三绛	四寘	五未
六御	七遇	八霁	九泰	十卦

十一队	十二震	十三问	十四愿	十五翰
十六谏	十七霰	十八啸	十九效	二十号
二十一箇	二十二祃	二十三漾	二十四敬	二十五径
二十六宥	二十七沁	二十八勘	二十九艳	三十陷[①]

注①：寘，读zhì；霰，读xiàn；祃，读mà；沁，读qìn。

入声十七韵：

一屋	二沃	三觉	四质	五物
六月	七曷	八黠	九屑	十药
十一陌	十二锡	十三职	十四缉	十五合
十六叶	十七洽			

古风用韵，比律诗用韵稍宽，一韵独用固然可以，两个以上的韵通用也行。但是，所谓通用也不是随便乱来的，必须是邻韵才能通用。依一般情况看来，**平、上、去三声各可分为十五类，如下：**

第一类：平声东冬；上声董肿；去声送宋。

第二类：平声江阳；上声讲养；去声绛漾。

第三类：平声支微齐；上声尾荠；去声实未霁。

第四类：平声鱼虞；上声语麌；去声御遇。

第五类：平声佳灰；上声蟹贿，去声泰卦队。

第六类：平声真文及元半；上声轸吻及阮半；去声震问及愿半[①]。

注①：这里所说的元半、阮半、愿半及下面所说的月半，具体的字可参看《诗韵举要》。

第七类：平声寒删先及元半；上声旱潸铣及阮半；去声

翰谏霰及愿半。②

注②：第六类和第七类也可以通用。

第八类：平声萧肴豪；上声篠巧皓；去声啸效号。

第九类：平声歌；上声哿；去声箇。

第十类：平声麻；上声马；去声祃。

第十一类：平声庚青；上声梗迥；去声敬径。

第十二类：平声蒸[3]。

注③：蒸韵上去声字少，归入迥径两韵。

第十三类：平声尤；上声有；去声宥。

第十四类：平声侵；上声寝；去声沁。

第十五类：平声覃盐咸；上声感俭豏；去声勘艳陷。

入声可分为八类：

第一类：屋沃。

第二类：觉药。

第三类：质物及月半。

第四类：曷黠屑及月半。[1]

注①：第三类和第四类也可以通用。

第五类：陌锡。

第六类：职。

第七类：缉。

第八类：合叶洽。

注意：在归并为若干大类以后，仍旧有七个韵是独用的。这七个韵如下：

歌　麻　蒸　尤　侵　职　缉[2]

注②：不举上去声韵，因为在这七个韵当中，除尤韵的上声有韵外，其余声韵是罕见的。

现在试举一些例子为证。

古风五十九首（录二）

唐·李白

其十四

胡关饶风沙，萧索竟终古。
木落秋草黄，登高望戎虏。
荒城空大漠，边邑无遗堵。
白骨横千霜，嵯峨蔽榛莽[①]。
借问谁侵陵？天骄毒威武。
赫怒我圣皇，劳师事鼙鼓。
阳和变杀气，发卒骚中土。
三十六万人，哀哀泪如雨。
且悲就行役，安得营农圃？
不见征戍儿，岂知关山苦？
李牧今不在，边人饲豺虎。

（全篇麌韵独用。）

注①：莽，读mǔ。

其十九

西上莲花山，迢迢见明星。
素手把芙蓉，虚步蹑太清。
霓裳曳广带，飘拂升天行。
邀我登云台，高揖卫叔卿。

恍恍与之去，驾鹤凌紫冥。
俯视洛阳川，茫茫走胡兵。
流血涂野草，豺狼尽冠缨。

（“清”“行”“卿”“兵”“缨”庚韵；“星”“冥”，青韵。）

伤　宅

唐·白居易

谁家起甲第，朱门大道边？
丰屋中栉比，高墙外回环。
累累六七堂，栋宇相连延。
一堂费百万，郁郁有青烟。
洞房温且清，寒暑不能干。
高堂虚且迥，坐卧见南山。
绕廊紫藤架，夹砌红药栏。
攀枝摘樱桃，带花移牡丹。
主人此中坐，十载为大官。
厨有腐败肉，库有朽贯钱。
谁能将我语，问尔骨肉间：
岂无穷贱者？忍不救饥寒？
如何奉一身，直欲保千年？
不见马家宅，今作奉诚园？

（“边”“延”“烟”“钱”“年”，先韵；“园”，元韵；“干”“栏”“丹”“官”“寒”，寒韵；“环”“山”“间”，删韵。）

醉 歌

南宋·陆游

读书三万卷，仕宦皆束阁；
学剑四十年，虏血未染锷。
不得为长虹，万丈扫寥廓；
又不为疾风，六月送飞雹。
战马死槽枥，公卿守和约，
穷边指淮淝，异域视京雒。
於乎此何心，有酒吾忍酌？
平生为衣食，敛版靴两脚。
尽虽了是非，口不给唯诺。
如今老且病，鬓秃牙齿落。
仰天少吐气，饿死实差乐。
壮心埋不朽，千载犹可作！

（“雹”，觉韵；其余的韵脚都是药韵。）

从上面这些例子可以看出，古风虽然可以通韵，但是诗人们不一定每次都用通韵。例如李白《古风》第十四首就以麌韵独用，不杂语韵字。特别要注意的是：上声和去声有时可以通韵，但是平仄不能通韵，入声字更不能与其他各声通韵。就拿“雹”字来说，它也是入声，并且是觉韵字。觉药是邻韵，本来可以跟药韵相通的。

古风的用韵，是因时代而不同的。实际语音起了变化，押韵也就不那么严格。中晚唐用韵已经稍宽，到了宋代以后，古风的用韵就更宽了。

二、柏梁体

有一种七言古诗是每句押韵的，称为柏梁体。据说汉武帝筑柏梁台，与群臣联句赋诗，句句用韵，所以这种诗称为柏梁体。其实鲍照以前的七言诗（如曹丕的《燕歌行》）都是句句用韵的，古代并非另有一种隔句用韵的七言诗。等到南北朝以后，七言诗变为隔句用韵了。句句用韵的七言诗才变成了特殊的诗体。

下面是柏梁体的一个例子：

饮中八仙歌

唐·杜甫

知章骑马似乘船，眼花落井水底眠。
汝阳三斗始朝天，道逢麹车口流涎，
恨不移封向酒泉。左相日兴费万钱，
饮如长鲸吸百川，衔杯乐圣称避贤。
宗之潇洒美少年，举觞白眼望青天，
皎如玉树临风前。苏晋长斋绣佛前，
醉中往往爱逃禅。李白一斗诗百篇，
长安市上酒家眠，天子呼来不上船，
自称臣是酒中仙。张旭三杯草圣传，
脱帽露顶王公前，挥毫落纸如云烟。
焦遂五斗方卓然，高谈雄辩惊四筵。

也有一些七言古诗，基本上是柏梁体，但是稍有变通。例如：

丽人行

唐·杜甫

三月三日天气新，长安水边多丽人。
态浓意远淑且真，肌理细腻骨肉匀。
绣罗衣裳照暮春，蹙金孔雀银麒麟。
头上何所有？翠微㔩叶垂鬓唇。
背后何所见？珠压腰衱稳称身。
就中云幕椒房亲，赐名大国虢与秦。
紫驼之峰出翠釜，水精之盘行素鳞。
犀箸厌饫久未下，鸾刀缕切空纷纶。
黄门飞鞚不动尘，御厨络绎送八珍。
箫鼓哀吟感鬼神，宾从杂遝实要津。
后来鞍马何逡巡，当轩下马入锦茵。
杨花雪落覆白苹，青鸟飞去衔红巾。
炙手可热势绝伦，慎莫近前丞相嗔。

柏梁体必须一韵到底。

三、换韵

律诗是一韵到底的。古风固然可以一韵到底，但也可以换韵，而且可以换几次韵。换韵的方式是多种多样的：可以每两句一换韵，四句一换韵，六句一换韵，也可以多到十几句才换韵；可以连用两个平声韵，连用两个仄声韵，也可以平仄韵交替。

现在举几个例子：

石壕吏

唐·杜甫

暮投石壕村，有吏夜捉人。①
老翁逾墙走，老妇出门看。②
吏呼一何怒，妇啼一何苦！③
听妇前致词，三男邺城戍。
一男附书至，二男新战死。④
存者且偷生，死者长已矣！⑤
室中更无人，惟有乳下孙。⑥
有孙母未去，出入无完裙。⑦
老妪力虽衰，请从吏夜归。⑧
急应河阳役，犹得备晨炊。
夜久语声绝，如闻泣幽咽。⑨
天明登前途，独与老翁别。⑩

注①：“村”，元韵；“人”，真韵；

注②：“看”，寒韵。真元寒通韵。

注③：“怒”“戍”，遇韵；“苦”，麌韵。麌遇上去通韵。

注④：“至” 四（寘）韵；“死” 四纸韵。

注⑤：“ 矣” 四纸韵。四（寘） 四纸通用。

注⑥:“人”，真韵；“孙”，元韵；

注⑦：“裙”，文韵。真文元通韵。

注⑧：“衰”“炊”，支韵；“归”，微韵。支微通韵。

注⑨：“绝”“咽”，屑韵。

注⑩：“别”，屑韵。

白雪歌送武判官归京

唐·岑参

北风卷地白草折，胡天八月即飞雪。①
忽如一夜春风来，千树万树梨花开。②
散入珠帘湿罗幕，狐裘不暖锦衾薄。③
将军角弓不得控，都护铁衣冷难着。
瀚海阑干百丈冰，愁云惨淡万里凝。④
中军置酒饮归客，胡琴琵琶与羌笛。⑤
纷纷暮雪下辕门，风掣红旗冻不翻。⑥
轮台东门送君去，去时雪满天山路。⑦
山回路转不见君，雪上空留马行处。

注①："折""雪"，屑韵。

注②："来""开"，灰韵。

注③"幕""薄""着"，药韵。

注④："冰""凝"，蒸韵。

注⑤："客"，陌韵；"笛"，锡韵。陌锡通韵。

注⑥："门""翻"，元韵。

注⑦："去""处"，御韵；"路"，遇韵。御遇通韵。

注意：换韵的第一句，一般总是押韵的。近体诗首句往往押韵，古风在这一点上可能是受了近体诗的影响。

四、古风的平仄

古风的平仄没有任何规定。既然唐代以前的诗在平仄上没有明确规则，那么，唐宋以后所谓的古风在平仄上也应该是完全自由的。但是，有些诗人在写古风的时候，着意避免律句，于是无形中造成一种风气，要让古风尽可能和律诗的形式区别开来，区别得越明显越好，以为这样才显得风格高古。具体的做法是尽可能多用拗句，不但用律诗所容许的那一两种拗句，而且用一切可能的拗句。我们可以从两方面看拗句：

1．从三字看，常见的拗句有下列四种三字尾：

（1）平平平。这种句式叫作三平调，是古风中最明显的特点。

（2）平仄平。

（3）仄仄仄。

（4）仄平仄。

2．从全句的平仄看，拗句的平仄不是交替的，而是相因的。或者是第二、第四字都仄，或者是第二、第四字都平。如果是七字句，还有第四、第六字都仄或都平。

试拿岑参《白雪歌送武判官归京》开始的八句来看，合乎第一种情况的有三句，即“胡天八月即飞雪”“忽如一夜春风来”“狐裘不暖锦衾薄”，合乎第二种情况（同时也合乎第一种情况）的有五句，即“北风卷地白草折”“千树万树梨花开”“散入珠帘湿罗幕”“将军角弓不得控”“都护铁衣冷难着”。

现在再举一个例子：

岁晏行

唐·杜甫

岁云暮矣多北风，潇湘洞庭白雪中。

渔父天寒网罟冻，莫徭射雁鸣桑弓。
去年米贵阙军食，今年米贱大伤农。
高马达官厌酒肉，此辈杼轴茅茨空。
楚人重鱼不重鸟，汝休枉杀南飞鸿。
况闻处处鬻男女，割慈忍爱还租庸。
往日用钱捉私铸，今许铅锡和青铜。
刻泥为之最易得，好恶不合长相蒙。
万国城头吹画角，此曲哀怨何时终？

在一首诗中，只有两个律句（“今年米贱大伤农”“万国城头吹画角”），其余都是拗句，而且在九个平脚的句子当中就有七句是三平调，可见不是偶然的。

当然，不拘粘对也是古风的特点之一，这里不详细讨论了。

五、古风的对仗

古风的对仗是极端自由的。一般不讲究对仗；如果有些地方用了对仗，也只是修辞上的需要，而不是格律上的要求。像杜甫《岁晏行》这样一首相当长的诗，全篇没有用一处对仗；岑参《白雪歌送武判官归京》只用了一个对仗，即“将军角弓不得控，都护铁衣冷难着”，也还只是一种宽对。要注意：古风的对仗和近体诗的对仗有下列两点不同：

1.在近体诗中，同字不相对；古风则同字可以相对。如杜甫《石壕吏》：老翁逾墙走，老妇出门看。

2.在近体诗中，对仗要求平仄相对；古风则不要求平仄相对。如白居易：攀枝摘樱桃，带花移牡丹。

又如岑参《白雪歌》：将军角弓不得控，都护铁衣冷难着。

人们在近体诗中对仗求其工，在古风中对仗求其拙。在他们看来，拙和高古是有关系的。其实并不必着意求拙，顺其自然、不受任何束缚就好了。

六、长短句

我们在前面讲过，古体诗有杂言的一体。杂言，也就是长短句，从三言到十一言，可以随意变化。不过，篇中多数句子还是七言，所以杂言算是七言古诗。

杂言诗由于句子的长短不受拘束，首先就给人一种奔放的感觉。最擅长杂言诗的诗人是李白，他在诗中兼用散文的语法，更加令人感觉到，这是跟一般五言、七言古诗完全不同的一种诗体。现在试举他的一首杂言诗为例：

蜀道难

唐·李白

噫吁嚱，危乎高哉！蜀道之难，难于上青天！蚕丛及鱼凫，开国何茫然！尔来四万八千岁，不与秦塞通人烟。西当太白有鸟道，可以横绝峨眉巅。地崩山摧壮士死，然后天梯石栈相钩连。上有六龙回日之高标，下有冲波逆折之回川。黄鹤之飞尚不得过，猿猱欲度愁攀援①。青泥何盘盘！百步九折萦岩峦。扪参历井仰胁息，以手抚膺坐长叹②。问君西游何时还？畏途巉岩不可攀。但见悲鸟号古木，雄飞雌从绕林间。又闻子规啼夜月，愁空山。蜀道之难，难于上青天，使人听此凋朱颜。连峰去天不盈尺，枯松倒挂倚绝壁。飞湍瀑流争喧豗，砯崖转石万壑雷。其险也若此，嗟尔远道之人胡为乎来哉！剑阁峥嵘而崔嵬，一夫当关，万夫莫开。所守或匪亲，化为狼与豺。朝避猛虎，夕避长蛇；磨牙吮血，杀人如麻。锦城虽云乐，不如早还家。蜀道之难，难于上青天，侧身西望长咨嗟。

注①：援，一作缘。

注②：叹，平声，读如滩。

七、入律的古风

讲到这里，古风和近体诗的差异就非常明显了。但是，并不是所有的古风都和近体诗迥然不同。上文说过，律诗产生以后，诗人们即使写古风，也不可能完全不受律诗的影响。有些诗人在写古风时还注意粘对（只管第二字，不管第四字），另有一些诗人，不但不避律句，而且喜欢用律句。这种情况，在七言古风中更为突出。我们试看初唐王勃所写的《滕王阁》：

滕王阁

唐·王勃

滕王高阁临江渚，佩玉鸣鸾罢歌舞。
画栋朝飞南浦云，珠帘暮卷西山雨。
闲云潭影日悠悠，物换星移几度秋。
阁中帝子今何在？槛外长江空自流！①

注①："阁中"句不粘，是由于初唐律诗尚未定型。

这首诗平仄合律，粘对基本上合律，几乎是两首律绝连在一起，不过其中一首是仄韵绝句罢了。注意：这种仄韵与平韵的交替，四句一换韵，到后来成为入律古风的典型。高适、王维等人的七言古风，基本上依照这个格式。

现在再举高适诗歌的一个例子：

燕歌行

唐·高适

汉家烟尘在东北，汉将辞家破残贼。
男儿本自重横行，天子非常赐颜色。
摐金伐鼓下榆关，旌旆逶迤碣石间。
校尉羽书飞瀚海，单于猎火照狼山。
山川萧条极边土，胡骑[①]凭陵杂风雨。
战士军前半死生，美人帐下犹歌舞。
大漠穷秋塞草腓，孤城落日斗兵稀。
身当恩遇常轻敌，力尽关山未解围。
铁衣远戍辛勤久，玉箸应啼别离后[②]。
少妇城南欲断肠，征人蓟北空回首。
边庭飘飖那可度，绝域苍茫更何有。
杀气三时作阵云，寒声一夜传刁斗。
相看白刃血纷纷，死节从来岂顾勋。
君不见[③]沙场争战苦，至今犹忆李将军。

注①：骑，去声。

注②：后，上声。

注③："君不见"，这是七言古诗中常见的句首语。这句话应看作三字加五字。

这一首古风有律诗很多的特点，主要表现在：

1.篇中各句基本上都是律句或准律句，即（仄）仄平平仄平仄。

2.基本上依照粘对的规则，特别是出句和对句的平仄完全是对立的。

3.基本上四句一换韵，每段都像一首平韵绝句或仄韵绝句：其中有一韵是八句的，像仄韵律诗。

4.韵部完全依照韵书，而且多数是工对。

5.大量地运用对仗，而且多数是工对。

就古风入律不入律这一点看，高适、王维是一派（入律），后来白居易、陆游等人是属于这一派的；李白、杜甫是另一派（不入律），后来韩愈、苏轼是属于这另一派的。白居易、元稹等人所提倡的"元和体"，实际上是把入律的古风加以灵活运用罢了。

由上所述，我们可以看到，在古风的名义下，有各种不同的体裁，其中有些体裁相互之间有很大的差别。杂言古体诗与入律的古风可以说是两个极端。五言古诗与七言古诗也不相同：五古不入律的较多，七古入律的较多。当然也有例外，像柏梁体就不可能是入律的古风。从各种不同的角度去看各种古风，才不至于怀疑它们的格律是不可捉摸的。

第七节　诗谱

律诗谱式

（○平声 ●仄声 ⊙可平可仄 △平韵）

五绝

1.五绝平起首句不押韵

平平平仄仄，仄仄仄平平。（韵）
⊙　　　　　⊙
仄仄平平仄，平平仄仄平。（韵）
⊙

2.五绝平起首句押韵

平平仄仄平，（韵）仄仄仄平平。（韵）
　　　　　　　　　⊙
仄仄平平仄，　　　平平仄仄平。（韵）
⊙

3.五绝仄起首句不押韵

仄仄平平仄，平平仄仄平。（韵）
⊙
平平平仄仄，仄仄仄平平。（韵）
⊙　　　　　⊙

4.五绝仄起首句押韵

仄仄仄平平，（韵）平平仄仄平。（韵）
⊙
平平平仄仄，　　　仄仄仄平平。（韵）
⊙　　　　　　　　⊙

七绝

5.七绝平起首句不押韵

平平仄仄平平仄，仄仄平平仄仄平。（韵）
⊙　⊙　　　　　⊙
仄仄平平平仄仄，平平仄仄仄平平。（韵）
⊙　⊙　　　　　⊙　⊙

6.七绝平起首句押韵

平平仄仄仄平平，（韵）仄仄平平仄仄平。（韵）
⊙　⊙　　　　　　　　⊙
仄仄平平平仄仄，　　　平平仄仄仄平平。（韵）
⊙　⊙　　　　　　　　⊙　⊙

7.七绝仄起首句不押韵

仄仄平平平仄仄，平平仄仄仄平平。(韵)
平平仄仄平平仄，仄仄平平仄仄平。(韵)

8.七绝仄起首句押韵

仄仄平平仄仄平，(韵)平平仄仄仄平平。(韵)
平平仄仄平平仄，　　　仄仄平平仄仄平。(韵)

五律

9.五律平起首句不押韵

平平平仄仄，仄仄仄平平。（韵）
仄仄平平仄，平平仄仄平。（韵）
平平平仄仄，仄仄仄平平。（韵）
仄仄平平仄，平平仄仄平。（韵）

10.五律平起首句押韵

平平仄仄平，（韵）仄仄仄平平。（韵）
仄仄平平仄，　　　平平仄仄平。（韵）
平平平仄仄，　　　仄仄仄平平。（韵）
仄仄平平仄，　　　平平仄仄平。（韵）

11.五律仄起首句不押韵

仄仄平平仄，平平仄仄平。（韵）
平平平仄仄，仄仄仄平平。（韵）
仄仄平平仄，平平仄仄平。（韵）
平平平仄仄，仄仄仄平平。（韵）

12.五律仄起首句押韵

仄仄仄平平，（韵）平平仄仄平。（韵）

平平平仄仄，　　仄仄仄平平。（韵）
仄仄平平仄，　　平平仄仄平。（韵）
平平平仄仄，　　仄仄仄平平。（韵）

七律

13.七律平起首句不押韵

平平仄仄平平仄，仄仄平平仄仄平。（韵）
仄仄平平平仄仄，平平仄仄仄平平。（韵）
平平仄仄平平仄，仄仄平平仄仄平。（韵）
仄仄平平平仄仄，平平仄仄仄平平。（韵）

14.七律平起首句押韵

平平仄仄仄平平，（韵）仄仄平平仄仄平。（韵）
仄仄平平平仄仄，　　平平仄仄仄平平。（韵）
平平仄仄平平仄，　　仄仄平平仄仄平。（韵）
仄仄平平平仄仄，　　平平仄仄仄平平。（韵）

15.七律仄起首句不押韵

仄仄平平平仄仄，平平仄仄仄平平。（韵）
平平仄仄平平仄，仄仄平平仄仄平。（韵）
仄仄平平平仄仄，平平仄仄仄平平。（韵）
平平仄仄平平仄，仄仄平平仄仄平。（韵）

16.七律仄起首句押韵

仄仄平平仄仄平，（韵）平平仄仄仄平平。（韵）
平平仄仄平平仄，　　仄仄平平仄仄平。（韵）
仄仄平平平仄仄，　　平平仄仄仄平平。（韵）
平平仄仄平平仄，　　仄仄平平仄仄平。（韵）

诗谱例举

五绝

1.五绝平起首句不押韵

平平平仄仄，仄仄仄平平。（韵）
仄仄平平仄，平平仄仄平。（韵）

山　中

唐 · 王勃

长江悲已滞，万里念将归。
况属高秋晚，山中黄叶飞。

草

唐 · 白居易

离离原上草，一岁一枯荣。
野火烧不尽，春风吹又生。

2.五绝平起首句押韵

平平仄仄平，（韵）仄仄仄平平。（韵）
仄仄平平仄，平平仄仄平。（韵）

闺人赠远（节选）

唐 · 王涯

花明绮陌春，柳拂御沟新。
为报辽阳客，流芳不待人。

3.五绝仄起首句不押韵

仄仄平平仄，平平仄仄平。（韵）
平平平仄仄，仄仄仄平平。（韵）

南中咏雁诗

唐·韦承庆

万里人南去，三春雁北飞。

不知何岁月，得与尔同归。

独坐敬亭山

唐·李白

众鸟高飞尽，孤云独去闲。

相看两不厌，只有敬亭山。

4.五绝仄起首句押韵

仄仄仄平平，（韵）平平仄仄平。（韵）

平平平仄仄，仄仄仄平平。（韵）

塞下曲

唐·卢纶

林暗草惊风，将军夜引弓。

平明寻白羽，没在石棱中。

七绝

5.七绝平起首句不押韵

平平仄仄平平仄，仄仄平平仄仄平。（韵）

仄仄平平平仄仄，平平仄仄仄平平。（韵）

南游感兴

唐·窦巩

伤心欲问前朝事，惟见江流去不回。
日暮东风春草绿，鹧鸪飞上越王台。

饮湖上初晴后雨

北宋·苏轼

水光潋滟晴方好，山色空蒙雨亦奇。
欲把西湖比西子，淡妆浓抹总相宜。

江南逢李龟年

唐·杜甫

岐王宅里寻常见，崔九堂前几度闻。
正是江南好风景，落花时节又逢君。

约　客

南宋·赵师秀

黄梅时节家家雨，青草池塘处处蛙。
有约不来过夜半，闲敲棋子落灯花。

登飞来峰

北宋·王安石

飞来山上千寻塔，闻说鸡鸣见日升。
不畏浮云遮望眼，自缘身在最高层。

6.七绝平起首句押韵

平平仄仄仄平平，（韵）仄仄平平仄仄平。（韵）
仄仄平平平仄仄，　　　平平仄仄仄平平。（韵）

出　塞

唐·王昌龄

秦时明月汉时关，万里长征人未还。
但使龙城飞将在，不教胡马度阴山。

己亥杂诗（其一）

清·龚自珍

九州生气恃风雷，万马齐喑究可哀。
我劝天公重抖擞，不拘一格降人才。

闻王昌龄左迁龙标遥有此寄

唐·李白

杨花落尽子规啼，闻道龙标过五溪。
我寄愁心与明月，随风直到夜郎西。

逢入京使

唐·岑参

故园东望路漫漫，双袖龙钟泪不干。
马上相逢无纸笔，凭君传语报平安。

莫干山

毛泽东

翻身跃入七人房，回首峰峦入莽苍。
四十八盘才走过，风驰又已到钱塘。

望天门山

唐·李白

天门中断楚江开，碧水东流至此回。
两岸青山相对出，孤帆一片日边来。

夜书所见

南宋·叶绍翁

萧萧梧叶送寒声，江上秋风动客情。
知有儿童挑促织，夜深篱落一灯明。

题西林壁

北宋·苏轼

横看成岭侧成峰，远近高低各不同。
不识庐山真面目，只缘身在此山中。

望洞庭

唐·刘禹锡

湖光秋月两相和，潭面无风镜未磨。
遥望洞庭山水色，白银盘里一青螺。

秋 思

唐·张籍

洛阳城里见秋风，欲作家书意万重。
复恐匆匆说不尽，行人临发又开封。

石灰吟

明·于谦

千锤万凿出深山， 烈火焚烧若等闲。
粉骨碎身浑不怕，要留清白在人间。

芙蓉楼送辛渐

唐·王之涣

黄河远上白云间，一片孤城万仞山。
羌笛何须怨杨柳，春风不度玉门关。

泊秦淮

唐·杜牧

烟笼寒水月笼沙，夜泊秦淮近酒家。
商女不知亡国恨，隔江犹唱后庭花。

过松源晨炊漆公店

南宋·杨万里

莫言下岭便无难，赚得行人空喜欢。
正入万山圈子里，一山放过一山拦。

峨眉山月歌

唐·李白

峨眉山月半轮秋，影入平羌江水流。
夜发清溪向三峡，思君不见下渝州。

春夜洛城闻笛

唐·李白

谁家玉笛暗飞声，散入春风满洛城。
此夜曲中闻折柳，何人不起故园情。

早春呈水部张十八员外

唐·韩愈

天街小雨润如酥，草色遥看近却无。
最是一年春好处，绝胜烟柳满皇都。

月　夜

唐·刘方平

更深月色半人家，北斗阑干南斗斜。
今夜偏知春气暖，虫声新透绿窗纱。

7.七绝仄起首句不押韵

仄仄平平平仄仄，平平仄仄仄平平。（韵）
平平仄仄平平仄，仄仄平平仄仄平。（韵）

赠刘景文

北宋·苏轼

荷尽已无擎雨盖，菊残犹有傲霜枝。
一年好景君须记，最是橙黄橘绿时。

绝　句

唐·杜甫

两个黄鹂鸣翠柳，一行白鹭上青天。
窗含西岭千秋雪，门泊东吴万里船。

九月九日忆山东兄弟

唐·王维

独在异乡为异客，每逢佳节倍思亲。
遥知兄弟登高处，遍插茱萸少一人。

8.七绝仄起首句押韵

仄仄平平仄仄平，（韵）平平仄仄仄平平。（韵）
⊙　　　　　　　　　　⊙　⊙
平平仄仄平平仄，　　　仄仄平平仄仄平。（韵）
⊙　⊙　　　　　　　　⊙

从军行

唐·王昌龄

青海长云暗雪山，孤城遥望玉门关。
黄沙百战穿金甲，不破楼兰终不还。

为女民兵题照

毛泽东

飒爽英姿五尺枪，曙光初照练兵场。
中华儿女多奇志，不爱红装爱武装。

村　居

清·高鼎

草长莺飞二月天，拂堤杨柳醉春烟。
儿童散学归来早，忙趁东风放纸鸢。

小　池

南宋·杨万里

泉眼无声惜细流，树阴照水爱晴柔。
小荷才露尖尖角，早有蜻蜓立上头。

赠汪伦

唐·李白

李白乘舟将欲行，忽闻岸上踏歌声。
桃花潭水深千尺，不及汪伦送我情。

山　行

唐·杜牧

远上寒山石径斜，白云生处有人家。
停车坐爱枫林晚，霜叶红于二月花。

望庐山瀑布

唐·李白

日照香炉生紫烟，遥看瀑布挂前川。
飞流直下三千尺，疑是银河落九天。

宿新市徐公店

南宋·杨万里

篱落疏疏一径深，树头花落未成阴。
儿童急走追黄蝶，飞入菜花无处寻。

嫦　娥

唐·李商隐

云母屏风烛影深，长河渐落晓星沉。
嫦娥应悔偷灵药，碧海青天夜夜心。

乞　巧

唐·林杰

七夕今宵看碧霄，牵牛织女渡河桥。
家家乞巧望秋月，穿尽红丝几万条。

春　日

南宋·朱熹

胜日寻芳泗水滨，无边光景一时新。
等闲识得东风面，万紫千红总是春。

咏　柳

唐·贺知章

碧玉妆成一树高，万条垂下绿丝绦。
不知细叶谁裁出，二月春风似剪刀。

黄鹤楼送孟浩然之广陵

唐·李白

故人西辞黄鹤楼，烟花三月下扬州。
孤帆远影碧空尽，唯见长江天际流。

游山西村

南宋·陆游

莫笑农家腊酒浑，丰年留客足鸡豚。
山重水复疑无路，柳暗花明又一村。

四时田园杂兴

北宋·范成大

昼出耘田夜绩麻，村庄儿女各当家。
童孙未解供耕织，也傍桑阴学种瓜。

乡村四月

南宋·翁卷

绿遍山原白满川，子规声里雨如烟。
乡村四月闲人少，才了蚕桑又插田。

泊船瓜洲

北宋·王安石

京口瓜洲一水间，钟山只隔数重山。
春风又绿江南岸，明月何时照我还？

舟过安仁

南宋·杨万里

一叶渔船两小童，收篙停棹坐船中。
怪生无雨都张伞，不是遮头是使风。

竹　石

清·郑燮

咬定青山不放松，立根原在破岩中。
千磨万击还坚劲，任尔东西南北风。

江畔独步寻花

唐·杜甫

黄四娘家花满蹊，千朵万朵压枝低。
留连戏蝶时时舞，自在娇莺恰恰啼。

夜雨寄北

唐·李商隐

君问归期未有期，巴山夜雨涨秋池。
何当共剪西窗烛，却话巴山夜雨时。

观书有感

南宋·朱熹

半亩方塘一鉴开，天光云影共徘徊。
问渠那得清如许？为有源头活水来。

论诗五首（其二）

清·赵翼

李杜诗篇万口传，至今已觉不新鲜。
江山代有才人出，各领风骚数百年。

十一月四日风雨大作

南宋·陆游

僵卧孤村不自哀，尚思为国戍轮台。
夜阑卧听风吹雨，铁马冰河入梦来。

秋　词

唐·刘禹锡

自古逢秋悲寂寥，我言秋日胜春朝。
晴空一鹤排云上，便引诗情到碧霄。

己亥杂诗（其五）

清·龚自珍

浩荡离愁白日斜，吟鞭东指即天涯。
落红不是无情物，化作春泥更护花。

赤　壁

唐·杜牧

折戟沉沙铁未销，自将磨洗认前朝。
东风不与周郎便，铜雀春深锁二乔。

五律

9.五律平起首句不押韵

$\underset{\odot}{\text{平}}$平平仄仄，$\underset{\odot}{\text{仄}}$仄仄平平。（韵）
$\underset{\odot}{\text{仄}}$仄平平仄，平平仄仄平。（韵）
$\underset{\odot}{\text{平}}$平平仄仄，$\underset{\odot}{\text{仄}}$仄仄平平。（韵）
$\underset{\odot}{\text{仄}}$仄平平仄，平平仄仄平。（韵）

过故人庄

唐·孟浩然

故人具鸡黍，邀我至田家。
绿树村边合，青山郭外斜。
开轩面场圃，把酒话桑麻。
待到重阳日，还来就菊花。

送友人

唐·李白

青山横北郭，白水绕东城。
此地一为别，孤蓬万里征。
浮云游子意，落日故人情。
挥手自兹去，萧萧班马鸣。

野　望

唐·王绩

东皋薄暮望，徙倚欲何依。
树树皆秋色，山山唯落晖。
牧人驱犊返，猎马带禽归。
相顾无相识，长歌怀采薇。

10.五律平起首句押韵

平平仄仄平，（韵）仄仄仄平平。（韵）
仄仄平平仄，　　　平平仄仄平。（韵）
平平平仄仄，　　　仄仄仄平平。（韵）
仄仄平平仄，　　　平平仄仄平。（韵）

晚　晴

唐·李商隐

深居俯夹城，春去夏犹清。
天意怜幽草，人间重晚晴。
并添高阁回，微注小窗明。
越鸟巢干后，归飞体更轻。

11.五律仄起首句不押韵

仄仄平平仄，平平仄仄平。（韵）
平平平仄仄，仄仄仄平平。（韵）
仄仄平平仄，平平仄仄平。（韵）
平平平仄仄，仄仄仄平平。（韵）

次北固山下

唐·王湾

客路青山外，行舟绿水前。
潮平两岸阔，风正一帆悬。
海日生残夜，江春入旧年。
乡书何处达，归雁洛阳边。

鲁山山行

北宋·梅尧臣

适与野情惬，千山高复低。
好峰随处改，幽径独行迷。
霜落熊升树，林空鹿饮溪。
人家在何许，云外一声鸡。

渡荆门送别

唐·李白

渡远荆门外，来从楚国游。
山随平野尽，江入大荒流。
月下飞天镜，云生结海楼。
仍怜故乡水，万里送行舟。

春　望

唐·杜甫

国破山河在，城春草木深。

感时花溅泪，恨别鸟惊心。
烽火连三月，家书抵万金。
白头搔更短，浑欲不胜簪。

商山早行

唐·温庭筠

晨起动征铎，客行悲故乡。
鸡声茅店月，人迹板桥霜。
槲叶落山路，枳花照驿墙。
因思杜陵梦，凫雁满回塘。

12.五律仄起首句押韵

仄仄仄平平，（韵）平平仄仄平。（韵）
⊙
平平平仄仄，　　　仄仄仄平平。（韵）
⊙　　　　　　　　⊙
仄仄平平仄，　　　平平仄仄平。（韵）
⊙
平平平仄仄，　　　仄仄仄平平。（韵）
⊙　　　　　　　　⊙

终南山

唐·王维

太乙近天都，连山到海隅。
白云回望合，青霭入看无。
分野中峰变，阴晴众壑殊。
欲投人处宿，隔水问樵夫。

送杜少府之任蜀州

唐·王勃

城阙辅三秦，风烟望五津。
与君离别意，同是宦游人。
海内存知己，天涯若比邻。
无为在歧路，儿女共沾巾。

从军行

唐·杨炯

烽火照西京，心中自不平。
牙璋辞凤阙，铁骑绕龙城。
雪暗凋旗画，风多杂鼓声。
宁为百夫长，胜作一书生。

七律

13.七律平起首句不押韵

平平仄仄平平仄，仄仄平平仄仄平。（韵）
⊙　⊙　　　　　　⊙
仄仄平平平仄仄，平平仄仄仄平平。（韵）
⊙　⊙　　　　　　⊙　⊙
平平仄仄平平仄，仄仄平平仄仄平。（韵）
⊙　⊙　　　　　　⊙
仄仄平平平仄仄，平平仄仄仄平平。（韵）
⊙　⊙　　　　　　⊙　⊙

客　至

唐·杜甫

舍南舍北皆春水，但见群鸥日日来。

花径不曾缘客扫，蓬门今始为君开。
盘飧市远无兼味，樽酒家贫只旧醅。
肯与邻翁相对饮，隔篱呼取尽余杯。

黄鹤楼

唐·崔颢

昔人已乘黄鹤去，此地空余黄鹤楼。
黄鹤一去不复返，白云千载空悠悠。
晴川历历汉阳树，芳草萋萋鹦鹉洲。
日暮乡关何处是，烟波江上使人愁。

酬乐天扬州初逢席上见赠

唐·刘禹锡

巴山楚水凄凉地，二十三年弃置身。
怀旧空吟闻笛赋，到乡翻似烂柯人。
沉舟侧畔千帆过，病树前头万木春。
今日听君歌一曲，暂凭杯酒长精神。

14.七律平起首句押韵

平平仄仄仄平平，（韵）仄仄平平仄仄平。（韵）
⊙　⊙　　　　　　　　　⊙
仄仄平平平仄仄，　　　平平仄仄仄平平。（韵）
⊙　⊙　　　　　　　　　⊙　⊙
平平仄仄平平仄，　　　仄仄平平仄仄平。（韵）
⊙　⊙　　　　　　　　　⊙
仄仄平平平仄仄，　　　平平仄仄仄平平。（韵）
⊙　⊙　　　　　　　　　⊙　⊙

人民解放军占领南京

毛泽东

钟山风雨起苍黄，百万雄师过大江。
虎踞龙盘今胜昔，天翻地覆慨而慷。
宜将剩勇追穷寇，不可沽名学霸王。
天若有情天亦老，人间正道是沧桑。

长　征

毛泽东

红军不怕远征难，万水千山只等闲。
五岭逶迤腾细浪，乌蒙磅礴走泥丸。
金沙水拍云崖暖，大渡桥横铁索寒。
更喜岷山千里雪，三军过后尽开颜。

钱塘湖春行

唐·白居易

孤山寺北贾亭西，水面初平云脚低。
几处早莺争暖树，谁家新燕啄春泥。
乱花渐欲迷人眼，浅草才能没马蹄。
最爱湖东行不足，绿杨阴里白沙堤。

左迁蓝关示侄孙湘

唐·韩愈

一封朝奏九重天，夕贬潮州路八千。

欲为圣明除弊事，肯将衰朽惜残年。
云横秦岭家何在，雪拥蓝关马不前。
知汝远来应有意，好收吾骨瘴江边。

15.七律仄起首句不押韵

仄仄平平平仄仄，平平仄仄仄平平。（韵）
平平仄仄平平仄，仄仄平平仄仄平。（韵）
仄仄平平平仄仄，平平仄仄仄平平。（韵）
平平仄仄平平仄，仄仄平平仄仄平。（韵）

咏怀古迹

唐·杜甫

诸葛大名垂宇宙，宗臣遗像肃清高。
三分割据纡筹策，万古云霄一羽毛。
伯仲之间见伊吕，指挥若定失萧曹。
运移汉祚终难复，志决身歼军务劳。

闻官军收河南河北

唐·杜甫

剑外忽传收蓟北，初闻涕泪满衣裳。
却看妻子愁何在，漫卷诗书喜欲狂。
白日放歌须纵酒，青春作伴好还乡。
即从巴峡穿巫峡，便下襄阳向洛阳。

16.七律仄起首句押韵

仄仄平平仄仄平，（韵）平平仄仄仄平平。（韵）
平平仄仄平平仄，　　　仄仄平平仄仄平。（韵）
仄仄平平平仄仄，　　　平平仄仄仄平平。（韵）
平平仄仄平平仄，　　　仄仄平平仄仄平。（韵）

七律·到韶山

毛泽东

一九五九年六月二十五日到韶山,离别这个地方已有三十二周年了。

别梦依稀咒逝川，故园三十二年前。
红旗卷起农奴戟，黑手高悬地主鞭。
为有牺牲多壮志，敢教日月换新天。
喜看稻菽千重浪，遍地英雄下夕烟。

七律二首·送瘟神（其一）

毛泽东

读六月三日《人民日报》,余江县消灭了血吸虫。浮想联翩,夜不能寐,微风拂煦,旭日临窗，遥望南天,欣然命笔。

绿水青山枉自多，华佗无奈小虫何！
千村薜荔人遗矢，万户萧疏鬼唱歌。
坐地日行八万里，巡天遥看一千河。
牛郎欲问瘟神事，一样悲欢逐逝波。

登 高

唐·杜甫

风急天高猿啸哀，渚清沙白鸟飞回。
无边落木萧萧下，不尽长江滚滚来。
万里悲秋常作客，百年多病独登台。
艰难苦恨繁霜鬓，潦倒新停浊酒杯。

游山西村

南宋·陆游

莫笑农家腊酒浑，丰年留客足鸡豚。
山重水复疑无路，柳暗花明又一村。
箫鼓追随春社近，衣冠简朴古风存。
从今若许闲乘月，拄杖无时夜叩门。

过零丁洋

明·文天祥

辛苦遭逢起一经， 干戈寥落四周星。
山河破碎风飘絮， 身世浮沉雨打萍。
惶恐滩头说惶恐， 零丁洋里叹零丁。
人生自古谁无死， 留取丹心照汗青。

无 题

唐·李商隐

相见时难别亦难，东风无力百花残。

春蚕到死丝方尽，蜡炬成灰泪始干。
晓镜但愁云鬓改，夜吟应觉月光寒。
蓬山此去无多路，青鸟殷勤为探看。

登　楼

唐·杜甫

花近高楼伤客心，万方多难此登临。
锦江春色来天地，玉垒浮云变古今。
北极朝廷终不改，西山寇盗莫相侵。
可怜后主还祠庙，日暮聊为《梁甫吟》。

第八节　平水韵表

“平水韵”（平水韵部）由其刊行者宋末平水人刘渊而得名。平水韵依据唐人用韵情况，把汉字划分成一百零七个韵部（其书今佚）。每个韵部包含若干字，作律绝诗用韵，其韵脚的字必须出自同一韵部，不能错用。隋朝陆法言的《切韵》分为二百零六韵，过于细，唐代规定相近的韵可以合用，所以唐朝《切韵》实际简化版为一百九十三韵。南宋原籍山西平水人刘渊，在著《壬子新刊礼部韵略》时将同用的韵合并，成一百零七韵，同期山西平水官员金人王文郁著《平水新刊韵略》为一百零六韵，清代康熙年间编的《佩文韵府》把《平水韵》并为一百零六个韵部，这就是后来广为流传的平水韵。

平水韵部

平韵：

上平声十五部

上平一东：东同童僮铜桐峒筒瞳中【中间】衷忠盅虫冲终忡崇嵩【崧】菘戎绒弓躬宫穹融雄熊穷冯风枫疯丰充隆窿空公功工攻蒙濛朦瞢笼胧栊咙聋珑砻泷蓬篷洪荭红虹鸿丛翁嗡匆葱聪骢通棕烘崆

上平二冬：冬咚彤农侬宗淙锺钟龙茏舂松淞冲容榕蓉溶庸佣慵封胸凶匈汹雍邕痈浓脓重【重复】从【服从】逢缝峰锋丰蜂烽葑纵【纵横】踪茸蛩邛筇跫供【供给】蚣喁

上平三江：江缸窗邦降【降伏】双泷庞撞豇扛杠腔梆桩幢蛩【冬韵同】

上平四支：支枝肢移【竹移】为【施为】垂吹陂碑奇宜仪皮儿离施知驰池规危夷师姿迟龟眉悲之芝时诗棋旗辞词期祠基疑姬丝司葵医帷思滋持随痴维卮麋螭麾墀弥慈遗肌脂雌披嬉尸狸炊湄篱兹差【参差】疲茨卑亏蕤骑【跨马】歧岐谁斯澌私窥熙欺疵赀羁彝髭颐资縻饥衰锥姨夔祇涯【佳、麻韵同】伊追蓍缁萁箕椎罴篪萎匙脾坻嶷治【治国】骊綦怡尼漪牺饴而鸱推【灰韵同】匙陲魑锤缡璃骊羸帔糜蘼脾芪畸牺羲曦欹漪猗崎崖萎筛狮蛳鸱绥虽粢瓷椎饴嫠痍惟唯机耆逵岿丕毗枇貔楣霉辎蚩嗤媸飔坍莳鲥鹚笞漓怡贻禧噫其琪祺麒嶷螭栀鹂累踟琵祁骐訾咨睢馗胝鳍蛇【委蛇】陴淇丽【地名】厮氏【月氏】僖嘻琦怩熹孜罹磁痿隋逶郦嵋唯椅【音漪,木名】

上平五微：微薇晖辉徽挥韦围帏违闱霏菲【芳菲】妃飞非扉肥威祈畿机几【微也、如见几】讥玑稀希衣【衣服】依归饥【支韵同】矶欷诽绯晞葳巍沂圻颀

上平六鱼：鱼渔初书舒居裾琚车【麻韵同】渠蕖余予【我也】誉【动词】舆胥狙锄疏蔬梳虚嘘墟徐猪闾庐驴诸储除滁蜍如畲淤妤苴菹沮徂龉茹榈於袪蘧疽蛆醵纾樗躇【药韵同】欤据【拮据】

上平七虞：虞愚娱隅无芜巫于衢癯瞿氍儒襦濡须需朱珠株诛硃铢蛛殊俞瑜榆愉逾渝窬谀腴区躯驱岖趋扶符凫芙雏敷麸夫肤纡输枢厨俱驹模谟摹蒲逋胡湖瑚乎壶狐弧孤

辜姑觚菰徒途涂荼图屠奴吾梧吴租卢鲈炉芦颅垆蚨孥帑苏酥乌污【污秽】枯粗都茱侏姝禺拘嵎踾桴俘臾萸吁滹瓠糊醐呼沽酤泸舻轳鸬驽匍葡铺【铺盖】菟诬呜迂盂竽趺毋孺酴鸪骷刳蛄晡蒱葫呱蝴劬殂猢郛孚

上平八齐：齐黎犁梨妻【夫妻】萋凄堤低题提蹄啼鸡稽兮倪霓西栖犀嘶撕梯鼙赍迷泥溪蹊圭闺携畦嵇跻奚脐醯虀蠡醍鹈奎批砒睽荑篦齑藜猊蜺鲵羝

上平九佳：佳街鞋牌柴钗差【差使】崖涯【支麻韵同】偕阶皆谐骸排乖怀淮豺侪埋霾斋槐【灰韵同】睚崽楷秸揩挨俳

上平十灰：灰恢魁隈回徊槐【佳韵同】梅枚玫媒煤雷颓崔催摧堆陪杯醅嵬推【支韵同】诙裴培盔偎煨瑰茴追胚徘坯桅傀儡【贿韵同】莓开哀埃台苔抬该才材财裁栽哉来莱灾猜孩徕骀胎唉垓挨皑呆腮

上平十一真：真因茵辛新薪晨辰臣人仁神亲申身宾滨槟缤邻鳞麟珍瞋尘陈春津秦频蘋颦濒银垠筠巾民岷泯【轸韵同】珉贫莼淳醇纯唇伦轮沦抡匀旬巡驯钧均榛莘遵循甄宸纶椿鹑屯呻粼嶙辚磷呻伸绅寅姻荀询峋氤恂嫔彬皴娠闽纫湮肫逡菌臻豳

上平十二文：文闻纹蚊云分【分离】氛纷芬焚坟群裙君军勤斤筋勋薰曛醺芸耘芹欣氲荤汶汾殷雯贲纭昕熏

上平十三元：元原源沅鼋园袁猿垣烦蕃樊喧萱暄冤言轩藩媛援辕番繁翻幡璠鸳鹓蜿湲爰掀燔圈谖魂浑温孙门尊【樽】存敦墩炖暾蹲豚村屯囤【囤积】盆奔论【动词】昏痕

根恩吞荪扪昆鲲坤仑婚阍髡馄喷狲饨臀跟瘟飧

上平十四寒：寒韩翰【翰韵同】丹单安鞍难【艰难】餐檀坛滩弹残干肝竿阑栏澜兰看【翰韵同】刊丸完桓纨端湍酸团攒官观【观看】鸾銮峦冠【衣冠】欢宽盘蟠漫【大水貌】叹【翰韵同】邯郸摊玕拦珊狻鼾杆跚姗殚箪瘅谰獾倌棺剜潘拚【问韵同】槃般蹒瘢磐瞒谩馒鳗钻抟邗汗【可汗】

上平十五删：删潸关弯湾还环鬟寰班斑蛮颜奸攀顽山闲艰间【中间】悭患【谏韵同】孱潺擐圜菅般【寒韵同】颁鬘疝讪斓娴鹇鳏殷【赤黑色】纶【纶巾】

下平声十五部

下平一先：先前千阡笺天坚肩贤弦烟燕【地名】莲怜连田填巅鬈宣年颠牵妍研【研究】眠渊涓捐娟边编悬泉迁仙鲜【新鲜】钱煎然延筵毡旃蝉缠廛联篇偏绵全镌穿川缘鸢旋船涎鞭专圆员乾【乾坤】虔愆权拳椽传焉嫣鞯褰搴铅舷跹鹃筌痊诠悛先邅禅婵躔颛燃涟琏便【安也】翩骈癫阗钿【霰韵同】沿蜒胭芊鳊胼滇佃畋咽湮狷蠲蔫骞膻扇棉拴荃籼砖挛儇璇卷【曲也】扁【扁舟】单【单于】溅【溅溅】犍

下平二萧：萧箫挑貂刁凋雕迢条髫调【调和】蜩枭浇聊辽寥撩寮僚尧宵消霄绡销超朝潮嚣骄娇蕉焦椒饶硝烧【焚烧】遥徭摇谣瑶韶昭招镳瓢苗猫腰桥乔娆妖飘逍潇鸮骁祧鸼鹩缭獠嘹夭【夭夭】幺邀要【要求】姚樵谯憔标飚嫖漂【漂浮】剽佻龆苕岧噍哓跷侥了【明了】魈峣描钊轺桡铫鹞翘枵侨窑礁

下平三肴：肴巢交郊茅嘲钞包胶苞梢姣庖匏坳敲胞抛

蛟峭鸡鞘抄蝥咆哮凹淆教【使也】跑艄捎爻咬铙茭炮【炮制】泡鲛刨抓

下平四豪：豪劳毫操【操持】髦绦刀萄猱褒桃糟旄袍挠【巧韵同】蒿涛皋号【号呼】陶鳌曹遭羔糕高搔毛艘滔骚韬缫膏牢醪逃濠壕饕洮淘叨啕篙熬遨翱嗷臊嗥尻鏖螯獒敖牦漕嘈槽掏唠涝捞痨芼

下平五歌：歌多罗河戈阿和【和平】波科柯陀娥蛾鹅萝荷【荷花】何过【经过】磨【琢磨】螺禾珂蓑婆坡呵哥轲沱鼍拖驼跎佗【他】颇【偏颇】峨俄摩么娑莎迦疴苛蹉嵯驮箩逻锣哪挪锅诃窠蝌髁倭涡窝讹陂鄱皤魔梭唆骡挼靴瘸搓哦痤酡

下平六麻：麻花霞家茶华沙车【鱼韵同】牙蛇瓜斜邪芽嘉瑕纱鸦遮叉奢涯【支佳韵同】巴耶嗟遐加笳赊槎差【差错】蟆骅虾葭袈裟砂衙呀琶耙芭杷笆疤爬葩些【少也】佘鲨查楂渣爹拏咤拿椰珈蹴枷迦痂茄桠丫哑划哗夸胯抓洼呱

下平七阳：阳杨扬香乡光昌堂章张王房芳长塘妆常凉霜藏场央泱鸯秧嫱床方浆觞梁娘庄黄仓皇装殇襄骧相湘箱缃创忘芒望尝偿樯枪坊囊郎唐狂强肠康冈苍匡荒遑行妨棠翔良航倡伥羌庆姜僵缰疆粮穰将墙桑刚祥详洋徉佯粱量羊伤汤鲂樟彰漳璋猖商防筐煌隍凰蝗惶璜廊浪当裆珰沧纲亢吭潢钢丧盲篁忙茫傍汪臧琅当庠裳昂障糖疡锵杭邙赃滂禳攘瓤抢螳踉眶炀闾彭蒋亡殃蔷镶孀搪彷胱磅膀螃

下平八庚：庚更【更改】羹盲横【纵横】觥彭亨英烹平枰京惊荆明盟鸣荣莹兵兄卿生甥笙牲擎鲸迎行【行走】衡

耕萌甍宏闳茎罂莺樱泓橙争筝清情晴精睛菁晶旌盈楹瀛嬴赢营婴缨贞成盛【盛受】城诚呈程酲声征正【正月】轻名令【使令】并【并州】倾萦琼峥嵘撑粳坑铿撄鹦黥蘅澎膨棚浜坪苹钲伧檠嘤轰铮狰宁狞瞪绷怦璎砰氓鲭侦柽蛏茔赪茕赓篑瞠

下平九青：青经泾形陉亭庭廷霆蜓停丁仃馨星腥醒【醉醒】惺俜灵龄玲铃伶零听【径韵同】冥溟铭瓶屏萍荧萤荣扃垧蜻硎苓聆瓴翎娉婷宁暝瞑螟猩钉疔叮厅町泠棂囹羚蛉咛型邢

下平十蒸：蒸烝承丞惩澄陵凌绫菱冰膺鹰应【应当】蝇绳升缯凭乘【驾乘,动词】胜【胜任】兴【兴起】仍兢矜征【征求】称【称赞】登灯僧憎增曾矰层能朋鹏肱薨腾藤恒罾崩塍誊崚嶒縆塍冯症簦瞢凝【径韵同】棱楞

下平十一尤：尤邮优尤流旒留骝榴刘由油游猷悠攸牛修羞秋周州洲舟酬雠柔俦畴筹稠丘邱抽瘳遒收鸠搜驺愁休囚求裘仇浮谋牟眸侔矛侯喉猴讴鸥楼陬偷头投钩沟幽纠啾楸蚯踌绸惆勾娄琉疣犹邹兜呦咻貅球蜉蝣鞧帱阄瘤硫浏庥湫泅酋瓯啁飕鍪篌抠篝诌骰偻沤【水泡,名词】蝼髅搂欧彪掊虬揉蹂抔不【与有韵否通】瓿缪【绸缪】

下平十二侵：侵寻浔临林霖针箴斟沈心琴禽擒衾钦吟今襟【衿】金音阴岑簪【覃韵同】壬任【负荷】歆森禁【力所胜任】祲喑琛涔骎参【参差】忱淋妊掺参【人参】椹郴芩檎琳蟫愔喑黔嵚

下平十三覃：覃潭参【参考】骖南楠男谙庵含涵函【包

函】岚蚕探贪耽眈龛堪谈甘三酣柑惭蓝担簪【侵韵同】谭昙坛婪戡颔痰篮襤蚶憨泔聃邯蟫【侵韵同】

下平十四盐：盐檐廉帘嫌严占【占卜】髯谦奁纤签瞻蟾炎添兼缣沾尖潜阎镰黏淹钳甜恬拈砭詹蒹歼黔钤佥觇崦渐鹣腌襜阉

下平十五咸：咸函【书函】缄岩谗衔帆衫杉监【监察】凡馋芟搀喃嵌掺巉

仄韵：

上声二十九部

上声一董：董懂动孔总笼【东韵同】拢桶捅蓊蠓汞

上声二肿：肿种【种子】踵宠垅【陇】拥冗重【轻重】冢捧勇甬踊涌俑蛹恐拱竦悚耸巩怂奉

上声三讲：讲港棒蚌项耩

上声四纸：纸只咫是靡彼毁委诡髓累技绮觜此泚蕊徙尔弭婢侈弛豕紫旨指视美否【否泰】痞兕几姊比水轨止徵市喜已纪跪妓蚁鄙晷子仔梓矢雉死履垒癸趾址以已似耜祀史驶耳使【使令】里理李起杞圯跂士仕俟始齿矣耻麂枳峙鲤迤氏玺巳【辰巳】滓苡倚匕迤逦旖旎舣玼秕芷拟你企诔捶屣棰揣豸祉恃

上声五尾：尾苇鬼岂卉几【几多】伟斐菲【菲薄】匪篚娓悱榧韪炜虺玮虮

上声六语：语【语言】圉圄吕侣旅杼伫与【给予】予【赐予】渚煮暑鼠汝茹【食也】黍杵处【居住、处理】贮女许拒炬距所楚础阻俎沮叙绪序屿墅巨去【除也】苣举讵溆浒钜醑

咀诅苎抒楮

上声七麌：麌雨宇舞府鼓虎古股贾【商贾】估土吐圃庾户树【种植,动词】煦诩努辅组乳弩补鲁橹睹腐数【动词】簿竖普侮斧聚午伍釜缕部柱矩武五苦取抚浦主杜坞祖愈堵扈父甫禹羽怒【遇韵同】腑拊俯罟赌卤姥鹉拄莽【养韵同】栩窭脯妩庑否【是否】麈褛篓偻酤牡谱怙肚踽虏拏诂瞽羖枯沪雇仵缶母某亩蛊琥

上声八荠：荠礼体米启陛洗邸底抵弟坻柢涕悌济【水名】澧醴诋眯娣棨递昵睨蠡

上声九蟹：蟹解洒楷【佳韵同】拐矮摆买骇

上声十贿：贿悔罪馁每块汇猥璀磊蕾傀儡腿海改采彩在宰醢铠恺待殆怠乃载【岁也】凯闿倍蓓迨亥

上声十一轸：轸敏允引尹尽忍准隼笋盾【阮韵同】闵悯菌【真韵同】蚓牝殒紧蠢陨哂诊疹赈肾蜃膑黾泯窘吮缜

上声十二吻：吻粉蕴愤隐谨近忿抆刎揾槿瑾恽韫

上声十三阮：阮远【远近】晚苑返反饭【动词】偃蹇琬沅宛婉畹菀蜿绻巘挽堰混棍阃悃捆衮滚鲧稳本畚笨损忖囤遁很沌恳垦龈

上声十四旱：旱暖管琯满短馆【翰韵同】缓盥【翰韵同】碗懒伞伴卵散【散布】伴诞罕瀚【浣】断【断绝】侃算【动词】款但坦袒纂缎拌懑谰莞

上声十五潸：潸眼简版板阪盏产限绾柬拣撰馔赧皖汕铲羼见楝栈

上声十六铣：铣善【善恶】遣【遣送】浅典转【霰韵同】

衍犬选冕辇免展茧辨篆勉剪卷显饯【霰韵同】践喘藓软蹇【阮韵同】演兖件腆跣缅缱鲜【少也】殄扁匾蚬岘畎燹隽键变泫癣阐颤膳鳝舛娩辗邅先韵同】脔辫捻

上声十七筱：筱小表鸟了【未了了得】晓少【多少】扰绕绍杪沼眇矫皎杳窈窕枭挑【挑拨】掉【啸韵同】肇缥缈渺淼茑赵兆缴缭【萧韵同】夭【夭折】悄舀侥蓼娆硗剿晁藐秒殍了【了望】

上声十八巧：巧饱卯狡爪鲍挠【豪韵同】搅绞拗咬炒吵佼姣【肴韵同】昴茆獠【萧韵同】

上声十九皓：皓宝藻早枣老好【好丑】道稻造【造作】脑恼岛倒【跌到】祷【号韵同】捣抱讨考燥扫【号韵同】嫂保鸨槁草昊浩镐杲缟槁堡皂瑙媪燠袄懊葆褓毛澡套涝蚤拷栲

上声二十哿：哿火舸觯舵我拖娜荷【负荷】可左果裹朵锁琐堕惰妥坐【坐立】裸跛颇【稍也】夥颗祸棰婀逻卵那坷爹【麻韵同】簸叵垛哆硪么【歌韵同】峨【歌韵同】

上声二十一马：马下【上下】者野雅瓦寡社写泻夏【华夏】也把厦惹冶贾【姓贾】假【真假】且玛姐舍喏赭洒踝剐打耍那

上声二十二养：养痒象像橡仰朗桨奖蒋敞鳖厂枉往颡强【勉强】惘两曩丈杖仗【漾韵同】响掌党想鲞榜爽广享向飨幌莽纺长【长幼】网荡上【上升】壤赏仿罔谠倘魍魉谎蟒漭嗓盎恍脏【肮脏】吭沆慷襁镪抢肮犷

上声二十三梗：梗影景井岭领境警请饼永骋逞颖颍顷整静省幸颈郢猛丙炳杏秉耿矿冷靖哽绠荇艋蜢皿儆悻婧阱

狰【庚韵同】靓惺打瘿并【合并】犷眚憬鲠

上声二十四迥：迥炯茗挺艇梃醒【青韵同】酩酊并【并行,并且】等鼎顶肯拯謦到溟

上声二十五有：有酒首口母【麌韵同】妇【麌韵同】後柳友斗狗久负【麌韵同】厚手叟守否【麌韵同】右受牖偶走阜【麌韵同】九后咎薮吼帚垢舅纽藕朽臼肘韭亩【麌韵同】剖诱牡【麌韵同】缶酉苟丑糗扣叩某莠寿绶玖授蹂【尤韵同】揉【尤韵同】溲纣钮扭呕殴纠耦掊瓿拇姆擞绺抖陡蚪篓黝赳取麌韵同】

上声二十六寝：寝饮【饮食】锦品枕【枕衾】审甚【沁韵同】廪衽稔凛懔沈【姓氏】朕荏婶沈【沈阳】葚禀噤谂怎恁饪覃

上声二十七感：感览揽胆澹【淡,勘韵同】啖坎惨敢颔【覃韵同】撼毯糁湛菡萏罱椠喊嵌【咸韵同】橄榄

上声二十八俭：俭焰敛【艳韵同】险检脸染掩点簟贬冉苒陕谄俨闪剡忝【艳韵同】琰奄歉芡崭堑渐【盐韵同】罨捡弇崦玷

上声二十九豏：豏槛范减舰犯湛巉【咸韵同】斩黯范

去声三十部

去声一送：送梦凤洞众瓮贡弄冻痛栋恸仲中【击中】粽讽空【空缺】控哄赣

去声二宋：宋用颂诵统纵【放纵】讼种【种植】综俸供【供设, 名词】从【仆从】缝【隙也】重【再也】共

去声三绛：绛降【升降】巷撞【江韵同】戆

去声四寘：寘置事地意志思【名词】泪吏赐自字义利器位戏至次累【连累】伪寺瑞智记异致备肆翠骑【车骑，名词】使【使者】试类弃饵媚鼻易【容易】辔坠醉议翅避笥帜炽粹莳谊帅厕寄睡忌贰萃穗二臂嗣吹【鼓吹，名词】遂恣四骥季刺驷寐魅积【积蓄】被懿觊冀愧匮恚馈蒉篑柜暨庇豉莉腻秘比【近也】鸷毖啻示嗜饲伺遗【馈遗】薏祟值惴屣眦詈企渍譬跛挚燧隧悴尿稚雉莅悸肄泌识【记也】侍踬为【因为】

去声五未：未味气贵费沸尉畏慰蔚魏纬胃汇【字汇】谓渭卉【尾韵同】讳毅既衣【着衣，动词】蜚溉【队韵同】翡诽

去声六御：御处【处所】去虑誉【名词】署据驭曙助絮著【显著】箸豫恕与【参与】遽疏【书疏】庶预语【告也】踞倨蓣淤锯觑狙【鱼韵同】翥薯

去声七遇：遇路辂赂露鹭树【树木】度【制度】渡赋布步固素具务雾骛数【数量】怒【麌韵同】附兔故顾句墓慕暮募注住注驻炷祚裕误悟寤戍库护屦诉妒惧趣娶铸绔傅付谕喻妪芋捕哺互孺寓赴冱吐【麌韵同】污【动词】恶【憎恶】晤煦酤讣仆【偃仆】赙驸婺锢蛀飓怖铺【店铺】塑愫蠹溯镀璐雇瓠迕妇负阜副富【宥韵同】醋措

去声八霁：霁制计势世丽岁济【渡也】第艺惠慧币弟滞际涕【荠韵同】厉契【契约】憋弊毙帝蔽髻锐戾裔袂系祭卫隶闭逝缀翳替细桂税婿例誓筮蕙诣砺励瘗噬继脆睿毳曳蒂睇妻【以女妻人】递逮蓟蚋薜荔唳捩粝泥【拘泥】媲嬖彗睥睨剂嚏谛缔剃屉悌俪锲贳掣羿棣蟪薤娣说【游说】赘憩鳜彘呓谜挤

去声九泰：泰太带外盖大【个韵同】濑赖籁蔡害蔼艾丐奈柰汰癞霭会旆最贝沛霈绘脍荟狈侩桧蜕酹外兑

去声十卦：卦挂画【图画】懈廨邂隘卖派债怪坏诫戒界介芥械薤拜快迈败稗晒瀣湃寨疥届蒯篑蒉喟聩块惫

去声十一队：队内辈佩退碎背秽对废悔诲晦昧配妹喙溃吠肺耒块碓刈悖焙淬敦【盘敦】塞【边塞】爱代载【载运】态菜碍戴贷黛概岱溉慨耐在【所在】鼐玳再袋逮埭赉赛忾暧咳嗳睐

去声十二震：震信印进润阵镇刃顺慎鬓晋骏闰峻衅振俊舜赆吝烬讯仞迅汛趁衬仅觐蔺浚赈【轸韵同】龀认殡摈缙躏廑谆瞬韧浚殉馑

去声十三问：问闻【名誉】运晕韵训粪忿【吻韵同】酝郡分【名分】紊愠近【动词】拚拼奋郓捃靳

去声十四愿：愿怨万饭【名词】献健建宪劝蔓券远【动词】侃键贩畈曼挽【挽联】瑗媛圈【猪圈】论【名词】恨寸困顿遁【阮韵同】钝闷逊嫩溷诨巽褪喷【元韵同】艮揾

去声十五翰：翰【寒韵同】瀚岸汉难【灾难】断【决断】乱叹【寒韵同】观【楼观】干【树干,干练】散【解散】旦算【名词】玩烂贯半案按炭汗赞漫【寒韵同。又副词，独用】冠【冠军】灌爨窜幔粲灿璨换焕唤涣悍弹【名词】惮段看【寒韵同】判叛绊鹳伴畔锻腕惋馆旰捍疸但罐盥婉缎缦侃蒜钻谰

去声十六谏：谏雁患涧间【间隔】宦晏慢盼篆栈【潸韵同】惯串绽幻瓣苋办谩讪【删韵同】铲绾孪篡裥扮

去声十七霰；霰殿面县变箭战扇煽膳传【传记】见砚院

练链燕宴贱馔荐绢彦掾便【便利】眷倦羡奠遍恋啭眩钏倩卞汴片禅【封禅】谴溅饯善【动词】转【以力转动】卷【书卷】甸电咽茜单念<念书>眄淀靛佃钿【先韵同】镟漩拣缮现狷炫绚绽线煎选旋颤擅缘【衣饰】撰唁谚媛忭弁援研【磨研】

去声十八啸：啸笑照庙窍妙诏召邵要【重要】曜耀调【音调】钓吊叫眺少【老少】诮料疗潦掉【筱韵同】峤徼跳嘹漂镣廖尿肖鞘悄【筱韵同】峭哨俏醮燎【筱韵同】鷂鹞轿骠票铫【萧韵同】

去声十九效；效教【教训】貌校孝闹豹罩棹觉【寤也】较窖爆炮【枪炮】泡【肴韵同】刨【肴韵同】稍钞【肴韵同】拗敲【肴韵同】淖

去声二十号：号【号令】帽报导操【操行】盗噪灶奥告【告诉】诰到蹈傲暴【强暴】好【爱好】劳【慰劳】躁造【造就】冒悼倒【颠倒】燥犒靠懊瑁燠【皓韵同】耄糙套【皓韵同】纛【沃韵同】潦耗

去声二十一个；个贺佐大【泰韵同】饿过【歌韵同。又过失，独用】座和【唱和】挫课唾播破卧货簸轲【轗轲】驮髁【歌韵同】磋作做剁磨【磨磐】懦糯缚锉挼些【楚些】

去声二十二祃：祃驾夜下【降也】谢榭罢夏【春夏】霸暇灞嫁赦籍【凭籍】假【休假】蔗化舍【庐舍】价射骂稼架诈亚麝怕借卸帕坝靶鹧贳炙嗄乍咤诧侘（罅吓娅哑讶迓华【姓华】桦话胯【遇韵同】跨衩柘

去声二十三漾：漾上【上下】望【阳韵同】相【卿相】将【将帅】状帐唱让浪【波浪】酿旷壮放向忘仗【养韵同】畅

量【数量】葬匠障瘴谤尚涨饷样藏【库藏】舫访贶嶂当【适当】抗桁妄怆宕帐创酱况亮傍【依傍】丧【丧失】恙谅胀鬯脏【内脏】吭砀伉圹纩桄挡旺炕亢【高亢】阆防

去声二十四敬：敬命正【正直】令【命令】证性政镜盛【茂盛】行【学行】圣咏姓庆映病柄劲竞靓净竟孟诤更【更加】并【梗韵同】聘硬炳泳迸横【蛮横】摒阱檠迎郑獍

去声二十五径：径定听胜【胜败】罄磬应【答应】赠乘【名词】佞邓证秤称【相称】莹【庚韵同】孕兴【兴趣】剩凭【蒸韵同】迳甑宁胫暝【夜也】钉【动词】订饤锭謦泞瞪蹭蹬亘【亘古】镫【鞍镫】滢凳磴泾

去声二十六宥：宥候就售【尤韵同】寿【有韵同】秀绣宿【星宿】奏兽漏富【遇韵同】陋狩昼寇茂旧胄宙袖岫柚覆复【又也】救厩臭佑右囿豆饾窦瘦漱咒究疚谬皱逅嗅遘溜镂逗透骤又侑幼读【句读】堠仆副【遇韵同】锈鹫绉味灸籀酎诟蔻僦构扣购彀戊楙贸袤嗽凑鼬甃沤【动词】

去声二十七沁：沁饮【使饮】禁【禁令】任【信任】荫浸谮谶枕【动词】噤甚【寝韵同】鸩赁喑渗窨妊

去声二十八勘：勘暗滥啖担憾暂三【再三】绀憨澹【咸韵同】瞰淡缆

去声二十九艳：艳剑念验堑赡店占【占据】敛【聚敛】厌焰【俭韵同】垫欠僭酽潋滟俺砭坫

去声三十陷：陷鉴泛梵忏赚蘸嵌站馅

入声十七部

入声一屋：屋木竹目服福禄谷熟肉族鹿漉腹菊陆轴逐

苜蓿宿【住宿】牧伏夙读【读书】犊渎牍椟黩毂复【恢复】粥肃碌骕鬻育六缩哭幅斛戮仆畜蓄叔淑倏独卜馥沐速祝麓辘镞蹙筑穆睦秃縠覆辐瀑郁【忧郁,郁郁葱葱】舳掬踘蹴踢茯袱鹏鸽髑槲扑匐簌蔟煜复【复杂】蝠菔孰塾矗竺曝鞠嗾谡簏国【职韵同】副

入声二沃：沃俗玉足曲粟烛属录辱狱绿毒局欲束鹄蜀促触续浴酷躅褥旭欲笃督赎渌纛碡北【职韵同】瞩嘱勖溽缛梏

入声三觉：觉【知觉】角桷榷岳乐【音乐】捉朔数【频数】卓啄琢剥驳雹璞朴壳确浊擢濯渥幄握学龌龊槊搦镯喔邈荦

入声四质：质日笔出室实疾术一乙壹吉秩率律逸佚失漆栗毕恤密蜜桔溢瑟膝匹述黜弼跸七叱卒【终也】虱悉戌嫉帅【动词】蒺侄踬怵蟋筚篥必泌荜秫栉唧帙溧谧昵轶聿诘鲞垤捽茁鹬鹬窒苾

入声五物：物佛拂屈郁【馥郁,郁郁乎文哉】乞掘【月韵同】吃【口吃】讫绂弗勿迄不佛绋沸茀厥倔戳崛尉蔚契屹熨【未韵同】绂

入声六月：月骨发阙越谒没伐罚卒【士卒】竭窟笏钺歇突忽袜曰阀筏鹘【黠韵同】厥【物韵同】蹶蕨殁橛掘【物韵同】核蝎勃渤悖【队韵同】孛揭【屑韵同】碣粤樾鳜脖饽鹁捽【质韵同】猝惚兀讷【呐】羯凸咄【曷韵同】矻

入声七曷：曷达末阔钵脱夺褐割沫拔【挺拔】葛阏渴拨豁括抹遏挞跋撮泼秣掇【屑韵同】聒獭【黠韵同】剌喝磕蘖

瘌袜活鸹斡怛钹捋

入声八黠：黠拔【拔擢】八察杀刹轧戛瞎刮刷滑辖鍩猾捌叭札扎帕茁鹘揠萨捺

入声九屑：屑节雪绝列烈结穴说血舌洁别缺裂热决铁灭折拙切悦辙诀泄锲咽【呜咽】轶噎彻澈哲鳖设啮劣玦截窃孽浙孑桔颉拮撷揭褐【曷韵同】缬碣【月韵同】挈抉亵薛拽【曳】爇洌瞥迭跌阅餮耋垤捏页阕觖谲鴂撇蹩篾楔惙辍啜缀撤绁杰桀涅霓蜺【齐,锡韵同】批【齐韵同】

入声十药：药薄恶【善恶】作乐【哀乐】落阁鹤爵弱约脚雀幕洛壑索郭错跃若酌托削铎凿箔鹊诺萼度【测度】橐钥龠瀹着著虐掠获【收获】泊搏藿嚼勺谑廓绰霍镬莫箨缚貉各略骆寞膜鄂博昨柝格拓轹铄烁灼疟蒻箬芍躇却噱矍攫醵踱魄酪络烙珞膊粕簿柞漠摸酢怍涸郝垩谔鳄噩锷颚缴扩椁陌【陌韵同】

入声十一陌：陌石客白泽伯迹宅席策册碧籍【典籍】格役帛戟璧驿麦额柏魄积【积聚】脉夕液尺隙逆画【动词】百辟赤易【变易】革脊翮屐获【猎获】适索厄隔益窄核舄掷责坼惜癖僻掖腋释译峄择摘弈奕迫疫昔赫瘠谪亦硕貊跖鹡碛蹐只炙【动词】郧斥穸鬲骼舶珀吓磔拆喀蚱舴剧檗擘栅啧帻箦扼划蜴辟帼蝈刺嵴汐藉螯蓦摭襞虢哑【笑声】绎射【音亦】

入声十二锡：锡壁历枥击绩勣笛敌滴镝檄激寂觌溺觅狄荻幂戚鹢涤的吃沥雳霹惕剔砾翟籴倜析晰淅蜥劈甓嫡铄栎阋菂踢迪皙裼逖蜺阒汨【汨罗江】

入声十三职：职国德食【饮食】蚀色力翼墨极殛息熄直值得北黑侧贼饰刻则塞【闭塞】式轼域蜮殖植敕亟棘惑忒默织匿慝亿忆臆薏特勒肋幅仄昃稷识【知识】逼克即唧【质韵同】弋拭陟恻测翊洫啬穑鲫抑或匐【屋韵同】

入声十四缉：缉辑戢立集邑急入泣湿习给十拾袭及级涩楫【叶韵同】粒汁蛰执笠隰汲吸絷挹浥悒岌熠茸什芨廿揖煜【屋韵同】歙笈【叶韵同】圾褶翕

入声十五合：合塔答纳榻阁杂腊匝阖蛤衲沓鸽踏拓拉盍塌咂盒卅搭褡飒磕榼遢蹋蜡溘邋趿

入声十六叶：叶帖贴牒接猎妾蝶叠箧惬涉鬣捷颊楫【缉韵同】聂摄慑镊蹑协侠荚挟铗浃睫厌靥蹀躞燮摺辄婕谍堞霎嗫喋碟鲽捻晔躐笈【缉韵同】

入声十七洽：洽狭峡法甲业邺匣压鸭乏怯劫胁插锸押狎夹恰蛱硖掐劄袷眨胛呷歃闸霅【叶韵同】

平水韵虽然是南宋时才出现的，但它反映了唐宋时代人们作诗用韵的实际发音状况。

平水韵每个韵部包含若干字，作律绝诗用韵，其韵脚的字必须出自同一韵部，不能错用。因为平水韵是根据唐初许敬宗奏议合并的韵，所以，唐人用韵，实际上用的是平水韵。清代康熙年间编的《佩文韵府》又把《平水韵》并为一百零六个韵部；上平声十五部，如一东、二冬、三江、四支等；下平声十五部，如一先、二萧、三肴、四豪等；上声二十九部，如一董、二肿、三讲、四纸等；去声三十部，如一送、二宋、三绛、四寘等；入声十七部，如一屋、二沃、三觉、四质等。

第九节 中华通韵

中华人民共和国教育部
国家语言文字工作委员会 发布

关于制定《中华通韵》的说明

习近平总书记指出："中华文明延续着我们国家和民族的精神血脉，既需要薪火相传、代代守护，也需要与时俱进、推陈出新。要加强对中华优秀传统文化的挖掘和阐发，使中华民族最基本的文化基因与当代文化相适应、与现代社会相协调，把跨越时空、超越国界、富有永恒魅力、具有当代价值的文化精神弘扬起来。"研究制定《中华通韵》是弘扬中华优秀传统文化的重要举措，是语言发展变化和时代进步的必然结果，也可是加强诗词教育和普及的迫切需求。为此，国家语委委托中华诗词学会和江苏师范大学、首都师范大学开展专项课题研究。经过两年多的研究论证、教学与创作试验，在此基础上，以中华诗词学会的研究成果为主，同时吸收两所大学的相关成果，并按照语言文字规范的文本形式要求，形成了《中华通韵》。

一、《中华通韵》是新中国成立以来首次由国家制定的新韵规范

中国古代诗歌是中华民族的文化基因和精神瑰宝，押韵则是中国历代诗歌形式的第一特征。在诗歌以及各种文体的阅读和创作中讲究押韵、平仄、对仗，感受韵律之美，成为中国特有的文学创作和文化传承现象。由于语言的历史变化，普通话语音与古代诗词的用韵已经不同。立足现代，尊重传统，面向未来，编纂一部以国家通用语言普通话为语音基础的权威实用韵书的呼声持续高涨。为此，教育部、国家语委制定的《国家语言文字事业“十三五”发展规划》中明确提出，要“研究制定中华诗词新韵规范”。

从隋朝起，历朝历代都曾修订韵书，并多由国家层面颁行。目前，普遍使用的旧韵书主要有金代的平水韵、元代的《中原音韵》、清代的《佩文韵府》和《词林正韵》以及1941年颁行的《中华新韵》等。普遍使用的新韵书主要有1965年中华书局上海编辑部以《中华新韵》为蓝本刊印的《诗韵新编》十八部，1975年广西人民出版社的《现代诗韵》十三部，2002年中华诗词学会推出的新疆师范大学教授星汉主编的《中华今韵》十五韵，2004年中华诗词学会推行的赵京战执笔的《中华新韵》十四韵，还有近年湖北编印的《诗词通韵》十三部二十一韵，盖国良编印的《中华韵典》二十韵等。

新中国建立以来，已经确立了以普通话、规范汉字和《汉语拼音方案》为基础的语言文字规范标准体系，但还没有国家层面制定颁布的具有权威性的新韵规范。《中华通韵》的研究制定，是落实《国家语言文字事业“十三五”发展规划》的具体措施，也是新时代国家文化发展战略的重要内容。

二、《中华通韵》的制定依据

《中华通韵》的制定以《国家通用语言文字法》《汉语拼音方案》《通用规范汉字表》等语言文字法律法规和规范标准以及音韵学理论和诗词创作实践为依据。

《中华通韵》的制定坚持面向教育、面向现代化、面向未来，服务广大师生阅读和创作诗词等韵文的广泛需求。在此基础上，新韵书定名为“中华通韵”，强调其制定基础为国家通用语言普通话，强调其在诗歌、戏曲等韵文创作中的通用性。

《中华通韵》依据汉语拼音韵母表划分韵部，具有音韵学的理论基础。汉语拼音系统是中国文字注音体系的革命性举措，改变了两千年来的注音传统。《国家通用语言文字法》明确规定：“国家通用语言文字是普通话和规范文字。”“国家通用语言文字以《汉语拼音方案》作为拼写和注音工具。”六十多年的实践证明，这个系统是科学的。其韵母表是这个系统的重要组成部分，其本身蕴含的音韵学理论赋予它存在的合理性。依据韵母表确立《中华通韵》韵部，就客观地体现了这个系统的音韵学理论内涵。

三、《中华通韵》使用原则及试用情况

《中华通韵》的制定以知古倡今、双轨并行为原则，制定新韵书的目的不是取代旧韵书，而是将新韵的使用规范化，服务广大群众、诗词爱好者，特别是青少年学习与创作诗词等韵文的需求，繁荣和发展中华诗词事业，进而提高全民族的文化素养，促进中华优秀语言文化的传播和普及。

《中华通韵》实验教学表明，教师教学无障碍，学生接受无障碍，师生创作无障碍。普遍反映，《中华通韵》拓宽了诗词教与学的范围，提升了诗词教与学的层次。

《中华通韵》诗词创作征集情况说明，诗词爱好者们对《中华通韵》感情上充分认同，创作上应用自如，作品质量较高。这也说明，《中华通韵》规范是科学可行的。

在诗词创作中，《中华通韵》与当前流行的旧韵书并存。在双轨并行原则下，提倡使用《中华通韵》，但尊重个人选择。

前　言

本规范由教育部语言文字应用管理司、中华诗词学会提出。

本规范由国家语言文字工作委员会语言文字规范标准审定委员会审定。

本规范由中华人民共和国教育部、国家语言文字工作委员会发布实施。

本规范起草单位：中华诗词学会

本规范起草人：郑欣淼、星汉、赵京战、李文朝、范诗银、罗辉、钱志熙、林峰、李葆国

中华通韵

1. 范围

《中华通韵》是中华人民共和国颁布的唯一普通话韵规范。适用于我国大、中、小学校教学和诗歌、戏曲等韵文体裁的创作。本着“知古倡新，双轨并行”的原则，本规范与平水韵、《词林正韵》《中原音韵》等各种韵书并行但互不交叉使用。

2. 规范性引用文件

《中华人民共和国国家通用语言文字法》《汉语拼音方案》《通用规范汉字表》以及本规范中通过引用而形成的条款。凡是未注明日期的引用文件，其最新版本适用于本规范。

3. 术语和定义

下列术语和定义适用于本规范。

3.1 汉字

记录汉语的书写符号。在本规范中指我国法定的国家通用文字。

3.2 韵字

一般用在诗歌等韵文句末押韵的，用于区别汉语平仄声韵的汉字。在本规范中指各韵部的韵字。

3.3 韵部

按照《汉语拼音韵母表》把读音相同和相近的字归为一个韵部。

3.4 韵目

每个韵部用一个代表字标目即为该部韵目。

3.5 平生韵

各个韵部的阴平声、阳平声字。

3.6 仄声韵

各个韵部的上声、去声字。

4. 制定原则

4.1本规范以《中华人民共和国国家通用语言文字法》和《汉语拼音方案》为依据。

4.2 本规范根据《通用规范汉字表》中的汉字选定韵字。

4.3 本规范继承以往韵书优点，依据《汉语拼音韵母表》划分韵部。

5. 韵部划分说明

5.1 每个韵部的汉字发音标识为阴平、阳平、上声、去声。发音为阴平、阳平的字，即为平声字；发声为上声、去声的字，即为仄声字。轻声列入阴平。

5.2 多音字音从义定，韵依音归。根据其不同的读音，分别归于相应的韵部。

5.3 由于“er”韵汉字少，多是冷僻字，诗词选韵很少使用。鉴于汉语拼音方案韵母表只将“er”置于表后说明中，故将其分别附在韵部和韵字后，以资查阅。

5.4 本规范共收录8105个汉字。每部韵字按在诗词中的使用频率高低排列。

5.5 “三鹅”和“四衣”韵部的韵字，依据其韵目e、ie、

ue、和i、-i，在本韵部中分别排列。创作时，可酌情选择通押或分押。

6. 韵部

韵目	韵母	韵目	韵母
一啊	a ia ua	九熬	ao iao
二喔	o uo	十欧	ou iu
三鹅	e ie üe	十一安	an ian uan üan
四衣	i	十二恩	en in un ün
五乌	u	十三昂	ang iang uang
六迂	ü	十四英	eng ing ueng
七哀	ai uai	十五雍	ong iong
八欸	ei ui		

附：儿 er

7. 韵字

字表先按通用汉字表的级别排；在同一级的，再按在诗词中被使用的频率排。

一啊 a，ia，ua　　Y，|Y，XY

阴平　花家华压发沙鸦佳纱麻加嘉瓜哗砂答蛙夸他差八鸭叉虾巴插洼丫查它呀哇夹杀芭哑押刮塌拉掐搭瞎扎抓喳鲨渣吧妈擦疤嘛叭啦她扒咖吗抹啊南垃煞趴啪瘩挖刹阿撒刷咋捌哈蚂哪那呵杉拆摩罢笳葩葭匝裟挝锸浃楂娲袷迦铩笆栝珈呷跏枷痂杈趿喀咂莎胍铊鸹袈垭褟粑臜挲铪溻鞑锕仨镓疸馇遢奄嚓褡嗒呱痧伽揸邋碴唰旮嘎鬐桠窊吒劄姱

啲拶羓髗蚆萟哒舥洂岜砉朳溠孖欻

阳平　华涯霞茶暇麻芽牙哗峡崖衙伐答杂颊匣侠乏叉察拿虾辖娃狭罚筏蟆查达爬夹闸跋阀滑猾拉扎拔划茬耙扒蛤吗轧啊啥炸打砸瘩槎遐琶瑕札葭狎铗黠荚戛楂怛魃袷柙岈杷硖垡骅睚搽喋郏靼铡跶噶玡铧伢衸嵖靼沓笆猹嗄愅剌旯笪蚜碴妲蛱嘎珈劄恝垞肞迖炟菝溍桧

上声　马法洒甲雅瓦塔寡把假哑靶耍眨喇卡傻玛码钾哈垮撒咋哪俩蚂爪打吗啊叉贾獭胛鞑剐犸岬咔拃嘎砝佤哆镲鳎咯钯尕抷呱砟侉罘槚鲊瘕叚踖�

去声　化发驾话下瓦挂洽画亚稼袜架嫁大骂纳讶把华怕假夏罢跨踏诈乍卦霸价霎萨辣坝划帕厦蹋恰蜡腊栅那榨差岔褂捺桦耙尬拓爸钠煞刹哈吓落呐娜蚂轧炸内啊挎刷唬压沓榻閦罅衲飒诧迓咤胯嗄歃娅汊挞姹灞揠漯衩嗄髂蚱卅镲诖嗒氩珐剌唛杈柞鲅遢瘌砑豁婳雪祃肭奓阘姶膝猰痄侘蝲鲑膃溠

二喔 o, uo　　ㄛ, ㄨㄛ

阴平　多波剥拙郭托泊坡脱梭窝颇拨涡泼蜗捉拖摸锅卜膊播搓咄啰哆戳桌唆嗦玻过朴和菠哟豁缩说撮娑蓑钵莎聒掇挲佗磋喔嘬蹉蝈棁踔倭倬涿裰饽擢耛啵嘣桫钋咯噢焯羧趵埚捋莴唷踒睃挝瑳嶓剟逴酦砵锪侂崞桲呙哱劐

阳平　国罗萝磨酌泊伯活昨魔螺薄夺摩驼博灼婆渤摹琢卓勃搏浊舶娜驳度啄逻驮骡膊膜茁啰锣缴箩挪踱縈蘑鸵哦脖着柏模和佛馍跎皤陀帛沱谟濯橐酡箔鼍铎礴擢斫佗

柁帼诼傩焚虢矬亳捽镯坨掴砣鄱嵯钹涏痤嫫铂麽猡椤笮鹁
嬷踣龇瘥镈鹾酵浡柝祓樽佸叕鲌腘晫桲沩

上声 我火所果锁索朵裹琐妥左簸裸跛佐躲垛椭伙抹
撮椁叵埵瘰庹笸哚粿倮唢䶮夥羸蓏脞蜾漷倮钬

去声 落没过络坐阔卧寞破墨陌漠末座廓堕作弱洛迫
默祸诺获惑握错魄唾沫霍沃烁惰货磨做挫若簸措硕括懦脉
莫舵拓骆扩糯垛或踩冒抹嘿绰烙万豁和薄朴柏茉朔幄渥铄
藿柝辍瘼怍擘祚酢啜珀粕殁槊荦檗蠖秣镬貊斡珞箬雒龊胙
泺锉妁搦蓦厝靺嚄柞剁貘唑龌偌蛞漯蒴摞嚯跞穤貉肟咯硌
掰喏箨涴爇葃惙阼蓌蒻镆硪偓郝锘岝溹锪擭饳韫婼杙蘼濩

三鹅 e, ie, üe　　ㄜ, ㄧㄝ, ㄩㄝ

阴平 得车歌戈遮科阿奢颗折么割格呵苛哥鸽蝌搁磕
了地喝着的坷肋棵疙呢胳赊柯珂窠诃轲疴牁颏婀纥畲屙蜇
髁砗瞌猞稞仡嗬饹嘚麽嘞螯咯圪畬叵

结接阶节些歇街鳖揭跌贴皆蝎捻秸爹捏椰楷瘪帖切价
憋撇咧嗟耶瞥喈噎楔疖揳咩乜掖萜湝卿

缺约削靴曰薛阙撅噘炔

阳平 得和哦何择合河阁壳隔峨辙舌荷哲娥责德泽讹
额鹅禾蛇蛾则折葛革格蛤俄盒核搁哪咳胳咋翮蛰阖帻谪磔
莪膈涸盍啧赜劾箦骼迮辄阂颏鞨纥阁鬲曷佘蜇菏盇嗝镉貉
锝饸舴颌钺笮龁奢鹖晢滆龢喆郃涐

别斜结蝶洁携杰劫叠节竭谐捷邪鞋睫截协爷挟迭谍茄
胁桔碟叶咧诘耶偕堞缬牒撷垤耋孑桀蹀碣羯讦鳖鲽颉揶拮

喋劼偈婕䙝伽鲑铘僁絜绖岊哇蚴楪乢昳鲒

绝学穴诀决爵觉崛掘瘸倔角嚼蕨玦攫噱谲蹶桷橛抉爝獗矍珏撅厥鳜镢苃孓趉劂玃觖岀傕叕砄

上声 恶者可渴个惹各若坷扯尺盖合舸赭褶喏岢锗哿炣野血铁裂写也冶解且姐帖瘪撇苤檞

雪哕鳕

去声 侧客和恶色叶鹤策社热可测乐彻设刻涩涉个舍册贺课褐特赫瑟饿澈射愕遏克赦蔗摄鳄各撤鄂扼厕噩浙这呐吓喝塞拾勒壑萼恻厄坼仄穑掣鹗麝锷柘昃慑愿忒轭谔啬泐恪垩讷阏鹛腭嗑溘歙呃仂骒厍叻绰鳓铯氪忑铬锞颚蛇硌崿熇鬲瑟姶堨雀滠簕涑惐

夜芥业灭界谢裂列烈戒液屑借怯劣介咽泻孽腋窃蟹卸械解泄诫藉懈届猎蔑页价聂切帖砌别拽契箧惬榭谒妾冽鬣鋈靥蘖曳埒绁挈蹑薤澥燮啮涅镊烨餮躞亵疥洌廨嗫臬躐玠邺篾邂獬捩渫锲蚧郄颞镍趔趄掖乜慊嵲馌蘖晔偰陧楪鲑焆脟榍骱薢耤

月血岳略雀悦却跃鹊阅粤虐确越掠说倔疟钥阙樾钺谑阕刖榷龠悫玥栎籥瀹爚埆锊汋榰碏圙

四衣 i ｜

阴平 几衣期息稀西奇机夕低溪依惜栖一鸡堤滴欺披饥梯凄基希逼膝激戚昔熙击锡积肌漆伊医七妻犀其讥稽提吸箕析唧悉熄嘻晰辑剔缉牺眯批壹坯腊畸踢蟋椅妮霹叽哩咪圾被体嘀柒劈兮矶屐嬉漪羁蹊畿萋跻唏曦玑姬揖镝畲羲

淅汐噫赍笄奚猗咿嵇醯翕豨丕皙唏邳熹氐粞犄僖铍祎剞纰樨黟歙恓乩桤沏蜥锑芨玭嘁浠郗噼墼啐烯铱螅螅硒欹鼈巇鞮羝穸睎觿踦枅鼷伾肸傒繄俙禓豨熻觭洢酅爔嶲菥郪擿嘻豀

思知诗枝之丝师姿湿失痴滋私兹支斯施芝资嘶脂司咨尸差织汁肢殖匙吃狮只氏撕刺仔吱蜘卮嗤螭缁髭疵虱鸱澌笞媸胝訾淄孜嵫蓍蚩鸶魑眵孳祗栀辎厮锱鲻趑蛳缌哧嗞龇呲呲跐锶嘘甾飔赀凘摛䴓䎃玼粢禔虒偲鼒泜镃觜榰孖浉稙鳲榅

阳平　泥齐枝奇急极啼移迷离宜席疑集笛旗题夷疾敌仪及骑篱遗棋蹄棘疲怡靡皮习璃漓吉黎即籍其鼻提歧脾犁袭梨涤级尼贻狸弥脐祈崎嫉藉辑蛇姨丽眯迪谜鳍厘媳呢啤的嘀胰縻亟楫颐藜畦岐檄鼙霓汲倪迤彝饴鹂麋隰痍罴瘠镝笈戢蒚荑麋狄鲵圻骊綦沂荻岌鼛貔罹毗萁衆嶷裨祺耆怩祇殛羁绨祁圯鹈缡匜祢蛳嫡琦颀蜞觋埤眙坭骐蛴淇琪铍诒缇咦麒锜蒺蕺蕲猕佶琵郫醍翟鳀蚍嵴醚哩俟荸鲕芪蜱枇铌亓鳌觋醨猊陴踖醾蘼扅埼麑伋跂簃塈耤榹姞鹡媞蹢宧觭鳛遆瑅髢潎嶍愭媂芘

时拾石迟池辞驰持词直实祠兹十职食识慈值雌蚀什执植殖弛匙瓷侄磁墀茨篪鹚坻蹢湜摭埘鲥埴踟跖炻莳糍茌蒺祏粢藜鼫

上声　起喜理笔底矣里己否李礼纪米匹体几蚁已拟启鲤比鄙徙以脊洗乙乞倚彼企你挤匕济抵岂椅蛾稽给尾劈绮癖戟屣醴砥邸蠡杞圮旎弭玺逦秕苡禧柢诋俚屺芑妣麂痞澧

鳢娌俾蒠虮旖綮醍脒骶铣坻钇锂吡氏舣薿蓰枲桊扆豁掎酏敉憙佁芈仳沘矧嘻杳叕玘伲婍洣浬

子此死尺史止紫指齿纸旨耻驶始矢趾址侈使姊只屎籽仔滓徵梓芷豕咫沚祉枳褫豉秭跐酯泚耔笫茈胔轵胣玼芪虸扺

去声　地意气迹碧力立计壁寂异际翼寄役吏细忆密义泣记益璧逸利器历弃弟邑戏丽纪第避闭帝毕觅隙辟系秘议继易僻绩厉砌忌涕溢栗臂谊必的艺逆蔽腻蒂蜜粒季沥例替雳荔匿砾递弊泥亿妓契抑绎隶惕庇译冀励币毙鲫既毅溺剂济祭疫莉譬痹技屹剃缔齐泌亦俐屉妻痢屁汽迄食霁驿臆翳裔舄髻憩骥笠稷跸陛唳碛敝诣枥奕睨砺挹怿睇婢荜疠葺谛戾弋弼荠悸谧禊弈蓟浥俪轶昵幂伎篦栎懿粝悒悌畀邃詈刈乂篥熠蜴镒槭棣觊埸肄讫劂赍筚翊殪襞濞薏佚峄薜呓偈饩呖莅劓嚏羿髀汩洎媲蛎愎毖嬖仡嗌鲚缢阋暨佾郦哔鬲溧潟汔傈箅疬翌睥铋倜瘗苈螠娣猁跞滗淠俶碲绨郄亟裨埤郤宓嘧蓖鹢袐芰甓绤屃瘗裛勚跽菂苾杙芘赑狴趯踶轹惎庳诐漈凓禘鷊珌穄澼坜疐䤍嫕媂佖廙垍邲徛涑叕镱磜萆柃湨咇浰伲杕眣䣓鹝裼坒玓碶瀱

事日士至世字志寺市室是致势赤逝氏制视试赐掷置祀次滞治恃智释饰翅四秩侍拭肆似稚自质誓嗜巳适斥帜式示刺伺识挚窒柿饲帙峙仕雉笥陟嗣炽栉驷泗敕兕俟耜噬渍豸汜炙叱踬恣轼饬鸷谥贽贳姒轾彘筮骘莳啻觯舐奭蛭桎痔眦弑痣铈郅螫瘛涘畤锧䘸驲傺跱忮铚庤栻眰佽莿梽擿滍彳

五乌 u　　ㄨ

阴平　书疏屋初夫孤珠殊枯舒哭窟呼苏都乌株蔬出忽肤乎姑粗敷诸沽污朱叔枢梳诬铺租秃酥突辜淑糊输扑呜巫恶仆猪督蛛抒戏凸菇骨估咕孵诛逋姝晡鸪铢趺菽毹惚摅觚酤樗纾菰菹窣潴蛄刳荼跗倏呱洙稣麸阇圬槠邾稃茱邬簠呋撸轱侏嘟噗唿滹厾烀骷钨氇噜殳玞矻洿蘗琈昒鄜郚於砆芴陎悆圐葖甦胥淴摴琡

阳平　无竹图如浮庐湖熟夫俗徒除途壶烛足服儒独芜符福逐扶锄吴奴雏蒲炉族梧胡吾拂涂毒厨卢芦读模狐伏弧糊颅幅赎屠仆俘蝠辐弗橱芙术核袱葫蝴蠕佛葡菩蜈卒和躅鹄徂斛凫蹰犊躇垆牍襦濡璞鲈瑚绂渎縠拏蜍秫刍舻孚镞孺竺轳茹醐椟菟桴黻郛黩殂鼯嚅塾胪袯蜉驽匐蚨荼濮苻孰泸栌茀罘瘃鹕滁莩槲唔涪佛毋莆髑铻幞茯菔猢鸬浯匍觳囫氟煳芾薷毪锄酺绋筃蒱崒舳醭蠋钹腯稌枹峿艴鬍琈酴珸郚梌垺雈镤墣嬬鸹茮榑洑

上声　骨古土舞主谷府虎浦鼓暑武补汝吐父午阻五辱亩曙母谱卜睹乳鼠蜀斧鲁伍署祖堵虏甫苦数储辅组瞩煮鹉侮腐属抚股哺脯拄俯圃卤础姥嘱楚捕普牡肚贾赌努姆拇薯捂唬堡朴浒渚毂黍俎橹麈妩腑杵弩釜笃鹘庑罟忤楮溥蛊簪拊迕诂牯黼褚牾诅怃掳仵琥滏氇汩臌呒钴氆胬埔卟蹼钍縠蝂羖簠砮琙旿澽滷珇稌瀫馉

去声　路暮住物赋目木入户雾步渡顾素故腹误粟恶怒吐露父束速鹿负禄促术护肃悟注牧不富慕布妒墓陆固驻录树诉筑度宿缚兔沐祝触助杜处数务傅墅复簇述著缩覆附付

六幕穆酷铸互矗簿妇竖赴庶怖库贮裤恕漱褥溯瀑碌睦柱部肚莫勿估醋募副赂塑铺戊宁蛀埠趣曝暴咐沪镀畜雇糊卒服绿堡麓鹭坞馥戍兀伫阜蹙蠹箸笏晤箓渌杼骛翥戮炷漉瘏瓠黜簌溽鹜洳扈辂痼愫缛梏锢蹴祜瓿觫谡怙鲋澍讣夙辘苎怵婺猝绌杌蓐璐嗉蝮沭绔潞戽菟蓼赙俶揞喾苜蔟逯驸腧鋈钚仫靰瘔垸埔牟傈涑崮焐鲴钼纻蔌沍苧篚濩虮嫭蔀岵菉僇亍稑牿琭踣勠傢柷鹔埳斶昨鄠旷疰蕗硂骕甪埗鳠洑鳠僫隃芴

六迂　ü　　ㄩ

阴平　居虚须墟趋驱躯驹屈吁迂区拘岖曲需鞠戌淤且据车裾纡胥掬琚嘘狙苴祛盱蛆趄雎疽圩婴顼鞫锔魆蛐駏蓿椐袪诎谞砠盱欻瘀岨娵胠湑砉腒洵崌焌於麴

阳平　鱼隅菊渠娱愚局余予渔舆徐驴橘榆渝于愉逾与桔衢闾虞腴臾欤蕖癯竽盂劬玙谀蘧揄萸俞瑜雩嵎觎榈禺妤瞿磲璩蝓氍鸲锔朐狳嵛焗畬窬褕舁辱鼩邘艅蠼灈髃於隃

上声　许侣宇举取羽雨履缕旅语屿吕禹矩屡女予与娶沮柜铝曲龉庾诩栩膂圉踽圄窳咀苣莒伛龋褛偻蒟俣榉瘐龃浒枸敔掹醑筥糈湑梠弆瑀敔稆岨珝竘郿

去声　绿玉遇续俱雨絮具绪域律剧欲序誉御据语浴句去惧趣旭狱育寓恤豫虑炬蓄婿拒愈聚喻叙裕预郁芋距与锯巨沮吁滤酗尉率氯粥畜屦驭遽踞觑燠勖溆谕妪蜮饫煜鸽淯阒阈洫衄毓煦鬻峪倨鹬飓苣昱彧聿讵汩椇熨恓堉禺钰恧潏隩窭钜醵蓣秬棫遹岠悆蕒矞淯埱濾珇燏昫

七哀 ai, uai　　ㄞ, ㄨㄞ

阴平　开台哀苔哉埃衰猜栽斋胎乖灾腮拍拆该思呆揩筛摘挨差歪唉咳拽哎塞揣摔掰待侧钗垓陔鳃赅嗳甾呔搋嗨噻荄咍偲晐

阳平　来台白才苔宅怀徊莱材裁排淮埋槐孩财柴牌豺挨抬徘咳择癌还骸侪霾皑骀徕踝俳鲐皂崃郃薹翟跆铼涞簰倈梾

上声　柏海改窄彩慨百宰买载蔼乃采凯矮楷摆奶拐睬歹揣伯排踩迫甩仔转霭醢铠蒯恺艿欸闿剀捭锴佰崽氖荬崴傣嗳茝垲毐胲迺

去声　在外爱态带代怪拜赖待碍迈快债麦脉泰菜隘艾派再害败卖块坏戴概载耐骇蟀贷溉蔡盖湃采寨赛亥奈袋睐丐帅塞太汰拽逮怠晒会祭揣大筷钙唉率芥籁黛濑岱脍狯鼐瘵殆赉呗埭稗虿暧柰侩瑷哙夬癞迨忾徕玳劢嫒诒肽哌酞氦萘啜浍嗳砹嗌踹钛啬鲙逮绐郐轪瘥瑷堨佴炌垡

八欸 ei, ui　　ㄟ, ㄨㄟ

阴平　归飞微杯悲非催辉灰吹黑碑堆危威摧窥薇追规挥卑亏炊闺妃徽推巍瑰菲锥龟恢椎偎崔胚虽啡委盔勒堕臂硅嘿背尿扉隈霏陂麾圭醅隳绯榱煨骓翚诙睢蜚葳妫刲皈逶峗潍葳崴悝鲑嘚呗珲眭嗨嘞鲱咴呸忒晖缞袆椑蚚邽溦鹎珪虺隹

阳平　回违垂肥梅眉谁雷随为围帷陪贼媒颓维魁枚葵培煤累椎惟唯锤隋捶霉玫赔没擂嵬湄闱帏陲蕤洄夔羸逵绥

楣韦腓暌揆桅睽奎嵋裴槌莓浘棰馗隗缧郿酶潍沩鹛镭湄蝰偏縻嫘喹茴圩蛔罍倕礌魋戣骙峗鲺锫瑂硙檓镅圚佳檑

上声　尾水美蕊垒北髓轨毁委伟苇纬伪诡萎馁鬼嘴蕾磊悔癸累诽腿匪每菲给得哪晷耒诔簋虺偏隗斐洧鲔炜娓诿韪悱痿甂璀跬猥玮庋椳傀翡镁觜亹篚浼藟宄漼朏棐渼瘣隗氿薳姽熣媄硊

去声　内醉泪贵翠味岁辈睡佩对碎会媚坠废桂瑞悴愧退位类背遂慰未晦畏备惠罪沸卫最队吠费秽税卉脆谓魏穗蜕祟慧妹锐魅肺汇绘配馈溃沛粹讳昧赘缀惫贝跪隧诲猬为胃被狈尉悖贿兑蔚累倍说敦喂擂那褪柜肋这寐袂謦旆邃瘁桧蕙渭匮萃喙燧喟碓彗帔酹霈毳聩荟愦惴焙蚋恚淬鞴怼睿蕞篑缒芾蓓哕刿痱芮狒孛邶晬鳜蟪谇霨刽钡炅浍褙烩镦煺鐾碚琲汭帨檖枘翙硙糒篲襚祋璲蒉旞魔剕碨鞁焆璺槜棓槵硊檑

九熬 ao, iao　　ㄠ，ㄧㄠ

阴平　高朝消霄涛招交刀骚腰萧飘宵箫销骄郊操梢遭娇烧焦椒标蕉邀嘲敲膏滔超潇嚣雕褒抛搔浇胶妖包昭苞要糟熬抄夭撩漂糕羔挑叨臊猫刁钞彪胞凹教捎泡稍硝炮跷捞糙礁锹掏剿约叼削绰雀吵吆跤剥着悄肖票皋蒿凋绡飙貂韬杓镳篙蛟饕绦槔枭鸮缫枵嫖骁筲硗蛸尻姣哓茭幺剽佻缲鞘鲛魈橇啁鹪镖膘逍窔脬睾钊艄碉嫖摽嚆焯骠飑蹽劁煲缥孢嘌艽匏喵螵氚鲷舠忉翛祧瀌慆幖燋弨熛虓魛怊滈蟏瘭僬僬猇胶峧藁椆弢枹骉藨

阳平 调嚼朝遥桥劳潮豪寥毛条袍曹毫巢摇桃饶苗逃茅号瓢谣迢聊牢薄蕉嘲陶乔矛尧嚣姚翘僚描槽凿萄辽雹勺熬疗肴挠撩猫淆淘窑缭侨跑侥嚎炮憔嘹瞧锚唠瞄朴着刨娇皋樵醪桡鳌峣韶瑶旄髦寮遨杓螯猱苕庖匏嗷爻嘈翱壕娆璈鏖敖濠蜩髫鹩谯洮嗥呶徭獠茆铙嫯蟊漕姣峤螬謷晁荞繇峤鳐啕蚝蝥芍珧咆燎痨牦鞒蛲嫖铫笤劁捯貉狍鹋硇潦崂轺荛绹漻艚鼗橑燋猺螯鲦廒藻龆梼楙媱垚猫簝洨隃玿硚嫽柖

上声 了老草早鸟晓小表扫岛宝饱脚渺好藻恼保扰讨沼考稿倒少枣祷矫蚤爪导脑捣蹈卯搅镐嫂堡悄袄狡瑙澡藐瞭咬秒漂剿炒绞巧挑找跑烤缴拷拗舀搞吵姥侥饺雀角杳槁杪袅窕皎缈邈潦徼筱缟杲眇葆筊藁媪褓蓼茑殍昴泖缥愀栲鸨佼湫莩栳郝铰璪燎佬娆钌褾瞟铆婊敫峁铑窅淼皦朓皛恔茎嘐璬嬥垴憭

去声 调笑到照报扫抱妙啸庙好道钓帽料召茂耀貌兆峭灶傲豹浩孝闹教叫稻效噪倒盗奥窍要药皓赵校号绕肖掉跳燥酪耗造告皂绍悼鲍吊罩稍觉躁澳窖俏肇较暴瞭炮哮涝贸冒哨靠轿膏漂泡瀑懊票溺酵尿爆曝拗套钥唠落刨烙撬臊翘铐嚼络捎疟壳诏眺峤昊潦坳诰诮徼曜棹耄淖瑁颢晉劭橐懋埽邵铫鞘骜枭醮灏鹞骠芼焘犒眊袤噍疱廖郜旄镣笊摽鞠鳔瘙鏊钌脲尥嗥潲趵撂耮锆缪耖蓟俵睄旐皞筄鼻嫪峤皭恔敩慥鄗鄵罂柖斠淏臑滘箬窎岙浡锦

十欧 ou, iu ㄡ, ㄧㄡ

阴平 秋头粥舟州休忧洲幽收丘悠钩鸥羞周修优沟搜

剖抽偷究艘纠欧勾兜搂区殴揪抠句丢龟都溜蚯讴瓯邱飕沤鸠楸陬啾瘳湫貅篝邹咻呦缑诹庥韝鳅攸赳齁啁阄馐髹溲鞧碡馊诌佝妞喽篼嗖蔸鬏哞螋熘眍脩钩驺锼櫌蒐鹙赒廋鲰麀浟鸺萩犨鸼鄹扏婤

阳平 流游头愁楼留求侯谋牛酬由投筹柔稠轴畴尤囚仇刘邮油犹球喉猴榴浏揉娄蹂瘤绸琉硫馏裘俦眸猷旒虬雠遒骝侔缪篌蝣酋髅疣鍪牟抔莸偻糅繇逑裒镠泅蒌赇掊骰蝼碡惆俅妯踌镏柚骺鎏喽鱿耧蚰鞣铀莜犰呣巯瘊飗璆鹠帱糇蛑蝤塯溇鼽嘐鲉[illegible]椆垺尢漻

上声 否酒手久有柳口友朽九偶斗丑首走狗守肘帚吼藕韭玖酉苟纽某蚪陡宿呕钮抖灸篓扭瞅搂叟牖薮缶莠耦黝擞嵝杻嗾忸糗卣掊绺滫羑岣枸耇笱槱罶狃瞍钭艏竘氿

去声 后旧秀瘦寿厚肉候袖就昼漏斗奏右绣透豆陋宙垢授溜构寇皱兽骤售谬臼臭又受逗幼扣嗅救舅诱咒凑疚购宿叩够锈馏佑嗽读露痘揍六勾拗碌岫绶窦咎胄逅狩彀觏厩耨宥鹫囿镂籀诟辏绉擞侑蔻媾遛枢纣媵鼬缪琇柏繇柚釉沤蚴鲎溴怄莠瘘堠祐酎遘雊僦姤垕郈鹨珛椆鲘

十一安 an, ian, uan, üan ㄢ, ㄧㄢ, ㄨㄢ, ㄩㄢ

阴平 山天烟间边关仙安川欢篇看宽干端官攀冠斑喧先丹颠鲜偏鞭轩迁餐翻湾编班千竿坚肩巅乾艰娟渊观鞍滩酣酸宣牵翩捐添堪三甘毡庵肝穿鹃衫煎尖删珊参冤焉帆专燕弯纤兼贪沾瞻刊般淹铅占签殷棺颁耽杉柑砖溅扳奸掀憨谦杆番担鸳歼粘钻潘勘监咽圈渐滇搀煽摊掺扁扇蝙拴瘫掂

搬栅豌广片氨单叁栓厂浅尴簪笺悭湍玕骖阡骞暄谙旃镌藩
猭龛膻鸢涓幡鞯蕃芊潸拈跹缄殚菅蠲萱谖郸湮缣崦芟跚瘢
湔箪砭聃笾鳊觇褰鳏嫣搴悛戡鞬恹蔫眈癫姗剜纶詹暹佥
颛苫儋蒹犍蚶顸鼾蜿泔阉籼矸髋腌獾桉倌谵莞坩鸧揎鹌瑄
闩袄坍仟颟扦煊锨胭苷疳煸蹿囡氙堎钎汆酰矜鄢糌犏鲣
酐氙瘫镩舢搛菀蹿毵埏鹯鳣翾忺襜戋鹣棬儇笺蔴眢嵁盦
蜎猣啴汧梃晅犴磏岍貆攽栴圩猯愃焆蔻涴婠耑孅瘅钐靬咺
荟鳒煓嬛

阳平　还难南年寒然前言船眠泉贤颜传田怜闲残钱园
缘弦圆连盘悬源原全禅环莲兰澜绵乾旋玄栏帘谈蝉团岩檐
弹潭元坛权峦玩蛮繁顽延猿缠便丸烦联拳惭完蓝嫌严蚕盐
衔凡韩廉甜含炎燃援潜涵男般铅函恬蜒痊研咸檀瞒沿员填
阎篮棉钳谭馋黔镰粘汗拦袁胖婪矾佃痰馒咱单埋妍阑筵鸾
寰垣湲鬟椽桓岚蟠潺廛辕涟涎钿銮虔髯攒樊诠筌蟾蕃栾孱
纨抟舷昙阗喃荃黏楠挛鹇璠燔骈谗铨斓覃孱脔谩鼋蘩镵娴
沅漩磐钤遄畋巉圜蜷颧媛鲇鬈胼璇柈爰犍洹娈谰挦褴郯
濂孪萑邯鳗婵橼湉鲢芄澶蹁滦邗澹芫蹒蠊痫郇揎爿荨塬钒
醛焓缳螈裢烷晗镧梿鹮躔槃埏埙镮瀍佺鬘惔蹯锾墦襕磻
楩锬蚺嫄獂澴鞔磏峘沺儳貆辁倓虤湌玹婘萓氾鳈胼瑔虷伭
靬痃昀崴崡墘闫嬛

上声　浅晚眼满散短险暖感管返馆懒点减简染缓展软
典敛剪槛览犬免盏胆挽碗显产惨茧衍款冉敢勉板俭缆检卷
脸远版反婉坦坎闪伞喘揽罕缅贬谴惋宛遣转陕鲜拣斩阐演
选扁毯掩榄碾卵柬掺匾秆捡铲洗癣赶崭杆砍辗舔捻俺喊皖

橄碱撵碘蹇辇薛坂冕忝绻偃阮阪苒琰眄剡琯糁纂赧娩莞豩曈殄沔侃腼袓腆琏湎谄俨褊畎舛跣罨笕畹謇烜琬蚬兖魇黪绾戬缵亶猃趱奄缱谝铣菀郾鼹赕裥掸埯脘丏钣罱冼忐黴攒擀昝踮蝻骣疸钽锩铵螨腩睑渑唵枧铜潋翦椀飐崄莰筦狝浐輾弇刬葳甗黡潽趼菝谫筅蝘裣瑌昄戭咺愐寋焯勔浫睒厣庡鰔帕璮昷垵籛睐偭沇肰娺拶棪碥

去声　看片见难断面散雁叹变乱汉岸剑遍半殿健暗念燕翰畔愿倦漫战换苑怨艳贱院恋限扇幻县练羡旦传箭线观涧电荐案辨惯烂鉴甸便砚槛干现探唤眷劝旱泛患献宦万贯践憾段范焰黯炭店蔓汗办验盼厌奠绽建监卷窜绢灿绊慢辩诞间冠宪赞腕宴焕颤擅灌券欠瓣绚判炼歉弹玷占犯按串堰陷舰溅暂禅炫饭撰善叛撼伴涣渐咽转锻研旋嵌算垫赡担曼淀唁捍蒜贩悍键赚篡淡栈掺辫站罐佃件谚蛋扮钻但缎馅骗滥渲链赣拌碳圈单涮石腺痪纤焊氮惦彦晏霰篆粲篹馔啭茜幔掾眩谏膳滟爨堑饯泮梵萏泫璨颔盥弁剡酽钏旰瞰餍鹳讪汴岘苋豢瓒钿狷铉芡奂赝湛忏缦缮潋忭坫瀚慊楦僭滮倩抃浣醮鳝惮绀谳袢殓汕嬗墁卞瑗煅楝瓘靛椠襻啖亶焱嫚畈媛澹菡隽廿錾掸苫鄄镘腱疝涫鄯胺淦阚鲩毽羼垸蟮儋龂骟埝椴掼踺绊孱袢苄癜攥衒暵逭彖擐祼掞犴刬阽瑑鞯衎瑱垾僎爟楗弁嫌昡磡钐儳磹墡焯桊伣靽滟墈埏撖瑕蒨缐氾垸扞腨掭偡毌婘墕憺鄭惔琄塅疍瘅扂倓

十二恩 en, in, un, ün　　ㄣ, ㄧㄣ, ㄨㄣ, ㄩㄣ

阴平　心春深新身阴君真音亲昏分村金尊津根孙恩今

襟巾军侵纷温宾滨珍因辛坤勋馨氛斟伸森芬薪吞禁绅茵奔均钧屯欣申淳昆钦熏贞蹲斤针椿敦墩参遵呻谆婚姻菌殷筋荤喷濒彬跟抡侦缤斌瘟们吨拎芯拼龟闷吩锌晕樽曛嗔薰氲砧醺衾阍榛暾箴骎筠飧荪甄臻衿皴愔髡鲲瞋歆琨琛忻堙埙祯喑桢莘昕蓁惇诜豳麇贲鞍逡氤帧郴溱肫娠焜狲饨玢鳟棻镔胗姘傧槟赟抻糁伧窨鑫酚锟锛蹾葸洇镦炘蝽醌礅铟砷矜囷嵚禋裈鹍惛煴骃甡焞侁辒邠歅椹獯窀嶟玢禛棽醖瑃婫犇燊堃屾邨鳁珅缊忳蕰榅溵衠莙浈揕葴鲹琸瑃

阳平　人云尘门林神吟闻寻文存魂群臣邻贫琴痕频民辰轮沉临勤陈秦鳞伦仁禽晨沦巡裙旬坟匀银焚盆纹屯醇浑淳唇淫循耘豚蹲寅芹纯询磷琳蚊擒仑忱壬淋抡臀囤们您混员任什论甚岑麟宸霖颦峋浔旻纶纭垠扪筠粼莼缗珉涔汾芸岷恂鹑棼狺雯谌嫔镡辚霪荀珣麋璘龈鄞芩嶙闾鲟豳檎赟溱肫饨洵遴郇鲀郧啉噙囵馄嗯哏汶玭嗪荨珲圻鋆覃矜昀沄崟蟫嚚龂潾慬溋亹赟獱廑忞瞵翷琨煁妘栒碈坉苠硍忳玟芠涢箖炆栫闅

上声　尽沈锦稳本粉品笋寝忍紧损闽凛陨敏肯吻谨饮审枕悯蚓准滚蠢恳允引垦仅紊皿疹隐狠吮诊很怎捆瘾啃婶盹泯衮尹稔轸哂隼廪阃畛槿殒闵馑谂忖畚荏狁鲧辊檩缜碜刎抿趸撙黾堇瑾苯榫绲磙吲哏嗯悃鬒懔壸稹锓沗廑噂刌袗箖昣瞫湣慬僔愍伈鳖

去声　论尽问恨润信鬓韵运印进分阵任训驯讯寸困峻俊禁镇晋振嫩骏愤顺晕刃震认奋吝瞬荫迅顿聘浸酝闰钝慎填逊混蕴衅褪纫殉忿衬甚肾孕喷躏沁粪近趁仅竣汛赁盾韧

渗份囤笨奔棍称闷劲菌员夯淋芯熏郡仞遁烬舜谶愠沌觐蜃靳衽牝噤浚轫坌亘胤懑苨殡徇蔺摈赈纴溷饪鸩恁辒巽蕈艮膑朕葚谮偾恽壆妊楯捃窨隽圳郓诨汶疹髌缙炖揿妗裉囟摁龀吣涊胂焖膦鲼茚砘熨嗯祲疢榇赆畯憝椹坋噀讱纼墐缊瀵揕殣瑨晙琎瑱坉忳湣焌慬珺琨婫葰蕴嫇侪榅

十三昂 ang, iang, uang　　ㄤ，丨ㄤ，ㄨㄤ

阴平　香光乡霜方章芳伤荒裳苍妆江桑窗央囊量双冈张湘庄浆康装昌商将当疆鸯邦汤纲坊缸箱刚僵仓慷彰殃腔筐缰秧糠姜枪厢疮猖扛相倡丧汪桩杠创钢赃沧樟铛帮慌舱镶肮肛抢梆趟乓夯呛囔舫珰骧臧襄锵殇羌滂阊肓潢戕璋缃漳匡跄泷裆獐泱伧娼伥枋芗孀镗蜣罡雱牂菖鞅礓胱鲳豇浜咣戗蹚诓墒啷囔钫羰牤熵嘡蟑哐矼骦筜鹴嫜尪鸧茳洸鄣玱蚄桄洭堽牥暲九江邡鳉珖锖儴瓖

阳平　长行阳凉堂黄肠郎茫忙狂床裳王梁常藏翔房墙塘亡皇扬囊良尝量羊唐廊旁航杨祥凰芒妨昂强粮降棠洋详娘狼琅粱偿坊煌防篁幢庞榔惶杭扛肓肪蝗吭糖场瓤膛肮磅螃徜仰氓徨徉篁樯臧遑穰潢旸颃庠隍邙璜鲂逛禳螂嫱湟踉佯稂疡逄镗炀螳苌搪鳇瑭嫦桁莨烊蔷彷蟥银蚌硭徜椋绗溏镶樘飏厐艎瀼螗筤喤卬锽根噇鲿辌钖媓龙牻鳑杧垟蘘儴俍瑝

上声　长赏往响想爽网掌上场莽壤访涨朗桨党幌敞港讲仰享广岗养枉奖两恍痒榜仿晃蒋俩晌强纺闯挡膀淌厂抢嗓绑谎氧躺倘嚷舫饷攘鲞惘漭罔飨魉曩颡帑傥蟒谠昉镪

褴䄷犷鲞辋彷奘魍惝耩搡耥羟镶耪臌夼垧仉攮驵磉烺茛塱
莔卬

去声　望忘浪壮相象傍荡丈唱上帐障旷状像巷涨将样仗尚酿亮让妄丧漾况降畅匠向量藏葬放谤撞王杖项抗谅当创酱蚌榜矿旺晃倡亢眶强橡辆脏挡胀炕账烫棒旁档框幢胖晾趟钢呛磅逛凉杠镑怅恙嶂盎觋瘴鞅怆宕怏戆幛阆绛圹砀沆伉奘糨砻蒡僮戗凼蒗茛炝齉烊犟邝绱踉垱纩瞠洚悢滉闶玚埌茛棓玤漴羕珦桄筤倞弶搒塝蚄

十四英 eng，ing　　ㄥ，ㄧㄥ

阴平　风生声清青翁峰轻惊星兵倾经京英耕灯听冰僧更卿封屏精争登莺征升腥丰兴羹荆蒙曾笙蒸增茎烹棱鲸锋并憎枫筝鹰丁婴称庚应晶撑坑崩蜂厅兢睛正甥樱蹬牲铛钉苹猩鹦绷砰疯怔睁蜻叮哼症扔狰盯氢吭乒嗡挣缨旌汀膺亨罂罾惺撄泾赓粳嘤烽缯钲怦铿琤菁铮仃町瑛膛葑峥沨璎柽抨蛏娉玎酆沣噌栟烃圊疔噔嘣腈槟酊砜熥滃嘭赪昇俜鲭渟熷烝硁骍鹒祊麖鄫泙桯锳葑珵狰偁璒煋陉浭玎媖牚鼱

阳平　行横情明城名成鸣平晴亭程灵营冥庭迎形蓬陵屏盟逢盈停层能萍凭零腾龄诚藤铭朋蒙衡曾瓶评刑宁凝篷棱乘廷萤绳澄萌蝇铃仍荧呈承氓莹鹏擎赢型狞缝菱惩伶恒凌蜓盛橙坪玲彭聆棚冯令苹朦眷疼羚澎膨拧柠檬楹瀛暝溟泠茗萦霆翎棂苓檠婷丞枰茔硎塍甍瓴绫蘅饧嬴陉渑咛瞑珩瞢邢螟黥蛉虻莛崚囹滕枨滢荥堋鲮鄳艨桁裎呤姮蟛葶硼塄甿嗯鲆鸻獴甭祾蓥埕酲嶒舲蓂鸰芃幐幪渟勍铏楞潆膡弸淜

搒泙钘珵桯眝洺宬竛昤姈渶澪玶瀓铖洴琙浲鶄帡荓礵憕苧龙

上声 影冷景醒岭井顶省鼎顷领艇令警柄梗整等耿颖饼屏猛颈讽秉逞捧挺请禀丙拯哽锰拧蒙绷骋绠阱颍炳瘿郢酊艋鲠哽蠓黾儆滃梃蜢懵蓊璟琫铤憬刭酩邴裎肼勐苘戥嗯擤獴眚唪珽侹颋庱玎娗璥昺蛃庼

去声 梦静定兴径命病境镜横性胜凤净盛圣政映赠幸令竞正姓应庆敬劲竟杏孟乘靖称剩缝郑硬证并更综订邓泞瞪秤另凳奉症亲钉挣宁蹭泵碰蚌拧愣蹦澄绷瓮罄磴迸甑镫倖罄佞胫荇诤靓塍梃碇箐铤嶝綮悻锭晟摒痉婧缯鬇腚镚嗯崚锃啶椪獍睤蕹竫瑆倞憕婞晊迳甯

十五雍 ong, iong　　ㄨㄥ, ㄩㄥ

阴平 中红东宫公通空功钟松工踪终宗兄弓胸匆冬忠躬衷攻葱庸拥聪充凶供恭烘冲汹轰佣共棕匈蚣哄囱综涌扃慵骢舂艟肱嵩雍忡墉菘镛邕忪龚艟凇壅憧盅鬃璁訇饔螽痈薨鳙枞咚淞芎崆苁吽箜熥鹈氦熄嗵倥臃垌崧狆讻揞娀鄘琉硿埪澭豵鍪锺倧崈茓

阳平 重红同穷龙雄容荣浓鸿丛从蓉融虹童桐虫农戎隆崇茸聋瞳铜胧熊琼溶洪窿宏弘绒彤笼榕咙熔脓种嵘珑栊穹筇侬淙峒泓蛩砻秾茏茕僮癃邛琮闳颙喁狨侗潼泷酮蝾苘竑哝佟垌眬砼悰镕昽纮曈仝硔黉茳玒穜翃橦瑢漴嫞烔鎣硔峒浲瀧

上声 永咏宠勇筒涌耸垄统拱孔窘泳冗董种肿踊总哄

巩恐懂拢桶汞空捅笼迥冢陇炯踵竦悚蛹俑珙恿偬甬颎侗炅
怂熜冏洞唝埇瀧栐穜

去声 用重送洞共颂弄冻众痛贡栋诵供仲宋讼中动控种纵哄同空佣冲恸恫讧粽峒蕻硐铳胴疭侗胨垌哢夐唝诇烔

附：儿 er 儿

阳平 儿而鸸鲕耏陑

上声 耳尔饵迩珥铒洱

去声 二贰咡

第三章　词 律

第一节　词的种类

词，最初称为“曲词”或“曲子词”，是配音乐的。从配音乐这一点上说，它和乐府是同一类的文学体裁，也同样来自民间文学。后来词也跟乐府一样，逐渐跟音乐分离了，成为诗的别体，所以有人把词称为“诗余”。文人的词深受律诗的影响，所以词中的律句特别多。

词是长短句，但是全篇的字数是有一定的。每句的平仄也是有一定的。

词大致可分为三类：⑴小令；⑵中调；⑶长调。有人认为：五十八字以内为小令，五十九至九十字为中调，九十一字以外为长调。这种分法虽然有些太绝对了，但是，大概的情况还是这样的。

这是根据《类编草堂诗余》所分小令、中调、长调而得出的结论。

敦煌曲子词中，已经有一些中调和长调。宋初柳永写了一些长调。苏轼、秦观、黄庭坚等人继起，长调就盛行起来了。长调的特点，除了字数较多以外，就是一般用韵较疏。

一、词牌

词牌，就是词的格式的名称。词的格式和律诗的格式不同：律诗只有四种格式，而词则总共有一千多个格式（这些格式称为词谱）。人们不好把它们称为第一式、第二式等，所以给它们起了一些名字。这些名字就是词牌。有时候，几个格式合用一个词牌，因为它们是同一个格式的若干变体；有时候，同一个格式而有几个名称，那只因为各家叫名不同罢了。

万树《词律》共收一千一百八十多个“体”。徐本立《词律拾遗》增加了四百九十五个“体”。清代的《钦定词谱》共有两千三百零六个“体”。

关于词牌的来源，大约有下面三种情况。

第一，本来是乐曲的名称。例如“菩萨蛮”，据说是由于唐代大中初年，女蛮国进贡，她们梳着高髻，戴着金冠，满身璎珞（璎珞是身上佩挂的珠宝），装扮像菩萨。当时教坊因此谱成“菩萨蛮”曲。据说唐宣宗爱唱“菩萨蛮”词，可见是当时风行一时的曲子。“西江月”“风入松”“蝶恋花”等，都属于这一类。这些都是来自民间的曲调。

第二，摘取一首词中的几个字作为词牌。例如《忆秦娥》，因为依照这个格式写出的最初一首词开头两句是“箫声咽，秦娥梦断秦楼月”，所以词牌就叫“忆秦娥”，又叫“秦楼月”。“忆江南”本名“望江南”，又名“谢秋娘”，但因白居易有一首咏“江南好”的词，最后一句是“能不忆江南”，所以词牌又叫“忆江南”。“如梦令”原名“忆仙姿”，改名“如梦令”，这是因为后唐庄宗所写的“忆仙姿”中有“如梦，如梦，残月落花烟重”等句。“念奴娇”又叫“大江东去”，这是由于苏轼有一首“念奴娇”，第一句是“大江东去”；又叫“酹江月”，因为苏轼这首词最后三个字是“酹江月”。

第三，本来就是词的题目。《踏歌词》咏的是舞蹈，《舞马词》咏的是舞马，《欸乃曲》咏的是泛舟，《渔歌子》咏的是打鱼，《浪淘沙》咏的是浪淘沙，《抛球乐》咏的是抛绣球，《更漏子》咏的是夜。这种情况是最普遍的。凡是词牌下面注明“本意”的，就是说，词牌同时也是词题，不另有题目了。

但是，绝大多数的词都不是用“本意”的，因此，词牌之外还有词题。一般是在词牌下面用较小的字注出词题。在这种情况下，词题和词牌不发生任何关系。一首《浪淘沙》可以完全不讲到浪，也不讲到沙；一首《忆江南》也可以完全不讲到江南。这样，词牌只不过是词谱的格式罢了。

二、单调、双调、三叠、四叠

词有单调、双调、三叠、四叠的分别。

单调的词往往就是一首小令。它很像一首诗，只不过是长短句罢了。例如：

渔歌子

唐·张志和

西塞山前白鹭飞，桃花流水鳜鱼肥。青箬笠，绿蓑衣，斜风细雨不须归。

如梦令

南宋·李清照

昨夜雨疏风骤，浓睡不消残酒。试问卷帘人，却道海棠依旧。知否？知否？应是绿肥红瘦！

双调的词有的是小令，有的是中调或长调。双调就是把一首词分为前后两阕。两阕的字数相等或基本上相等，平仄也同。这样，字数相等的就像一首曲谱配着两首歌词。不相等的，一般是开头的两三句字数不同或平仄不同，叫作“换头”。这是双调词中最常见的形式。例如：

踏莎行·郴州旅舍

北宋·秦观

雾失楼台，月迷津渡，桃源望断无寻处。可堪孤馆闭春寒，杜鹃声里斜阳暮。　驿寄梅花，鱼传尺素，砌成此恨无重数。郴江幸自绕郴山，为谁流下潇湘去。

鹧鸪天·元谿不见梅

南宋·辛弃疾

千丈冰溪百步雷。柴门都向水边开。乱云剩带炊烟去，野水闲将日影来。　穿窈窕，历崔嵬，东林试问几时栽。动摇意态虽多竹，点缀风流却少梅。

贺新郎·送胡邦衡待赴新州

南宋·张元幹

梦绕神州路。怅秋风、连营画角，故宫离黍。底事昆仑倾砥柱，九地黄流乱注。聚万落千村狐兔。天意从来高难问，况人情易老悲难诉。更南浦，送君去。 凉生岸柳催残暑。耿斜河，疏星淡月，断云微度。万里江山知何处？回首对床夜语。雁不到，书成谁与？目尽青天怀今古，肯儿曹恩怨相尔汝！举大白，听《金缕》。

（“雁不到书成谁与？”依词律应作一句读。）

像《踏莎行》《渔家傲》，前后两阕字数完全相等。其他各词，前后阕字数基本上相同。

曲终叫作阕。一阕，表示曲子到此告终。下面再来一阕，那是表示依照原曲再唱一首歌。当然，前后阕的意思还是连贯的。

旧法，前后阕中空一格。现在分行写，中间空一行。

三叠就是三阕，四叠就是四阕。三叠、四叠的词很少见，这里就不举例了。

第二节 词韵

诗韵即词韵，词韵比诗韵更宽泛。关于词韵，并没有任何正式的规定。戈载的《词林正韵》，把平、上、去三声分为十四部，入声分为五部，共十九部。据说是取古代著名词人的词，参酌而定的。从前遵用的人颇多。其实这十九部不过是把诗韵大致合并，和前面所述古体诗的宽韵差不多。现在把这十九部开列在后面，以供参考。

戈载《词林正韵》的韵目依照《集韵》，现在改为“平水韵”韵目，即律诗的韵及古体诗中所讲的诗韵，以归一律。

（甲）平上去声十四部

1. 平声东冬，上声董肿，去声送宋。

2. 平声江阳，上声讲养，去声绛漾。

3. 平声支微齐，又灰半；上声纸尾荠，又贿半；去声寘未霁，又泰半、队半。

4. 平声鱼虞，上声语麌，去声御遇。

5. 平声佳半，灰半；上声蟹，又贿半；去声泰半、卦半、队半。

6. 平声真文，又元半；上声轸吻，又阮半；去声震问，又愿半。

7. 平声寒删先，又元半；上声旱潸铣，又阮半；去声翰谏霰，又愿半。

8. 平声萧肴豪，上声篠巧皓，去声啸效号。

9. 平声歌，上声哿，去声箇。

10. 平声麻，又佳半；上声马；去声祃，又卦半。

11. 平声庚青蒸，上声梗迥，去声敬径。

12. 平声尤，上声有，去声宥。

13. 平声侵，上声寝，去声沁。

14. 平声覃盐咸，上声感俭豏，去声勘艳陷。

（乙）入声五部

1. 屋沃。

2. 觉药。

3. 质物锡职缉。

4. 物月曷黠屑叶。

5. 合洽。

这十九部大约只能适合宋词的多数情况。其实在某些词人的笔下，第六部早已与第十三部相通，第七部早已与第十四部相通。其中有语音发展的原因，也有方言的影响。

入声韵的独立性很强。某些词在习惯上是用入声韵的，例如《忆秦娥》《念奴娇》等。

平韵与仄韵的界限也是很清楚的。某调规定用平韵，就不能用仄韵；规定用仄韵，就不能用平韵。除非有另一体。

只有上、去两声是可以通押的。这种通押的情况在唐代古体诗中已经开始了。

第三节　词的平仄

词与诗不同。诗的平仄只有四种格式，而词则有一千多个格式。词的平仄要比诗复杂而又严格。每首词中，每个句子的平仄格式，都因词调的不同而有其不同的规定。词的平仄格式，大多是律句要用对仗且有拗句。

例如，李白《菩萨蛮》上阕末句“有人楼上愁”就是“仄平平仄平”的拗句。词的句式里，哪个字该用平声，哪个字该用仄声，比律诗更为严格。规定用律句的必须用律句，规定用拗句的必须用拗句，不能随便改变。此外，诗的句法只有两种，五言和七言，五言每句五个字，七言每句七个字。而词则不同，词的句法有十一种，从一到十一，长短不一，短的只有一个字，长的可达十一个字。词的平仄，虽然由于各句的句法不同而不同，但也有一定的规定，现将各句法的平仄分列如下。

一字句

一字句一般用平声字。一字句有两种情况，一是词牌规定的一字句，二是本非一字句，词作者出于词意需要而造成的一字句。例如，蔡伸的《十六字令》，头一句的“天”字就是平声字。而在秦观的《钗头凤》词中末句用的“住”“去”并非词牌规定的一字句，而是词作者出于词意的需要而造成的一字句，用它表现强烈的感情色彩。从格律看，不论是平是仄，都是入韵之字。若不是入韵之字，就不能算作一字句。

二字句

二字句有“平平”“仄仄”“平仄”“仄平”四种形式。在四种句式中“平平”“平仄”用得较多，“仄仄”“仄平”用的很少。例如，辛弃疾《南乡子》上阕的“悠悠”和下阕的“曹刘”都是“平平”；秦观《满庭芳》下阕首句“消魂”也是“平平”。“平仄”“平仄”就更多了。例如，戴叔伦的《调笑令》中的“边草，边草”，李清照的《如梦令》中的“知否，知否”，周邦彦的《兰陵王》下阕的“凄恻”等都是用的“平仄”“平仄”。

三字句

三字句有“平仄仄”“仄平平”“仄仄平”“平平仄”“平平平”“仄仄仄”“平仄平”“仄平仄”等八种句法。前四种为普通句法，后四种为特别句法。三字句的普通句法词中常见。特别句法中的“仄仄仄”“仄平仄”词中也不少见。如李煜《相见欢》中的“剪不断，理还乱”就是“仄仄仄”“仄平仄”；柳永的《雨霖铃》上阕的“念去去”，下阕的“便纵有”；张元千《贺新郎》上阕的“宿雁落”，下阕的“谩暗涩”都是用的“仄仄仄”句法。而吴文英《莺啼序》头段的“燕来晚“，张元幹《贺新郎》上阕的”醉中舞“，下阕的“欲轻举”用的则是“仄平仄”句法。

四字句

四字句有“平平仄仄”“仄仄平平”“平仄仄平”“仄平平仄”“平平平仄”“仄仄仄平”“平仄平平”“仄平仄仄”“平平仄平”“仄仄平仄”“平仄平仄”“仄平仄平”等

十二种句法，四字句句法最多，但普通句法只有前两种，后十种都是特别句法。四字句的普通句法，实际上就是七言律诗中的前四句。特别句法只有词中才用，诗中很少见到或说根本不用。特别句法中的“仄平平仄”词中常用。例如，李白《忆秦娥》上阕末句“灞陵伤别”；苏轼《念奴娇》首句“大江东去”；岳飞《满江红》中的“壮怀激烈”；张元干《贺新郎》上阕的“月流烟渚”，下阕的“气吞胡虏”；柳永《雨霖铃》上阕的“对长亭晚”，下阕的“晓风残月”等都是“仄平平仄”句法。

五字句

五字句有“平起平收”“仄起平收”“平起仄收”“仄起仄收”四种格式。上述四种格式皆上二下三的普通句法，同五律的格式一样。此外还有上一下四的特别句法。例如，柳永《望海潮》中的“有三秋桂子”；姜夔《扬州慢》中的“过春风十里”以及毛泽东《沁园春》上阕的“望长城内外”“看银装素裹”，下阕的“数风流人物”“惜秦皇汉武”等都是上一下四“仄平平仄仄”句法。

六字句

六字句也有四种格式，即“仄仄平平仄仄”“平平仄仄平平”“仄仄平平平仄”“平平仄仄仄平”。上述四种格式都是上二下四或上四下二的普通句法，也可以认为是七言律诗中的前六字。六字句法除上述四种普通句法外，还有上三下三和上一下五的两种特别句法。上三下三有张元干《贺新郎》上阕的“谁伴我，醉中舞”和下阕的“风浩荡，欲轻举”；上一下五有贺铸《青玉案》中的“但目送芳尘去”。不过这种句法词中少见。

七字句

七字句除有同七律一样的四种格式外，还有上一下六和上三下四两种特别句法。上一下六，一般少见。上三下四，词中常见。例如，秦观《鹊桥仙》上阕“便胜却、人间无数”，下阕的“又岂在、朝朝暮暮”和《满庭芳》上阕的“空回首，烟霭纷纷”和“斜阳外，寒鸦万点”，下阕的“襟秀上，空惹啼痕”和“伤情处，高城望断”都是上三下四。张元幹《贺新郎》上阕的“斗垂天，沧波万顷”，下阕的“倚高寒，愁中故国”也是上三下四句法。

八字句

八字句即五字句上加三字豆。如岳飞《满江红》中“莫等闲，白了少年头”就是八字句。

九字句

九字句即加一字豆于两个四字句。如岳飞《满江红》中的“驾长车踏破贺兰山缺”便是。或加三字豆于六字句上，如苏轼《念奴娇》上阕的“浪淘尽、千古风流人物”。也可将四、五字句连贯成九字句。如毛泽东《蝶恋花》上阕的“杨柳轻扬直上重宵九”和下阕的“万里长空且为忠魂舞”就是连贯成的九字句。

十字句

加三字豆于七字句之上即是十字句。例如，辛弃疾《摸鱼儿》上阕的“见说道，天涯芳草无归路”，下阕的“君不见，玉环飞燕皆尘土”就是十字句。

十一字句

将上六下五或上四下七两个短句连贯起来即是十一字句。例如，苏轼《水调歌头》中上阕的“不知天上宫阙，今夕是何年”是上六下五句法；下阕的“不应有恨，何事长向别时圆”就是上四下七连贯成的十一字句。

第四节　词的对仗

一、词的对仗不计平仄

我们知道律诗的对仗是平对仄、仄对平，这是原则，违背不得。词就不管这一套，平可以对平、仄可以对仄。这样的例子太多了，例如，“波似染，山如削”。“波”和“山”都是平声，“染”和“削”都是仄声。“才饮长江水，又食武昌鱼”“千里冰封，万里雪飘”，又如“望长城内外，惟余莽莽；大河上下，顿失滔滔”（城对河，是平对平；外对下，是仄对仄）。

二、词的对仗允许同字相对

在律诗里，上下句用同一个字相对那是绝对不可以的，但在词里是允许的。“人有悲欢离合，月有阴晴圆缺”，“有”就对“有”。“二分尘土”就硬是对“一分流水”。 如“千里冰封”对“万里雪飘”，又如“马蹄声碎”对“喇叭声咽”，“苍山如海”对“残阳如血”。当然了，同字相对能避开还是应当避开的。

三、词的对仗位置不固定

律诗的对仗位置是固定的，一般来说，第二、三联必须用对仗。词的对仗位置则不同，用在什么地方的都有。那么还有规律可找吗？有。一般，上下阕的第一、二句，只要字数相等，句式相同，往往用对仗。例如，《西江月》《鹊桥仙》等。其他位置，只要字数相等、句式相同，也往往是能用则用。例如《更漏子》上、下阕的四五句，《齐天乐》的前三四句、后四五句等。

四、词为什么往往在某个位置用对仗

首先是词人互相模仿，你用我也用，历代传承，约定俗成。其次是修辞的需要。用比不用显文采、利歌唱，读起来也铿锵悦耳。这就出现了两个情况：一是同词同位，你用我不用。例如，《永遇乐》前三句，李清照说“落日熔金，暮云合璧，人在何处”。看辛弃疾，“千古江山，英雄无觅，孙仲谋处”，他就不用。二是同一词人同一词牌，今天用，明天不用；这里用，那里不用。这里就不再举例了。

这样就说明了一个问题，对仗不是词本身的要求，而是修辞的要求。既然是修辞的要求，那随意性较大。所以，当我们去评论一首词时，诗人往往在用对仗的地方没用对仗，我们只能说“最好用”，或者说“这里往往用”。

第五节 词 谱

○平声 ●仄声 ☆可平可仄 ★可仄可平

△平韵 ▲仄韵 ▇对仗

从十六个字到五十八字及以内的词为小令；从五十九个字到九十字及以内的词为中调；九十一字及以上的词为长调。词例用虚线“————”把双调分为两部分。有十首散曲的曲谱，不分段。用〔幺〕连接上下两阕。

（1）《十六字令》	十六字	单调
（2）《忆江南》（又名《望江南》）	二十七字	单调
（3）《渔歌子》（又名《渔父乐》）	二十七字	单调
（4）《捣练子》	二十七字	单调
（5）【越调·天净沙】	二十八字	单调
（6）【仙吕·忆王孙】	三十一字	单调
（7）《调笑令》（又名《三台令》）	三十二字	单调
（8）《如梦令》	三十三字	单调
（9）《长相思》	三十六字	双调
（10）《相见欢》	三十六字	双调
（11）【正宫·醉太平】	三十八字	单调
（12）《生查子》	四十字	双调
（13）【仙吕·点绛唇】	四十一字	单调
（14）【双调·殿前欢】	四十二字	单调
（15）《浣溪沙》	四十二字	双调

（16）《菩萨蛮》	四十四字	双调
（17）《采桑子》（又名《丑奴儿》）	四十四字	双调
（18）《卜算子》	四十四字	双调
（19）《减字木兰花》	四十四字	双调
（20）【中吕·山坡羊】	四十四字	单调
（21）《诉衷情》	四十四字	双调
（22）《谒金门》	四十五字	双调
（23）《好事近》	四十五字	双调
（24）《忆秦娥》	四十六字	双调
（25）《清平乐》	四十六字	双调
（26）《更漏子》	四十六字	双调
（27）《阮郎归》	四十七字	双调
（28）《画堂春》	四十七字	双调
（29）《山花子》（又名《摊破浣溪沙》）	四十八字	双调
（30）《桃源忆故人》	四十八字	双调
（31）【黄钟·人月圆】	四十八字	单调
（32）《武陵春》	四十八字	双调
（33）《太常引》（又名《太清引》）	四十九字	双调
（34）《贺圣朝》	四十九字	双调
（35）《西江月》	五十字	双调
（36）《惜分飞》	五十字	双调
（37）《南歌子》	五十二字	双调
（38）【黄钟·醉花阴】	五十二字	单调
（39）《浪淘沙》	五十四字	双调

(40)《鹧鸪天》	五十五字	双调
(41)《鹊桥仙》	五十六字	双调
(42)《玉楼春》	五十六字	双调
(43)《虞美人》	五十六字	双调
(44)《南乡子》	五十六字	双调
(45)《一斛珠》	五十七字	双调
(46)《踏莎行》	五十八字	双调

以上从十六个字到五十八个字及以内的词为小令(46首)

(47)《临江仙》	六十字	双调
(48)《蝶恋花》(又名《鹊踏枝》)	六十字	双调
(49)《破阵子》	六十二字	双调
(50)《渔家傲》	六十二字	双调
(51)《苏幕遮》	六十二字	双调
(52)《喝火令》	六十五字	双调
(53)【双调·行香子】	六十六字	单调
(54)《谢池春》(又名《卖花声》)	六十六字	双调
(55)《锦缠道》	六十六字	双调
(56)《青玉案》	六十七字	双调
(57)《感皇恩》	六十七字	双调
(58)《天仙子》	六十八字	双调
(59)《江城子》	七十字	双调
(60)《千秋岁》	七十一字	双调
(61)《离亭燕》	七十二字	双调
(62)【双调·风入松】	七十六字	单调

（63）《御街行》	七十八字	双调
（64）《蓦山溪》	八十二字	双调
（65）《洞仙歌》	八十三字	双调

以上从五十九个字到九十个字及以内的词为中调（19首）

（66）《满江红》	九十三字	双调
（67）《水调歌头》	九十四字	双调
（68）《满庭芳》	九十五字	双调
（69）《暗　香》	九十七字	双调
（70）《昼夜乐》	九十八字	双调
（71）《琐窗寒》	九十九字	双调
（72）《念奴娇》（又名《百字令》）		双调
（73）《桂枝香》	一百零一字	双调
（74）《水龙吟》	一百零二字	双调
（75）《石州慢》	一百零二字	双调
（76）《齐天乐》	一百零二字	双调
（77）《雨霖铃》	一百零三字	双调
（78）《永遇乐》	一百零四字	双调
（79）《望海潮》	一百零七字	双调
（80）《沁园春》	一百十四字	双调
（81）《贺新郎》（又名《金缕曲》）	一百十六字	双调
（82）《摸鱼儿》	一百十六字	双调
（83）《六州歌头》	一百四十三字	双调

以上从九十一个字及以上的词为长调（18首）

小令四十六例

（1）《十六字令》　　十六字　　单调

十六字令·山

毛泽东

山，倒海翻江卷巨澜。奔腾急，万马战犹酣。

△，★●○○★●△。○○●，☆●●○△。

十六字令·山

毛泽东

一

山，快马加鞭未下鞍。惊回首，离天三尺三。

二

山，刺破青天锷未残。天欲堕，赖以拄其间。

（2）《忆江南》（又名《望江南》）　二十七字　单调

忆江南

唐·白居易

江南好，风景旧曾谙。日出江花红胜火，

○☆●，☆●●○△。★●☆○○●●，

春来江水绿如蓝。能不忆江南？

☆○○●●○△。○●●○△。

中间七言两句，以对偶为宜。

望江南

唐·温庭筠

梳洗罢，独倚望江楼。过尽千帆皆不是，斜晖脉脉水悠悠。肠断白蘋洲。

（3）《渔歌子》（又名《渔父乐》）　二十七字　单调　五句四平韵

渔歌子

唐·张致和

西塞山前白鹭飞，桃花流水鳜鱼肥。

☆★☆☆●★△，☆☆○★●☆△。

青箬笠，绿蓑衣，斜风细雨不须归。

☆★●，●○△，☆☆★★●☆△。

中间三言两句，例用对偶。

（4）《捣练子》　二十七字　单调

捣练子·秋闺

南唐·李煜

深院静，小庭空，断续寒砧断续风。

☆●●，●○△，★●○○★●△。

无奈夜长人不寐，数声和月到帘栊。

☆●★○○●●，●○☆●●○△。

（5）【越调·天净沙】　二十八字　单调

【越调·天净沙】秋思

元·马致远

枯藤老树昏鸦，小桥流水人家，古道西风瘦马。

☆☆●●○△，●○○●○△，●●○○●▲。

夕阳西下，断肠人在天涯。

★○☆▲，●○○●○△。

第三、四句俱叶仄韵。

【越调·天净沙】秋

元·白朴

孤村落日残霞，轻烟老树寒鸦，一点飞鸿影下。

青山绿水，白草红叶黄花。

(6)【仙吕·忆王孙】　　三十一字　　单调

【仙吕·忆王孙】春闺

北宋·秦观

萋萋芳草忆王孙。柳外楼高空断魂。

☆○☆●●○△。★●○○☆●△。

杜宇声声不忍闻。欲黄昏，雨打梨花深闭门。

★●○○★●△。●○△，★●○○☆●△。

(7)《调笑令》(又名《三台令》)　　三十二字　单调

调笑令·蝴蝶

唐·王建

蝴蝶，蝴蝶（叠句），飞上金枝玉叶。

○▲，○▲，　　　☆☆☆○★▲。

君前对舞春风，（换平韵）百叶桃花树红。

☆☆★★☆△，　　　★★☆☆●△。

红树，（上句末二字颠倒，换仄韵）红树（叠句），

○▲，　　　　　　　○▲　　　，

燕语莺啼日暮。

★★☆○★▲。

共用三个韵，两头两仄韵，中间一个平韵。

调笑令·边草

唐·戴淑伦

边草，边草，边草尽来兵老。山南山北雪晴，千里万里月明。明月，明月，胡笳一声愁绝。

调笑令·胡马

唐·韦应物

胡马，胡马，远放燕支山下。跑沙跑雪独嘶，东望西望路迷。迷路，迷路，边草无穷日暮。

《调笑令》平仄与韵例都比较复杂，所以共举三个例子。

(8)《如梦令》　　三十三字　　单调

如梦令·曾宴桃源深洞

后唐·李存勖

曾宴桃源深洞，一曲舞鸾歌凤。

☆●☆○☆▲，★●★○☆▲。

长记别伊时，和泪出门相送。如梦，

☆●●○○，☆●★○☆▲。☆▲，

如梦（叠句），残月落花烟重。

☆▲，　　☆●★○☆▲。

如梦令·春景

北宋·秦观

莺嘴啄花红溜，燕尾点波绿皱。指冷玉笙寒，吹彻小梅春透。依旧，依旧，人与绿杨俱瘦。

如梦令·常记溪亭日暮

南宋·李清照

常记溪亭日暮，沉醉不知归路。兴尽晚回舟，误入藕花深处。争渡，争渡，惊起一滩鸥鹭。

如梦令·元旦

毛泽东

宁化清流归化，路隘林深苔滑。今日向何方，直指武夷山下。山下，山下，风展红旗如画。

（9）《长相思》　　三十六字　　双调

长相思·汴水流

唐·白居易

汴水流，泗水流，流到瓜州古渡头。吴山点点愁。

★★△，●★△，○●○○●●△。○○●●△。

- -

思悠悠，恨悠悠，恨到归时方始休。月明人倚楼。

●○△，★○△，●●○○○●△。●○○●△。

前后段起二句俱用叠韵。（末句不能犯孤平）

长相思·山一程

清·纳兰性德

山一程，水一程，身向榆关那畔行，夜深千帐灯。

风一更，雪一更，聒碎乡心梦不成，故园无此声。

(10)《相见欢》　　三十六字　　双调

相见欢·罗襦绣袂香红

唐·薛昭蕴

罗襦绣袂香红，画堂中。细草平沙蕃马、小屏风。

☆○★●○△，●○△。★●☆○☆●、●○△。

卷罗幕，（换仄韵）凭妆阁，思无穷。

★☆▲，　　☆☆▲，●○△。

（换前平韵）暮雨轻烟魂断、隔帘栊。

★●☆○☆●、●○△。

相见欢·秋闺

南唐·李煜

无言独上西楼，月如钩。寂寞梧桐深院锁清秋。剪不断，理还乱，是离愁。别是一般滋味在心头。

(11)【正宫·醉太平】　　三十八字　　单调

【正宫·醉太平】长亭短亭

南宋·戴复古

长亭短亭。春风酒醒。无端惹起离情。有黄鹂数声。

○○●△。○○●△。★○☆●○△。●○○●△。

芙蓉绣茵。江山画屏。梦中昨夜分明。悔先行一程。

☆○●△。☆○●△。★○☆●○△。●★○●△。

第一、二句第三字，第四句第一及四字，最好用去声，方可将调激起。

结句是上一、下四。押同一韵部。

（12）《生查子》　　　　　四十字　　双调

生查子·侍女动妆奁

唐·韩偓

侍女动妆奁，故故惊人睡。那知本未眠，背面偷垂泪。

★★★☆☆，★●○○▲。★☆●★○，★●○○▲。

懒卸凤凰钗，羞入鸳鸯被。时复见残灯，和烟坠金穗。

★★★☆○，☆●○○▲。☆●●○○，☆☆★○▲。

第一句不能犯孤平。

（13）【仙吕·点绛唇】　　　　四十一字　　单调

【仙吕·点绛唇】荫绿围红

南唐·冯延巳

荫绿围红，梦琼家在桃源住。画桥当路，临水开朱户。

★●○○，☆○☆●○○▲。★○☆▲，☆●○○▲。

柳径春深，行到关情处。颦不语，意凭风絮，吹向郎边去。

★●☆○，☆●○○▲。☆★▲，★○☆▲，☆●○○▲。

（14）【双调·殿前欢】　　四十二字　　单调

【双调·殿前欢】苕溪遇雪

元·张可久

水晶宫，四围添上玉屏风。姮娥碎剪银河冻，搀尽春红。

●○△，★○☆●●○△。☆○★●○☆▲，☆●○△。

梅花纸帐中，香浮动，一片梨云梦。晓来诗句，尽出渔翁。

○○●●△，○○▲，★●○○▲。★○☆●，★●○△。

前段四句三平韵、一叶韵，后段五句两平韵、两叶韵。

（15）《浣溪沙》　　四十二字　　双调

后阕头两句往往用对仗。

浣溪沙·一曲新词酒一杯

北宋·晏殊

一曲新词酒一杯，去年天气旧亭台。夕阳西下几时回？

★●☆○★●△，★○☆●●○△。☆○★●●○△？

无可奈何花落去，似曾相识燕归来。小园香径独徘徊。

☆●★○○●●，★○☆●●○△。★○☆●●○△。

浣溪沙·游蕲水清泉寺

北宋·苏轼

山下兰芽短浸溪，松间沙路净无泥，潇潇暮雨子规啼。　　谁道人生无再少？门前流水尚能西！休将白发唱黄鸡。

浣溪沙·簌簌衣巾落枣花

北宋·苏轼

簌簌衣巾落枣花，村南村北响缫车。牛衣古柳卖黄瓜。　　酒困路长惟欲睡，日高人渴漫思茶。敲门试问野人家。

浣溪沙·和柳亚子先生

毛泽东

长夜难明赤县天，百年魔怪舞翩跹，人民五亿不团圆。　　一唱雄鸡天下白，万方乐奏有于阗，诗人兴会更无前。

(16)《菩萨蛮》　　四十四字　　双调

菩萨蛮·平林漠漠烟如织

唐·李白

平林漠漠烟如织，寒山一带伤心碧。暝色入高楼，有人楼上愁。

☆○★●○○▲，☆○★●○○▲。★●●○△，★○☆●△。

玉阶空伫立，宿鸟归飞急。何处是归程，长亭更短亭。

★○○●▲，★●☆○▲。☆●●○△，☆○☆●△。

共用四个韵。前阕后二句与后阕后二句字数平仄相同。前后阕末句都可改用律句○○●●○。

菩萨蛮·黄鹤楼

毛泽东

茫茫九派流中国，沉沉一线穿南北。烟雨莽苍苍，龟蛇锁大江。　　黄鹤知何去，剩有游人处。把酒酹滔滔，心潮逐浪高。

菩萨蛮·大柏地

毛泽东

赤橙黄绿青蓝紫，谁持彩练当空舞，雨后复斜阳，关山阵阵苍。　　当年鏖战急，弹洞前村壁。装点此关山，今朝更好看。

(17)《采桑子》(又名《丑奴儿》)　　四十四字　双调

采桑子·重阳

毛泽东

人生易老天难老，岁岁重阳。今又重阳，战地黄花分外香。

☆○★●○○●，★●○△。☆●○△，★●○○★●△。

- -

一年一度秋风劲，不似春光。胜似春光，寥廓江天万里霜。

★○★●○○●，★●○△。★●○△，☆●○○★●△。

采桑子·蝤蛴领上诃梨子

唐·和凝

蝤蛴领上诃梨子，绣带双垂，椒户闲时，竞学摴蒱赌荔枝。　　从头鞋子红编细，裙窄金丝。无事颦眉，春思翻教阿母疑。

采桑子·书博山道中壁

南宋·辛弃疾

少年不识愁滋味，爱上层楼。爱上层楼，为赋新词强说愁。　　而今识尽愁滋味，欲说还休。欲说还休，却道新凉好个秋。

(18)《卜算子》　　四十四字　双调

卜算子·黄州定慧院寓居作

北宋·苏轼

缺月挂疏桐，漏断人初静。时见幽人独往来，缥缈孤鸿影。

★★★☆○，★●○○▲。☆●○○★★☆，★●○○▲。

惊起却回头，有恨无人省。拣尽寒枝不肯栖，寂寞沙洲冷。

☆★★☆○，★●○○▲。★●○○★★☆，●●○○▲。

卜算子·咏梅

南宋·陆游

驿外断桥边，寂寞开无主。已是黄昏独自愁，更著风和雨。　　无意苦争春，一任群芳妒。零落成泥碾作尘，只有香如故。

卜算子·咏梅

毛泽东

风雨送春归，飞雪迎春到。已是悬崖百丈冰，犹有花枝俏。　　俏也不争春，只把春来报。待到山花烂漫时，她在丛中笑。

(19)《减字木兰花》　　四十四字　　双调

减字木兰花·春情

北宋·王安国

画桥流水。雨湿落红飞不起。

☆○★▲。☆●☆○○●▲。

月破黄昏。　　帘里余香马上闻。

☆●○△。（换平韵）★●○○★●△。

徘徊不语。　　今夜梦魂何处去。

☆○★▲。（换仄韵）☆●☆○○●▲。

不似垂杨。　　犹解飞花入洞房。

☆●○△。（换平韵）★●○○★●△。

减字木兰花·天涯旧恨

北宋·秦观

天涯旧恨，独自凄凉人不问。欲见回肠，断尽金炉小篆香。　　黛蛾长敛，任是春风吹不展。困倚危楼，过尽飞鸿字字愁。

减字木兰花·广昌路上

毛泽东

漫天皆白，雪里行军情更迫。头上高山，风卷红旗过大关。　　此行何去？赣江风雪迷漫处。命令昨颁，十万工农下吉安。

（20）【中吕·山坡羊】　　　　四十四字　双调

【中吕·山坡羊】潼关怀古

元·张养浩

峰峦如聚，波涛如怒，山河表里潼关路。望西都，意踌躇。

○○☆▲，○○○▲，○○★●○○▲。●○△，●☆△。

伤心秦汉经行处，宫阙万间都做了土。

☆☆☆●○○▲，☆●●○○●●▲。

兴，百姓苦；亡，百姓苦。

○，★●▲；○，★●▲。

【中吕·山坡羊】骊山怀古

元·张养浩

骊山四顾，阿房一炬，当时奢侈今何处？只见草萧疏，水萦纡。　　至今遗恨迷烟树。列国周齐秦汉楚，赢，都变做了土；输，都变做了土。

（21）《诉衷情》　　　　四十四字　　双调

诉衷情·当年万里觅封侯

南宋·陆游

当年万里觅封侯，匹马戍梁州。关河梦断何处？尘暗旧貂裘。

☆○★●●○△，☆★★☆△。★○☆★☆★？☆●●○△。

\- -

胡未灭，鬓先秋，泪空流。此生谁料，心在天山，身老沧洲。

○●●，●○△，●○△。★○☆●，☆★☆☆，☆●○△。

(22)《谒金门》　　四十五字　　双调

谒金门·风乍起

南唐·冯延巳

风乍起，吹皱一池春水。闲引鸳鸯芳径里，手挼红杏蕊。

☆☆▲，☆●★○☆▲。☆●☆○○●▲，★☆○★▲。

\- -

斗鸭阑干独倚，碧玉搔头斜坠。终日望君君不至，举头闻鹊喜。

☆●★○☆▲，★●★○☆▲。★●★○○●▲，★☆○★▲。

(23)《好事近》　　四十五字　　双调

好事近·叶暗乳鸦啼

北宋·蒋元龙

叶暗乳鸦啼，风定老红犹落。蝴蝶不随春去，入熏风池阁。

★●●○○，☆●★○○▲。☆●★○☆●，●☆○☆▲。

\- -

休歌金缕劝金卮，酒病煞如昨。帘卷日长人静，任杨花飘泊。

☆○★●★○☆，☆☆★○▲。★●★○☆●，●☆○☆▲。

（24）《忆秦娥》　　四十六字　　双调

忆秦娥·箫声咽

唐·李白

箫声咽，秦娥梦断秦楼月。秦楼月，

☆☆▲，☆○★●○○▲。○○▲，

（叠三字）年年柳色，灞陵伤别。

☆☆★★，★☆○▲。

乐游原上清秋节，咸阳古道音尘绝。音尘绝，

★○☆●☆○▲，☆○★●○○▲。○○▲，

（叠三字）西风残照，汉家陵阙。

☆○☆●，★☆○▲。

此调多用入声韵。前阕后三句与后阕后三句字数平仄相同。

忆秦娥·娄山关

毛泽东

西风烈，长空雁叫霜晨月。霜晨月，马蹄声碎，喇叭声咽。　　雄关漫道真如铁，而今迈步从头越。从头越，苍山如海，残阳如血。

（25）《清平乐》　　四十六字　　双调

清平乐·禁闱清夜

唐·李白

禁闱清夜，月探金窗罅。玉帐鸳鸯喷兰麝，时落银灯香。

★☆☆▲，★●○○▲。★●☆○○☆▲，☆●☆○☆▲。

女伴莫话孤眠，（换平韵）六宫罗绮三千。

★●★●○△，　　　　★☆☆●☆△。

一笑皆生百媚，宸衷教在谁边。

★●☆○★●，☆☆☆●○△。

清平乐·村居

南宋·辛弃疾

茅檐低小，溪上青青草。醉里吴音相媚好，白发谁家翁媪？　　大儿锄豆溪东，中儿正织鸡笼。最喜小儿亡赖，溪头卧剥莲蓬。

清平乐·会昌

毛泽东

东方欲晓，莫道君行早。踏遍青山人未老，风景这边独好。　　会昌城外高峰，颠连直接东溟。战士指看南粤，更加郁郁葱葱。

清平乐·六盘山

毛泽东

天高云淡，望断南飞雁。不到长城非好汉，屈指行程二万。　　六盘山上高峰，红旗漫卷西风。今日长缨在手，何时缚住苍龙？

（26）《更漏子》　　　　四十六字　　双调

更漏子·柳丝长

唐·温庭筠

柳丝长，春雨细，花外漏声迢递。惊塞雁，起城乌，

★☆○，☆★▲，☆●★○○▲。☆★●，●○△，

（换平韵）画屏金鹧鸪。

★○☆●△。

香雾薄，（换仄韵）透帘幕，惆怅谢家池阁。

○☆▲，　　☆☆▲，★●☆○★▲。

红烛背，绣帘垂，（换平韵）梦长君不知。

★★●，●○△，　　☆○★●△。

（27）《阮郎归》　　　　四十七字　　双调

阮郎归·南园春半踏青时

北宋·欧阳修

南园春半踏青时，风和闻马嘶。

☆○☆●●○△，☆○☆●△。

青梅如豆柳如眉，日长蝴蝶飞。

★○☆●●○△，☆○★●△。

花露重，草烟低，人家帘幕垂。

☆★●，●○△，☆○★●△。

秋千慵困解罗衣，画堂双燕归。

☆○☆●●○△，☆○★●△。

（28）《画堂春》 四十七字 双调

画堂春·春情

北宋·秦观

东风吹柳日初长，雨余芳草斜阳。

★○☆●●○△，★○★●○△。

杏花零落燕泥香，睡损红妆。

●○○●●○△，☆●○△。

宝篆烟销龙凤，画屏云锁潇湘。

★●★○★●，☆○★●○△。

夜寒微透薄罗裳，无限思量。

★○☆●●○△，★●○△。

（29）《山花子》（又名《摊破浣溪沙》） 四十八字 双调

山花子·秋恨

南唐·李璟

菡萏香销翠叶残，西风愁起绿波间。

★●○○●●△，☆○☆●●○△。

还与韶光共憔悴，不堪看。

☆●☆○★☆●，●○△。

细雨梦回鸡塞远，小楼吹彻玉笙寒。

★●★○○●●，★○☆●●○△。

多少泪珠何限恨，倚阑干。

☆●★○○●●，●○△。

前后阕基本相同，只是前阕首句平脚押韵，后阕首句仄脚不押韵。这是把四十二字的《浣溪沙》前后阕末句扩展成两句，所以叫《摊破浣溪沙》。

“还与韶光共憔悴”用的是拗句仄仄平平仄平仄，但一般都用仄仄平平平仄仄。

（30）《桃源忆故人》　　四十八字　　双调

桃源忆故人·梅梢弄粉香犹嫩

北宋·欧阳修

梅梢弄粉香犹嫩，欲寄江南春信。

☆○★●○○▲，★●☆○☆▲。

别后愁肠萦损，说与伊争稳。

★●☆○☆▲，★●○○▲。

小炉独守寒灰烬，忍泪低头画尽。

★○★●○○▲，★●☆○★▲。

眉上万重新恨，竟日无人问。

☆●★○☆▲，★●○○▲。

桃源忆故人·题华山图

北宋·陆游

中原当日三川震，关辅回头煨烬。泪尽两河征镇。

日望中兴运。　　秋风霜满青青鬓，老却新丰英俊。云外华山千仞，依旧无人问。

（31）【黄钟·人月圆】　　四十八字　　单调

【黄钟·人月圆】宴北人张侍御家有感

南宋·吴激

南朝千古伤心事，还唱后庭花。

★○☆●○○●，☆●●○△。

旧时王谢、堂前燕子，飞向谁家。〔幺〕

☆○★●、○○★●，☆●○△。〔幺〕

恍然一梦，仙肌胜雪，宫髻堆鸦。

★○☆●，☆○★●，☆●○△。

江州司马，青衫泪湿，同是天涯。

★○☆●，○○★●，☆●○△。

（32）《武陵春》　　四十八字　　双调

前后段各四句，各三平韵。

武陵春·桃李风前多妩媚

南宋·辛弃疾

桃李风前多妩媚，杨柳更温柔。

☆●☆○○●●，★●●○△。

唤取笙歌烂熳游。且莫管闲愁。

★●○○★●△。☆●●○△。

好趁春晴连夜赏，雨便一春休。

★★☆☆☆★●，☆●●○△。

草草杯盘不要收。才晚便扶头。

★●○○●●△。★●●○△。

武陵春·春晚

南宋·李清照

风住尘香花已尽，日晚倦梳头。物是人非事事休，欲语泪先流。　　闻说双溪春尚好，也拟泛轻舟。只恐双溪舴艋舟，载不动许多愁。

注：此调以辛弃疾词为正体。李清照词之添字，变格也。

（33）《太常引》（又名《太清引》）　四十九字　双调

两结句倒数第二字定要去声。

太常引·建康中秋夜为吕淑潜赋

南宋·辛弃疾

一轮秋影转金波，飞镜又重磨。

☆○★●●○△，★●●○△。

把酒问姮娥：被白发、欺人奈何？

☆●●○△：●☆●、○○●△？

乘风好去，长空万里，直下看山河。

☆○★●，☆○★●，★●●○△。

斫去桂婆娑，人道是、清光更多。

★●●○△，★★●、○○●△。

前后阕基本相同。前阕首句在后阕拆成两句，并把平脚变为仄脚。

(34)《贺圣朝》　　四十九字　　双调

贺圣朝·留别

北宋·叶清臣

满斟绿醑留君住，莫匆匆归去。

☆○★●☆○▲，●☆○○▲。

三分春色二分愁，更一分风雨。

○○☆●●○○，●●○○▲。

- -

花开花谢、都来几许？且高歌休诉。

○○○●、☆○★▲？●○○○▲。

不知来岁牡丹时，再相逢何处？

★○☆●●○○，●☆○○▲？

(35)《西江月》　　五十字　　双调

西江月·宝髻松松挽就

北宋·司马光

宝髻松松挽就，铅华淡淡妆成。

★●★○☆●，★○☆●○△。

青烟翠雾罩轻盈，飞絮游丝无定。（叶仄韵）

★○☆●●○△，☆●☆○☆▲。

相见争如不见，有情还似无情。（叶平韵）

★●★○☆●，☆○☆●○△。

笙歌散后酒微醒，深院月斜人静。（叶仄韵）

★○★●●○△，★●☆○★▲。

第一句无韵，第二、三句押平声韵，第四句押原韵的仄声韵。这种平仄通押的调子，在词调中是很少见的。但是《西江月》却是最流行的曲调。前后阕头两句要用对仗。

西江月·夜行黄沙道中

南宋·辛弃疾

明月别枝惊鹊，清风半夜鸣蝉。稻花香里说丰年，听取蛙声一片。　　七八个星天外，两三点雨山前。旧时茅店社林边，路转溪桥忽见。

西江月·秋收起义

毛泽东

军叫工农革命，旗号镰刀斧头。匡庐一带不停留，要向潇湘直进。　　地主重重压迫，农民个个同仇。秋收时节暮云愁，霹雳一声暴动。

西江月·井冈山

毛泽东

山下旌旗在望，山头鼓角相闻。敌人围困万千重，我自岿然不动。　　早已森严壁垒，更加众志成城。黄洋界上炮声隆，报道敌军宵遁。

(36)《惜分飞》　　五十字　　双调

惜分飞·泪湿栏干花著露

北宋·毛滂

泪湿栏干花著露，愁到眉峰碧聚。

★●☆○○★▲，☆●☆○★▲。

此恨平分取，更无言语，空相觑。

★●○○▲，●○☆▲，○○▲。

短雨残云无意绪，寂寞朝朝暮暮。

★★☆☆○★▲，★●☆○★▲。

今夜山深处，断魂分付，潮回去。

☆●○○▲，●○☆▲，○○▲。

前后段各五句，五仄韵。

(37)《南歌子》　　五十二字　　双调

南歌子·凤髻金泥带

北宋·欧阳修

凤髻金泥带，龙纹玉掌梳。

★★○☆●，○○★●△。

走来窗下笑相扶，爱道画眉深浅、入时无。

☆○★●●○△，★●★○☆●、●○△。

弄笔偎人久，描花试手初。

★●○○●，○○●●△。

等闲妨了绣功夫，笑问鸳鸯两字、怎生书。

★○☆●●○△，★●☆○☆●、●○△。

(38)【黄钟·醉花阴】　　　　五十二字　　单调

【黄钟·醉花阴】孙守席上次会宗韵

北宋·毛滂

檀板一声莺起速，山影穿疏木。人在翠阴中，

☆★★☆○★▲，☆★○☆▲。☆●●○○，

欲觅残春，春在屏风曲。〔幺〕

★●○○，☆●○○▲。〔幺〕

劝君对客杯须覆，灯照瀛洲绿。西去玉堂深，

●○●●○○▲，☆●○○▲。☆●●○○，

魄冷魂清，独引金莲烛。

★●○○，★●○○▲。

【黄钟·醉花阴】薄雾浓云愁永昼

南宋·李清照

薄雾浓云愁永昼，瑞脑消金兽。佳节又重阳，玉枕纱厨，半夜凉初透。　　东篱把酒黄昏后，有暗香盈袖。莫道不销魂，帘卷西风，人比黄花瘦。

(39)《浪淘沙》　　　　五十四字　　双调

浪淘沙·帘外雨潺潺

南唐·李煜

帘外雨潺潺，春意阑珊，罗衾不耐五更寒。

☆●●○△，☆●○△，☆○★●●○△。

梦里不知身是客，一晌贪欢。

★●★○○●●，★●○△。

独自莫凭栏。无限江山，别时容易见时难。

★●●○△。☆●○△，★○☆●●○△。

流水落花春去也，天上人间。

☆●★○○●●，☆●○△。

浪淘沙·北戴河

毛泽东

大雨落幽燕，白浪滔天，秦皇岛外打鱼船。一片汪洋都不见，知向谁边？　　往事越千年，魏武挥鞭，东临碣石有遗篇。萧瑟秋风今又是，换了人间。

（40）《鹧鸪天》　　五十五字　　双调

鹧鸪天·别情

北宋·聂胜琼

玉惨花愁出凤城，莲花楼下柳青青。

★●○○★●△，☆○☆●●○△。

尊前一唱阳关曲，别个人人第五程。

★○☆●☆○●，☆●○○★●△。

寻好梦，梦难成。有谁知我此时情。

☆★●，●○△。★○☆●●○△。

枕前泪共阶前雨，隔个窗儿滴到明。

☆○★●○○●，☆●○○★●△。

这词很像两首七绝。前阕完全是七绝形式，后阕只是把首句拆成两个三字句。

鹧鸪天·建康上元作

南宋·赵鼎

客路那知岁序移。忽惊春到小桃枝。天涯海角悲凉地，记得当年全盛时。　　花开影，月流辉。水晶宫殿五云飞。分明一觉华胥梦，回首东风泪满衣。

(41)《鹊桥仙》　　五十六字　　双调

鹊桥仙·纤云弄巧

北宋·秦观

纤云弄巧，飞星传恨，银汉迢迢暗度。

★○☆●，☆○☆●，☆●★○☆▲。

金风玉露一相逢，便胜却、人间无数。

★○☆●●○○，★★●、☆○☆▲。

柔情似水，佳期如梦，忍顾鹊桥归路。

☆○★●，☆○☆●，☆●★○☆▲。

两情若是久长时，又岂在、朝朝暮暮。

☆○☆●●○○，★★●、☆○☆▲。

(42)《玉楼春》　　五十六字　　双调

玉楼春·晚妆初了明肌雪

南唐·李煜

晚妆初了明肌雪，春殿嫔娥鱼贯列。

★○☆●○○▲，○●○○○●▲。

笙箫吹断水云开，重按霓裳歌遍彻。

●○○●●○○，○●○○○●▲。

临风谁更飘香屑。醉拍阑干情味切。

☆○☆●○○▲。●●○○○●▲。

归时休放烛花红，待踏马蹄清夜月。

○○○●●○○，●●●○○●▲。

这等于两首不粘的仄韵七绝。

(43)《虞美人》　　五十六字　　双调

虞美人·感旧

南唐·李煜

春花秋月何时了？往事知多少。

☆○★●○○▲？★●○○▲。

小楼昨夜又东风，故国不堪回首月明中。

☆○★●●○△，☆●★○☆●●○△。

雕栏玉砌应犹在，只是朱颜改。

☆○●●○○▲，☆●○○▲。

问君能有几多愁？恰似一江春水向东流。

●○○●●○△？★●☆○☆●●○△。

共用四个韵。末句是上六下三或上二下七。

虞美人·枕上（赠杨开慧）

毛泽东

堆来枕上愁何状，江海翻波浪。夜长天色怎难明，无奈披衣起坐薄寒中。　　晓来百念皆灰烬，倦极身无凭。一钩残月向西流，对此不抛眼泪也无由。

(44)《南乡子》　　五十六字　　双调

南乡子·细雨湿流光

南唐·冯延巳

细雨湿流光，芳草年年与恨长。烟锁凤楼无限事，

●●●○△，○●○○●●△。○●●○○●●，

茫茫。鸾镜鸳衾两断肠。

○△。○●○○●●△。

魂梦任悠扬，睡起杨花满绣床。薄悻不来门半掩，

○●●○△，●●○○●●△。●●●○○●●，

斜阳。负你残春泪几行。

○△。●●○○●●△。

南乡子·登京口北固亭有怀

南宋·辛弃疾

何处望神州？满眼风光北固楼。千古兴亡多少事？悠悠。不尽长江滚滚流。　　年少万兜鍪，坐断东南战未休。天下英雄谁敌手？曹刘。生子当如孙仲谋。

(45)《一斛珠》　　五十七字　　双调

一斛珠·晓妆初过

南唐·李煜

晚妆初过，沉檀轻注些儿个。向人微露丁香颗。

★○☆▲，☆○☆●○○▲。★○☆●○○▲。

一曲清歌，暂引樱桃破。

●●○○，★●○○▲。

罗袖裛残殷色可，杯深旋被香醪涴。

☆●★○○●▲，○○★●○○▲。

绣床斜凭娇无那，烂嚼红茸，笑向檀郎唾。

●○☆●○○▲，●●○○，●●○○▲。

(46)《踏莎行》　　五十八字　　双调

踏莎行·春暮

北宋·寇准

春色将阑，莺声渐老。红英落尽青梅小。

★●○○，☆○★▲。☆○★●○○▲。

画堂人静雨蒙蒙，屏山半掩余香袅。

★○☆●●○○，☆○★●○○▲。

密约沉沉，离情杳杳。菱花尘满慵将照。

★●○○，☆○★▲。☆○★●○○▲。

倚楼无语欲销魂，长空黯淡连芳草。

☆○★●●○○，☆○★●○○▲。

四言双起，例用对偶。

中调十九首

(47)《临江仙》　　六十字　　双调

临江仙·雁后归

北宋·贺铸

巧翦合欢罗胜子，钗头春意翩翩。

★★★☆○★●，○○☆●○△。

艳歌浅拜笑嫣然。愿郎宜此酒，行乐驻华年。

★○★●●○△。●○☆●●，☆●●○△。

未是文园多病客，幽襟凄断堪怜。

★★☆★○★●，☆○○●○△。

旧游梦挂碧云边。人归落雁后，思发在花前。

★○★●●○△。☆○★●●，★●●○△。

临江仙·赠丁玲

毛泽东

壁上红旗飘落照，西风漫卷孤城。保安人物一时新。洞中开宴会，招待出牢人。　纤笔一枝谁与似？三千毛瑟精兵。阵图开向陇山东。昨天文小姐，今日武将军。

（48）《蝶恋花》（又名《鹊踏枝》）　六十字　双调

蝶恋花·春景

北宋·苏轼

花褪残红青杏小，燕子飞时，绿水人家绕。

★●☆○○●▲，☆●○○，★●○○▲。

枝上柳绵吹又少，天涯何处无芳草。

☆●★○○●▲，☆○★●○○▲。

墙里秋千墙外道，墙外行人，墙里佳人笑。

★●☆○○●▲，☆●○○，★●○○▲。

笑渐不闻声渐悄，多情却被无情恼。

☆●★○○●▲，☆○★●○○▲。

蝶恋花·答李淑一

毛泽东

我失骄杨君失柳，杨柳青扬直上重霄九。问讯吴刚何所有，吴刚捧出桂花酒。　寂寞嫦娥舒广袖，万里长空且为忠魂舞。忽报人间曾伏虎，泪飞顿作倾盆雨。

(49)《破阵子》　　六十二字　　双调

破阵子·为陈同甫赋壮词以寄之

南宋·辛弃疾

醉里挑灯看剑，梦回吹角连营。

★●☆○★●，☆○☆●○△。

八百里分麾下炙，五十弦翻塞外声，沙场秋点兵。

☆●★○○●●，☆●○○⊙●△，★○☆●△。

马作的卢飞快，弓如霹雳弦惊。

★●★○☆●，☆○★●○△。

了却君王天下事，赢得生前身后名。可怜白发生！

★●☆○○●●，★●○○★●△。☆○★●△！

破阵子·春景

北宋·晏殊

燕子来时新社，梨花落后清明。池上碧苔三四点，叶底黄鹂一两声，日长飞絮轻。

巧笑东邻女伴，采桑径里逢迎。疑怪昨宵春梦好，元是今朝斗草赢，笑从双脸生。

(50)《渔家傲》　　六十二字　　双调

渔家傲·秋思

北宋·范仲淹

塞下秋来风景异，衡阳雁去无留意。

★★☆☆○★▲，☆○★●☆○▲。

四面边声连角起，千嶂里，长烟落日孤城闭。

☆●★○○●▲，○★▲，☆☆★★○○▲。

- -

浊酒一杯家万里，燕然未勒归无计。

★●☆○○●▲，☆○★★○○▲。

羌管悠悠霜满地，人不寐，将军白发征夫泪。

★●★○○★▲，☆★▲，☆○★●○○▲。

渔家傲·反第一次大围剿

毛泽东

万木霜天红烂漫，天兵怒气冲霄汉。雾满龙冈千嶂暗，齐声唤，前头捉了张辉瓒。　　二十万军重入赣，风烟滚滚来天半。唤起工农千百万，同心干，不周山下红旗乱。

（51）《苏幕遮》　　　　六十二字　　双调

苏幕遮·怀旧

北宋·范仲淹

碧云天，黄叶地，秋色连波，波上寒烟翠。

●○○，○●▲，☆●○○，☆●○○▲。

山映斜阳天接水，芳草无情，更在斜阳外。

☆●☆○○●▲，☆●○○，★●○○▲。

- -

黯乡魂，追旅思。夜夜除非，好梦留人睡。

●○○，○●▲。★●○○，★●○○▲。

明月楼高休独倚，酒入愁肠，化作相思泪。

☆●☆○○●▲，★●☆○，★●○○▲。

（52）《喝火令》　　六十五字　　双调

喝火令·见晚情如旧

北宋·黄庭坚

见晚情如旧，交疏分已深。舞时歌处动人心。

●●○○●，○○●●△。●○○●●○△。

烟水数年魂梦，无处可追寻。

○●●○○●，○●●○△。

昨夜灯前见，重题汉上襟。便愁云雨又难寻。

●●○○●，○○●●△。●○○●●○△。

晓也星稀，晓也月西沉。晓也雁行低度，不会寄芳音。

●●○○，●●●○△。●●●○○●，●●●○△。

前段五句三平韵，后段七句四平韵

写作要求：喝火令的特色，1二仗、2三枪、3一破、4一衬、5一应。

写作方法：

1.【二仗】：上下阕起句必须对仗。且上下阕两对偶形式和节奏应不能一样。黄庭坚的词上阕对是宽对，节奏212，下阕是流水对，节奏221。即：见晚／情／如旧===交疏／分／已深。昨夜／灯前／见==重题／汉上／襟。

2.【三枪】：第一叠：星，第二叠：月，（星，月并列名词），第三叠：雁，要求层层有递进的关系。（也叫三枪）。

三叠句中藏有一衬句：星月雁行低度。

我们看一下，【晓也星稀，晓也月西沈。晓也雁行低度，不会寄芳音】。第一叠第三字：星；第二叠第三字：月；第三叠第三、四、五、六字“雁行低度”，组成一句：星月雁行低度。

【叠字摊开句法】要点是：先想好一个完整的六言律句。

如：“星月雁行低度”，然后分三句加上叠字“晓也”摊开。先看一下没有摊破的例词：见晚情如旧，交疏分已深。舞时歌处动人心。烟水数年魂梦，无处可追寻。昨夜灯前见，重题汉上襟。便愁云雨又难禁。星月雁行低度，不会寄芳音。

没有摊破的例词是字数相同的，而且是意义相呼应的。然后，将“星月雁行低度”六字句中的第一字“星”加上“晓也”摊开一拍，第二字“月”摊开一拍，后四字“雁行低度”再摊开一拍。构成三叠句【晓也星稀，晓也月西沈。晓也雁行低度，不会寄芳音】

3.【一衬】写出衬字。上阕的重点：烟水数年魂梦，无处可追寻。（衬，应句）即：晓也×稀，晓也×西沈，晓也××××。

4.【一应】上阕尾四，五句必须是衬应手法。上下阕结句对应。

上阕：烟水数年魂梦，无处可追寻。

名形

下阕：星月雁行低度，不会寄芳音。

名形

这就是完美的衬应句，衬句第一字词性相对，平仄相同，对应句：第一字词性相对，平仄相反。

即：烟水数年魂梦，无处可追寻===星月雁行低度，不会寄芳音。

星月，对应：烟水。都是名词并列结构。

5.【一破】将下阕终句对句破开。

即：星月雁行低度，破为：星×，月××，雁行低度。

因为这个摊破句，不单是摊破本身句子，更要兼顾与上阕结句的对应，所以，一般要求以两字“名词”为主，这样相对就简单些。

(53)【双调·行香子】　　六十六字　　单调

【双调·行香子】树绕村庄

北宋·秦观

树绕村庄，水满陂塘。倚东风、豪兴徜徉。

●●○△，●●○△。●○○、○●○△。

小园几许，收尽春光。有桃花红，

●○●●，○●○△。●○○○，

李花白，菜花黄。〔幺〕

●○●，●○△。〔幺〕

远远围墙，隐隐茅堂。飏青旗、流水桥旁。

●●○△，●●○△。●○○、○●○△。

偶然乘兴、步过东冈。正莺儿啼，

●○○●、●●○△。●○○○，

燕儿舞，蝶儿忙。

●○●，●○△。

上阕八句五平韵，下阕八句四平韵，上下阕末各一字豆领三个三言句，要求对仗。

（54）《谢池春》（又名《卖花声》）　六十六字　双调

谢池春·壮岁从戎

南宋·陆游

壮岁从戎，曾是气吞残虏。阵云高、狼烟夜举。

★●○○，☆●⊙○○▲。●○○、○○●▲。

朱颜青鬓，拥雕戈西戍。笑儒冠、自来多误。

☆○☆●，●☆○○▲。●☆○、●○○▲。

功名梦断，却泛扁舟吴楚。漫悲歌、伤怀吊古。

○○●●，●●☆○○▲。●○○、○○●▲。

烟波无际，望秦关何处？叹流年、又成虚度。

○○☆●，●○○○▲？●○☆、●○○▲。

前后阕基本相同，只有前阕首句与后阕首句稍异。此调平仄较严。

（55）《锦缠道》　六十六字　双调

锦缠道·燕子呢喃

北宋·宋祁

燕子呢喃，景色乍长春昼。睹园林、万花如绣。

●●○○，⊙●●○○▲。●○☆、★○○▲。

海棠经雨胭脂透。柳展宫眉，翠拂行人首。

★○☆●○○▲。●●○○，●●○○▲。

向郊原踏青，恣歌携手。醉醺醺、尚寻芳酒。

●○○●○，●○○▲。●○○、●○○▲。

问牧童、遥指孤村道："杏花深处，那里人家有。"

●●○、☆●☆☆★："★○☆●，●●○○▲。"

（56）《青玉案》　　六十七字　　双调

青玉案·凌波不过横塘路

北宋·贺铸

凌波不过横塘路，但目送、芳尘去。锦瑟华年谁与度？

☆○★●○○▲，●★●、○○▲。★●☆○○●▲？

月楼花院，绮窗朱户，只有春知处。

★○☆●，★○☆▲，☆●○○▲。

飞云冉冉蘅皋暮。彩笔新题断肠句。若问闲情都几许？

★○★●○○▲。★●○○●○▲。★●☆○○●▲？

一川烟草，满城风絮。梅子黄时雨。

★○☆●，★○☆▲。☆●○○▲。

（57）《感皇恩》　　六十七字　　双调

感皇恩·骑马踏红尘

北宋·赵企

骑马踏红尘，长安重到。人面依然似花好。

★●●○○，☆○★▲。☆●○○●○▲。

旧欢才展，又被新愁分了。未成云雨梦，巫山晓。

★○★●，★●☆○○▲。★○○●●，○○▲。

千里断肠，关山古道。回首高城似天杳。

☆●☆○，☆○★▲。★●○○●○▲。

满怀离恨，付与落花啼鸟。故人何处也，青春老。

●○☆●，☆●★○○▲。★○☆●★，☆☆▲。

（58）《天仙子》　　六十八字　　双调

天仙子·水调数声持酒听

北宋·张先

水调数声持酒听，午醉醒来愁未醒。送春春去几时回？

★●☆○○●▲，★●☆○○●▲。★○☆●●○○？

临晚镜，伤流景，往事后期空记省。

☆★▲，○☆▲，☆●☆○○●▲。

沙上并禽池上暝，云破月来花弄影。重重帘幕密遮灯，

☆●★○○●▲，★●★○○●▲。★○☆●●○○，

风不定，人初静，明日落红应满径。

☆★▲，○☆▲，☆●★○○●▲。

（59）《江城子》　　七十字　　双调

江城子·密州出猎

北宋·苏轼

老夫聊发少年狂，左牵黄，右擎苍，锦帽貂裘，

★○☆●●○△，●○△，●○△，★●☆○，

千骑卷平冈。为报倾城随太守，亲射虎，看孙郎。

☆●●○△。☆●☆○○●●，○★●，●○△。

- -

酒酣胸胆尚开张。鬓微霜，又何妨！持节云中，

★○☆●●○△。●○△，●○△！☆●☆○，

何日遣冯唐？会挽雕弓如满月，西北望，射天狼。

☆●●○△？★●★○○●●，○★●，●○△。

本是单三十五字，宋人改为双调。

(60)《千秋岁》　　七十一字　　双调

千秋岁·水边沙外

北宋·秦观

水边沙外。城郭春寒退。花影乱，莺声碎。

★○☆▲，☆●○○▲。☆★●，○○▲。

飘零疏酒盏，离别宽衣带。人不见，碧云暮合空相对。

☆○○●●，○●○○▲。○★●，★○★●○○▲。

- -

忆昔西池会。鹓鹭同飞盖。携手处，今谁在。

★●○○▲。⊙●○○▲。⊙★●，○○▲。

日边清梦断，镜里朱颜改。春去也，飞红万点愁如海。

★○○●●，★●○○▲。○★●，☆○★●○○▲。

(61)《离亭燕》　　七十二字　　双调

离亭燕·一带江山如画

南宋·张昇

一带江山如画，风物向秋潇洒。水浸碧天何处断？

★●○○☆▲，○★●○○▲。★●★○○★●？

霁色冷光相射。蓼屿荻花洲，掩映竹篱茅舍。

●●★○○▲。●●●○○，★★●○○▲。

天际客帆高挂。门外酒旗低亚。多少六朝兴废事，

○●★○○▲。☆★●○○▲。☆●★○○★●，

尽入渔樵闲话。怅望倚危阑，红日无言西下。

●●○○○▲。●●●○○，○●☆○○▲。

(62)【双调·风入松】　　七十六字　　单调

【双调·风入松】春园

南宋·吴文英

画船帘密不藏香。飞作楚云狂。傍怀半卷金炉烬，

●○○●●○△。○●●○△。●○●●○○●，

怕暖消、春日朝阳。清馥暗熏残醉，断烟无限思量。〔幺〕

●●○、○●○△。○●●○○●，●○○●○△。〔幺〕

凭阑心事隔垂杨。楼燕锁幽妆。梅花偏恼多情月，

○○○●●○△。○●●○△。○○○●○○●，

慰溪桥、流水昏黄。哀曲霜鸿凄断，梦魂寒蝶幽扬。

●○○、○●○△。○●○○○●，●○○●○△。

（63）《御街行》　　　　七十八字　　双调

御街行·秋日怀旧

北宋·范仲淹

纷纷坠叶飘香砌。夜寂静，寒声碎。真珠帘卷玉楼空，

○○●●○○▲。★★●，○☆▲。○○○●●○○，

天淡银河垂地。年年今夜，月华如练，长是人千里。

○●○○○▲。○○○●，●○○●，○●○○▲。

愁肠已断无由醉，酒未到，先成泪。残灯明灭枕头欹，

○○●●○○▲，●★●，○○▲。○○○●●○○，

谙尽孤眠滋味。都来此事，眉间心上，无计相回避。

○●○○○▲。○○●●，○○○●，○●○○▲。

（64）《蓦山溪》　　　　八十二字　　双调

蓦山溪·赠衡阳妓陈湘

北宋·黄庭坚

鸳鸯翡翠，小小思珍偶。眉黛敛秋波，尽湖南、

○○●●，●●○○▲。○●●○○，●○○、

山明水秀。娉娉袅袅，恰近十三余，

○○●▲。○○●●，●●●○○，

春未透。花枝瘦。正是愁时候。

○●▲。○○▲。●●○○▲。

寻芳载酒。肯落谁人后。只恐远归来，绿成阴、

○○●▲。●●○○▲。●●●○○，●○○、

青梅如豆。心期得处，每自不由人，

○○○▲。○○●●，●●●○○，

长亭柳。君知否。千里犹回首。

○○▲。○○▲。○●○○▲。

(65)《洞仙歌》　　八十三字　　双调

洞仙歌·夏夜

北宋·苏轼

冰肌玉骨，自清凉无汗。水殿风来暗香满。绣帘开，

☆○★●，★☆○○▲。★●○○●○▲。●○○，

一点明月窥人，人未寝，欹枕钗横鬓乱。

★●☆●○○，☆★●，☆●☆○★▲。

起来携素手，庭户无声，时见疏星渡河汉。

★☆○★●，☆●○○，☆●○○●○▲。

试问夜如何？夜已三更，金波淡，玉绳低转。

●★★☆☆？★●○○，☆☆●，★○☆▲。

但屈指西风几时来，又不道流年暗中偷换。

★★★○○●○○，★★●○○●○○▲。

前片第二句是上一、下四句法，后片收尾八言句是以一去声字领下七言，紧接又以一去声字领下四言两句作结。

长调十八首

（66）《满江红》　　　　九十三字　　双调

满江红·和郭沫若同志

毛泽东

小小寰球，有几个、苍蝇碰壁。嗡嗡叫、几声凄厉，

★●○○，☆☆●、☆○★▲。☆★★、★○☆●，

几声抽泣。蚂蚁缘槐夸大国，蚍蜉撼树谈何易。

★○○▲。★●☆○○●●，★○☆●○○▲。

正西风、落叶下长安，飞鸣镝。

●☆★、☆●●○○，○○▲。

- -

多少事，从来急；天地转，光阴迫。一万年太久，

○☆●，○★▲；○★●，○○▲。★☆☆☆★，

只争朝夕。四海翻腾云水怒，五洲震荡风雷激。

★☆○▲。☆●☆○○●●，☆○★●○○▲。

要扫除、一切害人虫，全无敌。

☆★☆、★●●○○，○○▲。

此调常用入声韵，而且往往用一些对仗。一般例用入声韵。声情激越，宜抒豪壮情感和恢张襟抱。

（67）《水调歌头》　　　　九十四字　　双调

水调歌头·中秋

北宋·苏轼

明月几时有？把酒问青天。不知天上宫阙，今夕是何年。

○●●○●？●●●○△。●○○●○●，○●●○△。

我欲乘风归去，又恐琼楼玉宇，高处不胜寒。

●●○○○▲，●●○○●▲，○●●○△。

起舞弄清影，何似在人间。

●●●○●，○●●○△。

转朱阁，低绮户，照无眠。不应有恨，何事长向别时圆？

●○●，○●●，●○△。●○●●，○●○●●○△？

人有悲欢离合，月有阴晴圆缺，此事古难全。

○●○○○▲，●●○○○▲，●●●○△。

但愿人长久，千里共婵娟。

●●○○●，○●●○△。

前阕后七句与后阕后七句字数平仄相同。此词前段第五、六句，后段第六、七句，间入两仄韵。

水调歌头·游泳

毛泽东

才饮长沙水，又食武昌鱼。万里长江横渡，极目楚天舒。不管风吹浪打，胜似闲庭信步，今日得宽馀。子在川上曰，逝者如斯夫。　　风樯动，龟蛇静，起宏图。一桥飞架南北，天堑变通途。更立西江石壁，截断巫山云雨，高峡出平湖。神女应无恙，当惊世界殊。

水调歌头·重上井冈山

毛泽东

久有凌云志，重上井冈山。千里来寻故地，旧貌变新颜。到处莺歌燕舞，更有潺潺流水，高路入云端。过了黄洋界，险处不须看。　　风雷动，旌旗奋，是人寰。三十八年过去，弹指一挥间。可上九天揽月，可下五洋捉鳖，谈笑凯歌还。世上无难事，只要肯登攀。

(68)《满庭芳》　　九十五字　　双调

满庭芳·南苑吹花

北宋·晏几道

南苑吹花，西楼题叶，故园欢事重重。

☆●○○，☆○☆●，★○☆●○△。

凭阑秋思，闲记旧相逢。几处歌云梦雨，可怜便、

☆○☆●，☆●●○△。★●☆○★●，★☆●、

汉水西东。别来久，浅情未有，锦字系征鸿。

★●○△。★○●，★○★●，★●●○△。

- -

年光还少味，开残槛菊，落尽溪桐。

☆○○●●，☆○★●，★●○△。

漫留得，尊前淡月西风。此恨谁堪共说，清愁付、

●☆★，☆○★●○△。★●☆○★●，☆☆●、

绿酒杯中。佳期在，归时待把，香袖看啼红。

★●○△。○○●，☆○★●，☆●●○△。

（69）《暗香》　　九十七字　双调

本调九十七字，首句四字起韵，第一字可仄。唯末三字须拗，作仄平仄，定格也。后阕起二字句，第一字平声，第二字协仄。前段九句五仄韵，后段十句七仄韵。

暗香·疏影

南宋·姜夔

旧时月色。算几番照我，梅边吹笛？唤起玉人，
★○★▲。●★○★●，☆○○▲？●●★○，
不管清寒与攀摘。何逊而今渐老，都忘却、春风词笔。
★●○○●○▲。☆●☆○●●，☆☆★、☆○○▲。
但怪得、竹外疏花，香冷入瑶席。
★★★、★●○○，☆●●○▲。

江国，正寂寂，叹寄与路遥，夜雪初积。
☆▲，●★▲，●●★★○，★★○▲。
翠尊易泣，红萼无言耿相忆。长记曾携手处，
●○●▲，○●☆○●○▲。☆●○○★●，
千树压西湖寒碧。又片片、吹尽也，几时见得。
☆★★☆平平▲。●★★、○●●，●○★▲。

（70）《昼夜乐》　　九十八字　双调

昼夜乐·洞房记得初相遇

北宋·柳永

洞房记得初相遇。便只合、长相聚。

●○★●○○▲。●★★、○☆▲。

何期小会幽欢，变作离情别绪。况值阑珊春色暮，

○○●●○○，★●★○☆▲。★★○☆○★▲，

对满目、乱花狂絮。直恐好风光，尽随伊归去。

●★★、★○☆▲。★●●○○，●☆☆○▲。

一场寂寞凭谁诉。算前言、总轻负。

★○★●○○▲。●○○、★○▲。

早知恁地难拚，悔不当初留住。其奈风流端正外，

★○●●○○，★●○○☆▲。☆●○☆○★●，

更别有、系人心处。一日不思量，也攒眉千度。

★★★、●☆○▲。★●●○○，●○○☆▲。

(71)《琐窗寒》 九十九字 双调

琐窗寒·寒食

北宋·周邦彦

暗柳啼鸦，单衣伫立，小帘朱户。

●●○○，○○●●，●○○▲。

桐花半亩，静锁一庭愁雨。洒空阶、夜阑未休，

○○●●，★●★○○▲。●☆○、☆☆★☆，

故人翦烛西窗语。似楚江暝宿，风灯零乱，少年羁旅。

★○★●○○▲。●★○★●，☆○☆●，●○○▲。

迟暮。嬉游处。正店舍无烟，禁城百五。

○▲。○○▲。●★●☆☆，●○★▲。

旗亭唤酒，付与高阳俦侣。想东园、桃李自春，

○○★●，●●☆○○▲。●☆○、☆●★○，

小唇秀靥今在否。到归时、定有残英，待客携樽俎。

★☆●●○★▲。●☆○、★●○○，●★○☆▲。

（72）《念奴娇》（又名《百字令》）　一百字　双调

念奴娇·中秋

北宋·苏轼

凭空眺远，见长空万里，云无留迹。

☆○★●，●☆○★●，☆☆○▲。

桂魄飞来光射处，冷浸一天秋碧。玉宇琼楼，

★●☆○○●●，☆●☆○○▲。★●○○，

乘鸾来去，人在清凉国。江山如画，望中烟树历历。

☆○☆●，☆●○○▲。☆○○●，●○○●★▲。

我醉拍手狂歌，举杯邀月，对影成三客。

★●☆●○○，★○☆●，★★○○▲。

起舞徘徊风露下，今夕不知何夕？便欲乘风，

★●☆○○●●，☆●★○○▲？★●○○，

翻然归去，何用骑鹏翼。水晶宫里，一声吹断横笛。

☆○☆●，☆●○○▲。★○○●，★○○●○▲。

这调一般用入声韵。前阕后七句与后阕七句字数平仄相同。

念奴娇·昆仑

毛泽东

横空出世，莽昆仑，阅尽人间春色。飞起玉龙、三百万，搅得周天寒彻。夏日消溶，江河横溢，人或为鱼鳖。千秋功罪，谁人曾与评说。　　而今我谓昆仑，不要这高，不要这多雪。安得倚天、抽宝剑，把汝裁为三截。一截遗欧，一截赠美，一截还东国。太平世界，环球同此凉热！

念奴娇·鸟儿问答

毛泽东

鲲鹏展翅，九万里，翻动扶摇羊角。背负青天、朝下看，都是人间城郭。炮火连天，弹痕遍地，吓倒蓬间雀。怎么得了，哎呀我要飞跃。　　借问君去何方？雀儿答道，有仙山琼阁。不见前年，秋月朗、订了三家条约。还有吃的，土豆烧熟了，再加牛肉。不须放屁，试看天地翻覆！

(73)《桂枝香》　　一百〇一字　　双调

桂枝香·金陵怀古

北宋·王安石

登临送目，正故国晚秋，天气初肃。

☆○★▲，●★●★○，☆★○▲。

千里澄江似练，翠峰如簇。归帆去棹残阳里，

☆●○○●●，●○○▲。☆○★●○○●，

背西风、酒旗斜矗。彩舟云淡，星河鹭起，画图难足。

●○○、★☆○▲。●○○●，☆○★●，★○○▲。

- -

念往昔、豪华竞逐，叹门外楼头，悲恨相续。

●★★、○○●▲，●☆●○☆，☆★○▲。

千古凭高对此，谩嗟荣辱。

☆●○○★●，●○○▲。

六朝旧事随流水，但寒烟、芳草凝绿。

★○★●○○●，●○○、☆★○▲。

至今商女，时时犹唱，后庭遗曲。

★○☆●，☆○☆★，●○○▲。

宜用入声部韵。前后阕第二句第一字是领格，宜用去声。

(74)《水龙吟》　　一百〇二字　　双调

水龙吟·雁

北宋·苏轼

霜寒烟冷蒹葭老，天外征鸿嘹唳。银河秋晚，

☆○☆●○○●，☆●☆○○▲。☆○☆●，

长门灯悄，一声初至。应念潇湘，

☆○☆●，★○☆▲。☆●○○，

岸遥人静，水多菰米。乍望极平田，

★○☆●，★○☆▲。●★★☆☆，

徘徊欲下，依前被、风惊起。

☆○★●，☆○●、○○▲。

须信衡阳万里，有谁家、锦书遥寄。

☆●☆○★▲，●○○、★○☆▲。

万重云外，斜行横阵，才疏又缀。

★○☆●，☆○☆●，☆○★▲。

仙掌月明，石头城下，影摇寒水。

☆●★○，★○○●，●○○▲。

念征衣未捣，佳人拂杵，有盈盈泪。

●○○●●，⊙○★●，★○○▲。

后阕最后十三字也可以改成十二字，成为：仄平平、仄仄平平仄，仄平平仄。这样，全词共是一百〇一字。

水龙吟·寿韩南涧

南宋·辛弃疾

渡江天马南来，几人真是经纶手？长安父老，新亭风景，可怜依旧。夷甫诸人，神州觉陆，几曾回首。算平戎万里，功名本是，真儒事，君知否？　况有文章山斗，对桐阴满庭清昼。当年堕地，而今试看，风云奔走。绿野风烟，平泉草木，东山歌酒。待他年整顿乾坤事了，为先生寿。

（75）《石州慢》　　一百〇二字　　双调

石州慢·薄雨初寒

北宋·贺铸

薄雨初寒，斜照弄晴，春意空阔。长亭柳色才黄，

★●○○，○●●○，☆●○▲。☆○★●○○，

远客一枝先折。烟横水际，映带几点归鸦，

★●★○○▲。○○★●，★★★●○○，

东风销尽龙沙雪。还记出关来，恰而今时节。

☆○☆●○○▲。☆●●○○，●○○○▲。

- -

将发。画楼芳酒，红泪清歌，顿成轻别。

○▲。●○☆●，☆★☆☆，★○☆▲。

已是经年，杳杳音尘都绝。欲知方寸，

●●○○，★●☆○○▲。★○☆●，

共有几许清愁？芭蕉不展丁香结。

★★★●○○？☆○★●○○▲。

枉望断天涯，两厌厌风月。

★●●○○，●○○○▲。

此调常用入声韵。此词前后段两结句例作上一下四句法，填者辨之。

(76)《齐天乐》　　一百〇二字　　双调

齐天乐·蟋蟀

南宋·姜夔

庾郎先自吟愁赋，凄凄更闻私语。露湿铜铺，

●○○●○○▲，○○●○○▲。●●○○，

苔侵石井，都是曾听伊处。哀音似诉。

○○●●，○●○○○▲。○○●▲。

正思妇无眠，起寻机杼。曲曲屏山，夜凉独自甚情绪？

●○●○○，●○○▲。●●○○，●○●●●○▲？

西窗又吹暗雨。为谁频断续，相和砧杵？候馆迎秋，

○○●○●▲。●○○●●，○●○▲？●●○○，

离宫吊月，别有伤心无数。豳诗漫与。

○○●●，●●○○○▲。○○●▲。

笑篱落呼灯，世间儿女。写入琴丝，一声声更苦。

●○●○○，●○○▲。●●○○，●○○●▲。

(77)《雨霖铃》　　一百〇三字　　双调

雨霖铃·寒蝉凄切

北宋·柳永

寒蝉凄切，对长亭晚，骤雨初歇。都门帐饮无绪，

○○☆▲，●○○●，●●○▲。○○★★☆●，

方留恋处，兰舟催发。执手相看泪眼，

○○●●，○○○▲。●●○○★●，

竟无语凝咽。念去去，千里烟波，暮霭沉沉楚天阔。

●○★○▲。●●★，○●○○，●●○○●○▲。

多情自古伤离别，更那堪，冷落清秋节。

☆○●●○○▲，●○○，●●○○▲。

今宵酒醒何处？杨柳岸，晓风残月。此去经年，

☆○●★☆●？☆●●，●○○▲。●●○○，

应是良辰，好景虚设。便纵有千种风情，更与何人说？

○●○○，●★○▲。●●●☆●○○，●●○○▲？

此调多用拗句，而且常用入声韵。例用入声部韵。前片第二、五句是上一、下三，第八句是上一、下四句式，第一字宜用去声。

（78）《永遇乐》　　一百〇四字　　双调

永遇乐·彭城夜宿燕子楼

北宋·苏轼

明月如霜，好风如水，清景无限。曲港跳鱼，

☆●○○，★○☆●，☆★○▲。★●○○，

圆荷泻露，寂寞无人见。紞如五鼓，铿然一叶，

☆○★●，★●○○▲。★○★●，☆○★●，

黯黯梦云惊断。夜茫茫、重寻无处，觉来小园行遍。

★●★○☆▲。★○☆、○○☆●，★☆●☆○▲。

\- -

天涯倦客，山中归路，望断故园心眼。燕子楼空，

☆○★●，☆☆☆●，★●★○○▲。○●○○，

佳人何在，空锁楼中燕。古今如梦，何曾梦觉，

☆○☆●，☆●○○▲。★○☆●，☆☆★●，

但有旧欢新怨。异时对、黄楼夜景，为余浩叹。

★●★○○▲。★○★、☆☆★●，★○●▲。

永遇乐·京口北固亭怀古

南宋·辛弃疾

千古江山，英雄无觅，孙仲谋处。舞榭歌台，风流总被、雨打风吹去。斜阳草树，寻常巷陌，人道寄奴曾住。想当年，金戈铁马，气吞万里如虎。　元嘉草草，封狼居胥，赢得仓皇北顾。四十三年，望中犹记，烽火扬州路。可堪回首，佛狸祠下，一片神鸦社鼓。凭谁问，廉颇老矣，尚能饭否。

(79)《望海潮》　　一百〇七字　　双调

望海潮·东南形胜

北宋·柳永

东南形胜，江湖都会，钱塘自古繁华。烟柳画桥，

☆○○●，○○☆●，○○★●○△。○●●○，

风帘翠幕，参差十万人家。云树绕堤沙。怒涛卷霜雪，

○○●●，☆○★●○△。☆●●○△。●☆★☆●，

天堑无涯。市列珠玑，户盈罗绮竞豪奢。

☆○○△。★●○○，★☆☆●●○△。

重湖叠巘清嘉。有三秋桂子，十里荷花。羌管弄晴，

☆○★●○△。●☆○●●，★●○△。○●●○，

菱歌泛夜，嬉嬉钓叟莲娃。千骑拥高牙。乘醉听箫鼓，

○○●●，☆○★●○△。☆●●○△。☆★○☆●，

吟赏烟霞。异日图将好景，归去凤池夸。

☆●○△。★●○○★●，☆●●○△。

最后两句可换成仄仄平平仄仄，仄仄(仄)平平。

(80)《沁园春》　　一百一十四字　　双调

沁园春·孤馆灯青

北宋·苏轼

孤馆灯青，野店鸡号，旅枕梦残。渐月华收练，

☆★○○，★★☆☆，★★★△。●★○☆●，

晨霜耿耿；云山摛锦，朝露漙漙。

☆○★●；☆○☆●，☆●○△。

世路无穷，劳生有限，似此区区长鲜欢。

★●○○，☆○★●，★●○○☆●△。

微吟罢，凭征鞍无语，往事千端。

☆○●，★☆○☆●，★●○△。

当时共客长安，似二陆、初来俱少年。有笔头千字，

☆○★●○△，★★●、☆○☆●△。●★○☆●，

胸中万卷；致君尧舜，此事何难？

☆○★●；★○☆●，★●○△？

用舍由时，行藏在我，袖手何妨闲处看。

★●○○，☆○★●，★●○○☆●△。

身长健，但优游卒岁，且斗尊前。

☆☆●，●☆○★●，★●○△。

前阕后九句与后阕后九句字数与平仄相同。此调般都用较多的对仗。

沁园春·长沙

毛泽东

独立寒秋，湘江北去，橘子洲头。看万山红遍，层林尽染，漫江碧透，百舸争流。鱼翔浅底，鹰击长空，万类霜天竞自由。怅寥廓，问苍茫大地，谁主沉浮？

携来百侣曾游。忆往昔峥嵘岁月稠。恰同学少年，风华正茂，书生意气，挥斥方遒。指点江山，激扬文字，粪土当年万户侯。曾记否，到中流击水，浪遏飞舟。

沁园春·雪

毛泽东

北国风光，千里冰封，万里雪飘。望长城内外，惟余莽莽，大河上下，顿失滔滔。山舞银蛇，原驰蜡象。欲与天公试比高。须晴日，看红装素裹，分外妖娆。

江山如此多娇，引无数英雄竞折腰。惜秦皇汉武，略输文采，唐宗宋祖，稍逊风骚。一代天骄，成吉思汗，只识弯弓射大雕。俱往矣，数风流人物，还看今朝。

(81)《贺新郎》(又名《金缕曲》) 一百一十六字 双调

贺新郎·睡起流莺语

南宋·叶梦得

睡起流莺语，掩苍苔、房栊向晓，乱红无数。
★●○○▲，●○○、☆○★●，★○○▲。
吹尽残花无人见，惟有垂杨自舞。
○●○○○○●，☆●☆○★▲。
渐暖霭、初回轻暑，宝扇重寻明月影，
★★●、☆○☆▲，★●☆○○●●，
暗尘侵、上有乘鸾女。惊旧恨，遽如许。
●☆○、★●○○▲。☆●●，★○▲。

- -

江南梦断蘅皋渚，浪黏天、蒲萄涨绿，半空烟雨。
☆○★●○○▲，●☆☆、☆☆★☆，★○☆▲。
无限楼前沧波意，谁采苹花寄取？
○●○○○○★，☆●★○★▲？
但怅望、兰舟容与，万里云帆何时到？
●★●、☆○☆▲，★●☆○○☆●？
送孤鸿、目断千山阻。谁为我，唱金缕。
●☆○、★●○○▲。☆●●，★○▲。

大抵用入声部韵者较激壮，用上、去声部韵者较凄郁，贵能各适物宜耳。

贺新郎·赠杨开慧

毛泽东

挥手从兹去。更那堪、凄然相向，苦情重诉。眼角眉梢都似恨，热泪欲零还住。知误会、前番书语。过眼滔滔云共雾，算人间，知己吾和汝。人有病，天知否？

今朝霜重东门路。照横塘，半天残月，凄清如许。汽笛一声肠已断，从此天涯孤旅。凭割断、愁丝恨缕。要似昆仑崩绝壁，又恰像、台风扫寰宇。重比翼，和云翥。

(82)《摸鱼儿》　一百一十六字　双调

摸鱼儿·东皋寓居

北宋·晁补之

买陂塘、旋栽杨柳，依稀淮岸湘浦。

●○○、★○○●，☆○☆●○▲。

东皋雨足轻痕涨，沙嘴鹭来鸥聚。堪爱处、

☆○★●○○●，☆●★○○▲。○●▲、

最好是、一川夜月光流渚。无人自舞。

★●●、★○★●○○▲。○○★▲。

任翠幕张天，柔茵借地，酒尽未能去。

●★●○○，☆○★●，★●★○▲。

青绫被，休忆金闺故步。儒冠曾把身误。

○○●，☆●○○★▲。☆○☆●○▲。

弓刀千骑成何事，荒了邵平瓜圃。

☆○☆●○○●，☆●★○○▲。

君试觑。满青镜、星星鬓影今如许。

○●▲。★☆●、☆○★●○○▲。

功名浪语。便似得班超，封侯万里，归计恐迟暮。

☆○★▲。★★●○○，☆○★●，☆●●○▲。

(83)《六州歌头》　　一百四十三字　　双调

六州歌头·少年侠气

北宋·贺铸

少年侠气，交结五都雄。肝胆洞，毛发耸。

●○●●，○●●○△。○●▲，○●▲。

立谈中，死生同。一诺千金重。推翘勇，

●○△，●○△。●●○○▲。○○▲，

矜豪纵。轻盖拥，联飞鞚，斗城东。轰饮酒垆，

○○▲。○●▲，○○▲，●○△。○●●○，

春色浮寒瓮。吸海垂虹。间呼鹰嗾犬，

○●○○▲。●●○△。●○○●●，

白羽摘雕弓，狡穴俄空。乐匆匆。

●●●○△，●●○△。●○△。

似黄粱梦，辞丹凤；明月共。漾孤蓬。官冗从。

●○○▲，○○▲；○●▲。●○△。○●▲。

怀倥偬，落尘笼，簿书丛。鹖弁如云众，

○●▲，●○△，●○△。●●○○▲，

供粗用，忽奇功。笳鼓动，渔阳弄，思悲翁。

平平▲，●○△。○●▲，○○▲，●○△。

不请长缨。系取天骄种，剑吼西风。

●●○○。●●○○▲，●●○△。

恨登山临水，手寄七弦桐，目送归鸿。

●○○○●，●●●○△，●●○△。

第六节　词林正韵表

《词林正韵》为清嘉庆年间江苏吴县人戈载所撰。戈载尤擅倚声之业。他弃官不做，以词学终老，所撰《词林正韵》为世所重，被清中叶以后词家奉为圭臬。此书自道光元年至光绪十七年五次刊印。上海古籍出版社1981年出过影印本，2004年古籍出版社《中华韵典》载有除序言和凡例（说明）外的全部分韵部分。

《词林正韵简编》原书前言如下。

（一）本编依据清戈载著《词林正韵》一书删去僻字，故称“简编”。

（二）《词林正韵》原书韵目用《集韵》标目，分目繁多，标目有僻字，因此，本编改用比较通行的《词韵》标目，以便于检韵。至于分部，一如《词林正韵》原书。

第一部

平声：一东二冬通用

【一东】东同童僮铜桐峒筒瞳中【中间】衷忠盅虫冲终忡崇嵩【崧】菘戎绒弓躬宫穹融雄熊穷冯风枫疯丰充隆窿空公功工攻蒙濛朦瞢笼胧栊咙聋珑砻泷蓬篷洪荭红虹鸿丛翁嗡匆葱聪骢通棕烘崆

【二冬】冬咚彤农侬宗淙锺钟龙茏舂松淞冲容榕蓉溶庸佣慵封胸凶匈汹雍邕痈浓脓重【重复】从【服从】逢缝峰

锋丰蜂烽葑纵【纵横】踪茸蛩邛筇跫供【供给】蚣喁

仄声：上声一董二肿　去声一送二宋通用

【一董】董懂动孔总笼【东韵同】拢桶捅蓊蠓汞

【二肿】肿种【种子】踵宠垅【陇】拥冗重【轻重】冢捧勇甬踊涌俑蛹恐拱竦悚耸巩怂奉

【一送】送梦凤洞众瓮贡弄冻痛栋恸仲中【击中】粽讽空【空缺】控哄赣

【二宋】宋用颂诵统纵【放纵】讼种【种植】综俸供【供设，名词】从【仆从】缝【隙也】重【再也】共

第二部

平声：三江七阳通用

【三江】江缸窗邦降【降伏】双泷庞撞豇扛杠腔梆桩幢蛩【冬韵同】

【七阳】阳扬杨洋羊徉佯芳妨方坊防肪房亡忘望【漾韵同】忙茫芒妆庄装奘香乡湘厢箱镶芗相【相互】襄骧光昌堂唐糖棠塘章张王常长【长短】裳凉粮量【衡量】梁粱良霜藏【收藏】肠场尝偿床央鸯秧殃郎廊狼榔踉浪【沧浪】浆将【持也送也】疆僵姜缰觞娘黄皇遑惶徨煌仓苍舱沧伤殇商帮汤创【创伤】疮强【刚强】墙樯嫱蔷康慷【养韵同】囊狂糠冈刚钢纲匡筐荒慌行【行列】杭航桁翔详祥庠桑彰璋漳獐猖倡凰邙臧赃昂丧【丧葬】阊羌枪锵抢【突也】蜣跄篁簧璜潢攘瓤亢吭【漾养韵并同】旁傍【侧也】孀骦当【应当】裆珰铛泱炀蝗隍怏肓汪鞅滂螂怆【漾韵同】缃琅颃怅螳

仄声：上声三讲二十二养　去声三绛二十三漾通用

【三讲】讲港项棒蚌耩

【二十二养】养痒象像橡仰朗桨奖蒋敞氅厂枉往颡强【勉强】惘两曩丈杖仗【漾韵同】响掌党想鲞榜爽广享向飨幌莽纺长【长幼】网荡上【上升】壤赏仿罔谠倘魍魉谎蟒漭嗓盎恍脏<肮脏>吭沆慷襁镪抢肮犷

【三绛】绛降【升降】巷撞【江韵同】戆

【二十三漾】漾上【上下】望【阳韵同】相【卿相】将【将帅】状帐唱让浪【波浪】酿旷壮放向忘仗【养韵同】畅量【数量】葬匠障瘴谤尚涨饷样藏【库藏】舫访觊嶂当【适当】抗桁妄怆宕怅创酱况亮傍【依傍】丧【丧失】恙谅胀鬯脏【内脏】吭砀伉圹纩桄挡旺炕亢【高亢】阆防

第三部

平声：四支五微八齐十灰【半】通用

【四支】支枝肢移簃为【施为】垂吹陂碑奇宜仪皮儿离施知驰池规危夷师姿迟龟眉悲之芝时诗棋旗辞词期祠基疑姬丝司葵医帷思滋持随痴维卮麾墀弥慈遗肌脂雌披嬉尸狸炊湄篱兹差【参差】疲茨卑亏蕤骑【跨马】歧岐谁斯澌私窥熙欺疵赀羁彝髭颐资糜饥衰锥姨夔祗涯【佳、麻韵同】伊追缁其箕治【治国】尼而推【灰韵同】匙陲魑锤缡璃骊羸帔罴縻蘼脾芪畸牺羲曦欹漪猗崎崖萎筛狮蛳鸱绥虽粢瓷椎饴蓌痍惟唯机耆逵岿丕毗枇貔楣霉锱蚩嗤媸飔坩莳鲥鹚笞漓怡贻禧噫其琪祺麒嶷螭栀鹂累踟琵嵋

【五微】微薇晖辉徽挥韦围帏违闱霏菲【芳菲】妃飞非扉肥威祈畿机几【微也、如见几】讥玑稀希衣【衣服】依归饥【支韵同】矶欷诽绯晞葳巍沂圻颀

【八齐】齐黎犁梨妻【夫妻】萋凄堤低题提蹄啼鸡稽兮倪霓西栖犀嘶撕梯鼙赍迷泥溪蹊圭闺携畦嵇跻奚脐醯黧蠡醍鹈奎批砒睽荑篦齑藜猊鲵羝

【十灰【半】】灰恢魁隈回徊槐【佳韵同】梅枚玫媒煤雷颓崔催摧堆陪杯醅嵬推【支韵同】诙裴培盔偎煨瑰茴追胚徘坯桅傀儡【贿韵同】莓

仄声：上声四纸五尾八荠十贿【半】 去声四寘五未八霁九泰【半】十一队【半】通用

【四纸】纸只咫是靡彼毁委诡髓累技绮觜此泚蕊徙尔弭婢侈弛豕紫旨指视美否【否泰】痞兕几姊比水轨止徵市喜已纪跪妓蚁鄙晷子仔梓矢雉死履垒癸趾址以已似耜祀史驶耳使【使令】里理李起杞圮跂士仕俟始齿矣耻麂枳峙鲤迩氏玺巳【辰巳】滓苡倚匕迤逦旖旎舣蚍秕芷拟你企诔捶屣棰揣豸祉恃

【五尾】尾苇鬼岂卉几【几多】伟斐菲【菲薄】匪篚娓悱榧韪炜虺玮虮

【八荠】荠礼体米启陛洗邸底抵弟坻柢涕悌济【水名】澧醴诋眯娣棨递昵睨蠡

【十贿【半】】贿悔罪馁每块汇【汇合】猥璀磊蕾傀儡腿

【四寘】寘置事地意志思【名词】泪吏赐自字义利器位戏至次累【连累】伪寺瑞智记异致备肆翠骑【车骑，名词】使

【使者】试类弃饵媚鼻易【容易】轡坠醉议翅避笥帜炽粹莳谊帅厕寄睡忌贰萃穗二臂嗣吹【鼓吹，名词】遂恣四骥季刺驷寐魅积【积蓄】被懿觊冀愧匮恚馈蒉篑柜塈庇豉莉腻秘比【近也】鸷毙啻示嗜饲伺遗【馈遗】薏祟值惴屣眦詈企渍譬跛挚燧隧悴尿稚雉莅悸肆泌识【记也】侍踬为【因为】

【五未】未味气贵费沸尉畏慰蔚魏纬胃汇【字汇】谓渭卉【尾韵同】讳毅既衣【着衣，动词】蜚溉【队韵同】翡诽

【八霁】霁制计势世丽岁济【渡也】第艺惠慧币弟滞际涕【荠韵同】厉契【契约】敝弊毙帝蔽髻锐戾裔袂系祭卫隶闭逝缀翳替细桂税婿 例誓筮蕙诣砺励瘗噬继脆睿毳曳蒂睇妻【以女妻人】递逮蓟蚋薜荔 唳捩粝泥【拘泥】媲嬖彗睥睨剂嚏谛缔剃屉悌俪锲贳掣羿棣蟪薤娣说【游说】赘憩鳜彘呓谜挤

【九泰【半】】会旆最贝沛霈绘脍荟狈侩桧蜕酹外兑

【十一队【半】】队内辈佩退碎背秽对废悔诲晦昧配妹喙溃吠肺耒块碓刈悖焙淬敦【盘敦】

第四部

平声：六鱼七虞通用

【六鱼】鱼渔初书舒居裾琚车【麻韵同】渠蕖余予【我也】誉【动词】舆胥狙锄疏蔬梳虚嘘墟徐猪闾庐驴诸储除滁蜍如畲妤苴菹沮徂龉茹榈於祛蘧疽蛆醵纾樗躇【药韵同】软据【拮据】

【七虞】虞愚娱隅无芜巫于衢癯瞿氍儒襦濡须需朱珠

株诛朱铢蛛殊俞瑜榆愉逾渝窬谀腴区躯驱岖趋扶符凫芙雏敷麸夫肤纡输枢厨俱驹模谟摹蒲逋胡湖瑚乎壶狐弧孤辜姑觚菰徒途涂荼图屠奴吾梧吴租卢鲈炉芦颅垆蚨孥帑苏酥乌污【污秽】枯粗都茱侏姝禺拘嵎蹰桴俘臾萸吁滹瓠糊醐呼沽酤泸舻轳鸬驽匍葡铺【铺盖】菟诬呜迂盂竽趺毋孺酴鸪骷刳蛄哺蒱葫呱蝴劬殂猢邪孚

仄声：上声六语七麌　去声六御七遇通用

【六语】语【语言】圉圄吕侣旅杼伫与【给予】予【赐予】渚煮暑鼠汝茹【食也】黍杵处【居住、处理】贮女许拒炬距所楚础阻俎沮叙绪序屿墅巨去【除也】苣举讵溆浒钜醑咀诅苎抒楮

【七麌】麌雨宇舞府鼓虎古股贾【商贾】估土吐　圃庾户树【种植，动词】煦诩努辅组乳弩补鲁橹睹腐数【动词】簿竖普侮斧聚午伍釜缕部柱矩武五苦取抚浦主杜坞祖愈堵扈父甫禹羽怒【遇韵同】腑拊俯罟赌卤姥鹉拄莽【养韵同】栩窭脯妩庑否【是否】麈褛篓偻酤牡谱怙肚踽虏拏诂瞽牯羖祜沪雇仵缶母某亩蛊琥

【六御】御处【处所】去虑誉【名词】署据驭曙助絮著【显著】箸豫恕与【参与】遽疏【书疏】庶预语【告也】踞倨蓣淤锯觑狙【鱼韵同】翥薯

【七遇】遇路辂赂露鹭树【树木】度【制度】渡赋布步固素具务雾鹜数【数量】怒【麌韵同】附兔故顾句墓慕暮募注住注驻炷祚裕误悟寤戍库护屦诉妒惧趣娶铸绔傅付谕喻妪芋捕哺互孺寓赴冱吐【麌韵同】污【动词】恶【憎恶】晤煦酤

讣仆【偃仆】赙驸婺锢蛀飓怖铺【店铺】塑愫蠹溯镀璐雇瓠迕妇负阜副富【宥韵同】醋措

第五部

平声：九佳（半）十灰（半）通用

【九佳（半）】佳街鞋牌柴钗差【差使】崖涯【支麻韵同】偕阶皆谐骸排乖怀淮豺侪埋霾斋槐【灰韵同】睚崽楷秸揩挨俳

【十灰（半）】开哀埃台苔抬该才材财裁栽哉来莱灾猜孩徕骀胎唉垓挨皑呆腮

仄声：上声九蟹十贿（半）　去声九泰（半）十卦（半）十一队（半）通用

【九蟹】蟹解洒楷【佳韵同】拐矮摆买骇

【十贿（半）】海改采彩在宰醢铠恺待殆怠乃载【岁也】凯闿倍蓓迨亥

【九泰（半）】泰太带外盖大【个韵同】濑赖籁蔡害蔼艾丐奈柰汰癞霭

【十卦（半）】懈廨邂隘卖派债怪坏诫戒界介芥械薤拜快迈败稗晒瀣湃寨疥届蒯篑蒉喟聩块惫

【十一队（半）】塞【边塞】爱代载【载运】态菜碍戴贷黛概岱溉慨耐在【所在】鼐玳再袋逮埭赉赛忾暧咳嗳睐

第六部

平声：十一真十二文十三元（半）通用

【十一真】真因茵辛新薪晨辰臣人仁神亲申身宾滨槟缤

邻鳞麟珍瞋尘陈春津秦频苹颦濒银垠筠巾囷民岷泯【轸韵同】珉贫莼淳醇纯唇伦轮沦抡匀旬巡驯钧均榛遵循甄宸纶椿鹑嶙辚磷呻伸绅寅姻荀询峋氤恂嫔彬皴娠闽纫湮肫逡菌臻豳

【十二文】文闻纹蚊云分【分离】氛纷芬焚坟群裙君军勤斤筋勋薰曛醺芸耘芹欣氲荤汶汾殷雯贲纭昕熏

【十三元（半）】魂浑温孙门尊【樽】存敦墩炖暾蹲豚村屯囤【囤积】盆奔论【动词】昏痕根恩吞荪扪裈昆鲲坤仑婚阍髡馄喷猻饨臀跟瘟飧

仄声：上声十一轸十二吻十三阮（半） 去声十二震十三问十四愿（半）通用

【十一轸】轸敏允引尹尽忍准隼笋盾【阮韵同】闵悯菌【真韵同】蚓牝殒紧蠢陨哂诊疹赈肾蜃膑黾泯窘吮缜

【十二吻】吻粉蕴愤隐谨近忿抆刎揾槿瑾恽韫

【十三阮（半）】混棍阃悃捆衮滚鲧稳本畚笨损忖囤遁很沌恳垦龈

【十二震】震信印进润阵镇刃顺慎鬓晋骏闰峻衅振俊舜赆吝烬讯仞迅汛趁衬仅觐蔺浚赈【轸韵同】龀认殡摈缙躏廑谆瞬韧浚殉馑

【十三问】问闻【名誉】运晕韵训粪忿【吻韵同】酝郡分【名分】紊愠 近【动词】抆拼奋郓捃靳

【十四愿（半）】论【名词】恨寸困顿遁【阮韵同】钝闷逊嫩溷诨巽褪喷【元韵同】艮揾

第七部

平声：十三元（半）十四寒十五删一先通用

【十三元（半）】元原源沅鼋园袁猿垣烦蕃樊喧萱暄冤言轩藩媛援辕番繁翻幡璠鸳鹓蜿湲爰掀燔圈谖

【十四寒】寒韩翰【翰韵同】丹单安鞍难【艰难】餐檀坛滩弹残干肝竿阑栏澜兰看【翰韵同】刊丸完桓纨端湍酸团攒官观【观看】鸾銮峦冠【衣冠】欢宽盘蟠漫【大水貌】叹【翰韵同】邯郸摊玕拦珊狻鼾杆蹒姗殚箪瘅谰獾倌棺剜潘拚【问韵同】槃般蹒瘢磐瞒谩馒鳗钻抟邗汗【可汗】

【十五删】删潸关弯湾还环鬟寰班斑蛮颜奸攀顽山闲艰间【中间】悭患【谏韵同】孱潺擐圜菅般【寒韵同】颁鬘疝讪斓娴鹇鳏殷【赤黑色】纶【纶巾】

【一先】先前千阡笺天坚肩贤弦烟燕【地名】莲怜连田填巅鬓宣年颠牵妍研【研究】眠渊涓捐娟边编悬泉迁仙鲜【新鲜】钱煎然延筵毡旃蝉缠廛联篇偏绵全镌穿川缘鸢旋船涎鞭专圆员乾【乾坤】虔愆权拳椽传焉嫣鞯褰搴铅舷跹鹃筌痊诠悛邅禅婵躔颛燃涟琏便【安也】翩骈癫阗钿【霰韵同】沿蜒胭芊蝙胼滇佃畋咽湮狷蠲荐骞膻扇棉拴荃籼砖挛儇欢璇卷【曲也】扁【扁舟】单【单于】溅【溅溅】犍

仄声：上声十三阮（半）十四旱十五潸十六铣　去声十四愿（半）十五翰十六谏十七霰通用

【十三阮（半）】阮远【远近】晚苑返反饭【动词】偃蹇琬沅宛婉畹菀 蜿绻（山献）挽堰

【十四旱】旱暖管琯满短馆【翰韵同】缓盥【翰韵同】碗

懒伞伴卵散【散布】伴诞罕瀚【浣】断【断绝】侃算【动词】款但坦祖纂缎拌潓谰莞

【十五潸】潸眼简版板阪盏产限绾柬拣撰馔赧皖汕铲羼楝栈

【十六铣】铣善【善恶】遣【遣送】浅典转【霰韵同】衍犬选冕辇免展茧辨篆勉剪卷显饯【霰韵同】践喘藓软蹇【阮韵同】演兖件腆跣缅缱鲜【少也】殄扁匾蚬岘畎燹隽键变泫癣阐颤膳鳝舛娩辗邅【先韵同】脔辫捻

【十四愿（半）】愿怨万饭【名词】献健建宪劝蔓券远【动词】侃键贩畈曼挽【挽联】瑗媛圈【猪圈】

【十五翰】翰【寒韵同】瀚岸汉难【灾难】断【决断】乱叹【寒韵同】观 【楼观】干【树干,干练】散【解散】旦算【名词】玩烂贯半案按炭汗赞漫【寒韵同。又副词，独用】冠【冠军】灌爨窜幔粲灿璨换焕唤涣悍弹【名词】惮段看【寒韵同】判叛绊鹳伴畔锻腕惋馆盱捍疸但罐盥婉缎缦侃蒜钻谰

【十六谏】谏雁患涧间【间隔】宦晏慢盼豢栈【潸韵同】惯串绽幻瓣苋办谩讪【删韵同】铲绾孪篡裥扮

【十七霰】霰殿面县变箭战扇煽膳传【传记】见砚院练链燕宴贱馔荐绢彦掾便【便利】眷倦羡奠遍恋啭眩钏倩卞汴片禅【封禅】谴溅饯善【动词】转【以力转动】卷【书卷】甸电咽茜单念<念书>眄淀靛佃钿【先韵同】镟漩拣缮现狷炫绚绽线煎选旋颤擅缘【衣饰】撰喧谚媛忭弁援研【磨研】

第八部

平声：二萧三肴四豪通用

【二萧】萧箫挑貂刁凋雕迢条髫调【调和】蜩枭浇聊辽寥撩寮僚尧宵消霄绡销超朝潮嚣骄娇蕉焦椒饶硝烧【焚烧】遥徭摇谣瑶韶昭招镳瓢苗猫腰桥乔娆妖飘逍潇鸮骁祧鸼鹪缭獠嘹夭【夭夭】幺邀要【要求】姚樵谯憔标飚嫖漂【漂浮】剽佻龆苕岧噍哓跷侥了【明了】魈峣描钊轺桡铫鹞翘枵侨窑礁

【三肴】肴巢交郊茅嘲钞包胶苞梢姣庖匏坳敲胞抛蛟崤?鞘抄謷咆哮凹淆教【使也】跑艄捎爻咬铙茭炮【炮制】泡鲛刨抓

【四豪】豪劳毫操【操持】髦绦刀萄猱褒桃糟旄袍挠【巧韵同】蒿涛皋号【号呼】陶鳌曹遭羔糕高搔毛艘滔骚韬缫膏牢醪逃濠壕饕洮淘叨啕篙熬遨翱嗷臊嗥尻麈螯獒敖牦漕嘈槽掏唠涝捞痨毛

仄声：上声十七筱十八巧十九皓　去声十八啸十九效二十号通用

【十七筱】筱小表鸟了【未了，了得】晓少【多少】扰绕绍杪沼眇矫皎杳窈窕袅挑【挑拨】掉【啸韵同】肇缥缈渺淼茑赵兆缴缭【萧韵同】夭【夭折】悄舀侥蓼娆硗剿晁藐秒殍了【了望】

【十八巧】巧饱卯狡爪鲍挠【豪韵同】搅绞拗咬炒吵佼姣【肴韵同】 昴茆獠【萧韵同】

【十九皓】皓宝藻早枣老好【好丑】道稻造【造作】脑恼岛倒【跌到】祷【号韵同】捣抱讨考燥扫【号韵同】嫂保鸨稿

草昊浩镐杲缟槁堡皂瑙媪燠袄懊葆褓芼澡套涝蚤拷栲

【十八啸】啸笑照庙窍妙诏召邵要【重要】曜耀调【音调】钓吊叫眺少【老少】诮料疗潦掉【筱韵同】峤徼跳嘹漂镣廖尿肖鞘悄【筱韵同】峭哨俏醮燎【筱韵同】鷂鹞轿骠票铫【萧韵同】

【十九效】效教【教训】貌校孝闹豹罩棹觉【寤也】较窖爆炮【枪炮】泡【肴韵同】刨【肴韵同】稍钞【肴韵同】拗敲【肴韵同】淖

【二十号】号【号令】帽报导操【操行】盗噪灶奥告【告诉】诰到蹈傲暴【强暴】好【爱好】劳【慰劳】躁造【造就】冒悼倒【颠倒】燥犒靠懊瑁燠【皓韵同】耄糙套【皓韵同】纛【沃韵同】潦耗

第九部

平声：五歌【独用】

【五歌】歌多罗河戈阿和【和平】波科柯陀娥蛾鹅萝荷【荷花】何过【经过】磨【琢磨】螺禾珂蓑婆坡呵哥轲沱鼍拖驼跎佗【他】颇【偏颇】峨俄摩么娑莎迦疴苛蹉嵯驮箩逻锣哪挪锅诃窠蝌髁倭涡窝讹陂鄱皤魔梭唆骡挼靴瘸搓哦痤酡

仄声：上声二十哿　去声二十一个通用

【二十哿】哿火舸䴗舵我拖娜荷【负荷】可左果裹朵锁琐堕惰妥坐【坐立】裸跛颇【稍也】夥颗祸棰婀逻卵那坷爹【麻韵同】簸叵垛哆硪么【歌韵同】峨【歌韵同】

【二十一个】个贺佐大【泰韵同】饿过【歌韵同。又过失，独用】座和【唱和】挫课唾播破卧货簸轲【轗轲】驮髁【歌韵同】磋作做剁磨【磨磐】懦糯缚锉挼些【楚些】

第十部

平声：九佳（半）六麻通用

【九佳（半）】佳涯【支麻韵同】娲蜗蛙娃哇

【六麻】麻花霞家茶华沙车【鱼韵同】牙蛇瓜斜邪芽嘉瑕纱鸦遮叉奢涯【支佳韵同】巴耶嗟遐加笳赊槎差【差错】蟆骅虾葭袈裟砂衙呀琶耙芭杷笆疤爬葩些【少也】佘鲨查楂渣爹挝咤拿椰珈跏枷迦痂茄桠丫哑划哗夸胯抓洼呱

仄声：上声二十一马　去声十卦（半）二十二祃通用

【二十一马】马下【上下】者野雅瓦寡社写泻夏【华夏】也把厦惹冶贾【姓贾】假【真假】且玛姐舍喏赭洒赧剐打耍那

【十卦（半）】卦挂画【图画】

【二十二祃】祃驾夜下【降也】谢榭罢夏【春夏】霸暇灞嫁赦籍【凭籍】假【休假】蔗化舍【庐舍】价射骂稼架诈亚麝怕借卸帕坝靶鹧贳炙嗄乍咤诧侘罅吓娅哑讶迓华【姓华】桦话胯【遇韵同】跨衩柘

第十一部

平声：八庚九青十蒸通用

【八庚】庚更【更改】羹盲横【纵横】觥彭亨英烹平枰

京惊荆明盟鸣荣莹兵兄卿生甥笙牲擎鲸迎行【行走】衡耕萌薨宏闳茎罂莺樱泓橙争筝清情晴精睛菁晶旌盈楹瀛嬴赢营婴缨贞成盛【盛受】城诚呈程酲声征正【正月】轻名令【使令】并【并州】倾萦琼峥嵘撑粳坑铿撄鹦鶁蘅澎膨棚浜坪苹钲伧檠嘤轰铮狰宁狞瞠绷怦璎砰氓鲭侦柽蛏茔赪茕赓黉瞠

【九青】青经泾形陉亭庭廷霆蜓停丁仃馨星腥醒【醉醒】惺俜灵龄玲铃伶零听【径韵同】冥溟铭瓶屏萍荧萤荣扃坰蜻硎苓聆瓴翎娉婷宁暝瞑螟猩钉疔叮厅町泠棂囹羚蛉咛型邢

【十蒸】蒸烝承丞惩澄陵凌绫菱冰膺鹰应【应当】蝇绳升缯凭乘【驾乘，动词】胜【胜任】兴【兴起】仍兢矜征【征求】称【称赞】登灯僧憎增曾矰层能朋鹏肱薨腾藤恒罾崩滕誊崚嶒縆塍冯症簦瞢凝【径韵同】棱楞

仄声：上声二十三梗二十四迥　去声二十四敬二十五径通用

【二十三梗】梗影景井岭领境警请饼永骋逞颖颍顷整静省幸颈郢猛丙炳杏秉耿矿冷靖哽绠荇艋蜢皿儆悻婧阱狰【庚韵同】靓惺打瘿并<合并>犷眚憬鲠

【二十四迥】迥炯茗挺艇梃醒【青韵同】酩酊并<并行，并且>等鼎顶肯拯謦刭溟

【二十四敬】敬命正【正直】令【命令】证性政镜盛【茂盛】行【学行】圣咏姓庆映病柄劲竞靓净竟孟诤更【更加】并<梗韵同>聘硬炳泳迸横【蛮横】摒阱檠迎郑獍

【二十五径】径定听胜【胜败】罄磬应【答应】赠乘【名词】佞邓证秤称【相称】莹【庚韵同】孕兴【兴趣】剩凭【蒸韵同】迳甑宁胫暝【夜也】钉【动词】订饤锭謦泞瞪蹭蹬亘【亘古】镫【鞍镫】滢凳磴泾

第十二部

平声：十一尤【独用】

【十一尤】尤邮优尤流旒留骝榴刘由油游猷悠攸牛修羞秋周州洲舟酬雠柔俦畴筹稠丘邱抽瘳遒收鸠搜驺愁休囚求裘仇浮谋牟眸侔矛侯喉猴讴鸥楼陬偷头投钩沟幽纠啾楸蚯踌绸惆勾娄琉疣犹邹兜呦咻貅球蜉蝣鞧帱阄瘤硫浏庥湫泅酋瓯啁飕鳌篌抠篝诌骰偻沤【水泡，名词】蝼髅搂欧彪掊虬揉蹂抔不【与有韵“否”通】瓿缪【绸缪】

仄声：上声二十五有　去声二十六宥通用

【二十五有】有酒首口母【麌韵同】妇【麌韵同】后柳友斗狗久负【麌韵同】厚手叟守否【麌韵同】右受牖偶走阜【麌韵同】九后咎薮吼帚垢舅纽藕朽臼肘韭亩【麌韵同】剖诱牡【麌韵同】缶酉苟丑糗扣叩某莠寿绶玖授蹂【尤韵同】揉【尤韵同】溲纣钮扭呕殴纠耦掊瓿拇姆擞绺抖陡蚪篓黝赳取【麌韵同】

【二十六宥】宥候就售【尤韵同】寿【有韵同】秀绣宿【星宿】奏兽漏富【遇韵同】陋狩昼寇茂旧胄宙袖岫柚覆复【又也】救厩臭佑右囿豆饾窦瘦漱咒究疚谬皱逅嗅遘溜镂逗透骤又侑幼读【句读】堠仆副【遇韵同】锈鹫绉味灸籀酎

诟蔻傚构扣购彀戊懋贸袤嗽凑鼬嵍沤【动词】

第十三部

平声：十二侵【独用】

【十二侵】侵寻浔临林霖针箴斟沈心琴禽擒衾钦吟今襟【衿】金音阴岑簪【覃韵同】壬任【负荷】歆森禁【力所胜任】祲喑琛涔骎参【参差】忱淋妊掺参【人参】椹郴芩檎琳蟫愔喑黔嵚

仄声：上声二十六寝　去声二十七沁通用

【二十六寝】寝饮【饮食】锦品枕【枕衾】审甚【沁韵同】廪衽稔凛懔沈【姓氏】朕荏婶沈【沈阳】葚禀噤谂怎恁饪覃

【二十七沁】沁饮【使饮】禁【禁令】任【信任】荫浸谮谶枕【动词】噤甚【寝韵同】鸩赁喑渗窨妊

第十四部

平声：十三覃十四盐十五咸通用

【十三覃】覃潭参【参考】骖南楠男谙庵含涵函岚蚕探贪耽眈龛堪谈甘三酣柑惭蓝担簪【侵韵同】谭昙坛婪戡颔痰篮褴蚶憨泔聃邯蟫【侵韵同】

【十四盐】盐檐廉帘嫌严占【占卜】髯谦奁纤签瞻蟾炎添兼缣沾尖潜阎镰黏淹钳甜恬拈砭詹蒹歼黔钤佥觇崦渐鹣腌襜阉

【十五咸】咸函【书函】缄岩谗衔帆衫杉监【监察】凡馋

芟搀喃嵌掺巉

仄声：上声二十七感二十八俭二十九豏　去声二十八勘二十九艳三十陷通用

【二十七感】感览揽胆澹【淡，勘韵同】啖坎惨敢颔【覃韵同】撼毯糁湛菡萏罱椠喊嵌【咸韵同】橄榄

【二十八俭】俭焰敛【艳韵同】险检脸染掩点簟贬冉苒陕谄俨闪剡忝【艳韵同】琰奄歉芡崭堑渐【盐韵同】罨捡弇崦玷

【二十九豏】豏槛范减舰犯湛巉【咸韵同】斩黯范

【二十八勘】勘暗滥啖担憾暂三【再三】绀憨澹【咸韵同】瞰淡缆

【二十九艳】艳剑念验堑赡店占【占据】敛【聚敛】厌焰【俭韵同】垫欠僭酽潋滟俺砭坫

【三十陷】陷鉴泛梵忏赚蘸嵌站馅

第十五部

入声：一屋二沃通用

【一屋】屋木竹目服福禄谷熟肉族鹿漉腹菊陆轴逐苜蓿宿【住宿】牧伏夙读【读书】犊渎牍椟黩毂复【恢复】粥肃碌骕鹴育六缩哭幅斛戮仆畜蓄叔淑倏独卜馥沐速祝麓辘镞蹙筑穆睦秃彀覆辐瀑郁<忧郁，郁郁葱葱>舳掬踘蹴踾茯袱鹏鸽髑槲扑匐簌蔟煜复<复杂>蝠菔孰塾矗竺曝鞠蔟谡簏国【职韵同】副

【二沃】沃俗玉足曲粟烛属录辱狱绿毒局欲束鹄蜀促触续浴酷躅褥旭欲笃督赎渌纛碡北【职韵同】瞩嘱勖溽缛梏

第十六部

入声：三觉十药通用

【三觉】觉【知觉】角桷榷岳乐【音乐】捉朔数【频数】卓啄琢剥驳雹璞朴壳确浊擢濯渥幄握学龌龊槊搦镯喔邈荦

【十药】药薄恶【善恶】作乐【哀乐】落阁鹤爵弱约脚雀幕洛壑索郭错跃若酌托削铎凿箔鹊诺萼度【测度】橐钥龠瀹着著虐掠获【收获】泊搏藿嚼勺谑廓绰霍镬莫箨缚貉各略骆寞膜鄂博昨柝格拓轹铄烁灼疟蒻箬芍躇却噱矍攫醵踱魄酪络烙珞膊粕簿柞漠摸酢怍涸郝垩谔鳄噩锷颚缴扩椁陌【陌韵同】

第十七部

入声：四质十一陌十二锡十三职十四缉通用

【四质】质日笔出室实疾术一乙壹吉秩率律逸佚失漆栗毕恤密蜜橘溢瑟膝匹述黜弼跸七叱卒【终也】虱悉戌嫉帅【动词】蒺侄踬怵蟋筚篥必泌荜秫栉唧帙溧谧昵铁聿诘耋垤捽茁觱鹬窒苾

【十一陌】陌石客白泽伯迹宅席策册碧籍【典籍】格役帛戟璧驿麦额柏魄积【积聚】脉夕液尺隙逆画【动词】百辟赤易【变易】革脊翮屐获<猎获>适索厄隔益窄核舄掷责坼惜癖僻掖腋释译峄择摘弈奕迫疫昔赫瘠谪亦硕貊跖鹡碛蹐只炙【动词】踯斥穸鬲骼舶珀吓磔拆喀蚱舴剧檗擘栅啧帻箦扼划蜴辟帼蝈刺嵴汐藉螯蓦摭襞虢哑【笑声】绎射【音亦】

【十二锡】锡壁历枥击绩勣笛敌滴镝檄激寂觌溺觅狄荻幂戚鹢涤的吃沥雳霹惕剔砾翟籴倜析晰淅蜥劈甓嫡轹栎阋药踢迪晳裼逖蜺阒汨【汨罗江】

【十三职】职国德食【饮食】蚀色力翼墨极殛息熄直值得北黑侧贼饰刻则塞【闭塞】式轼域蜮殖植敕亟棘惑忒默织匿慝亿忆臆薏特勒肋幅仄昃稷识【知识】逼克即唧【质韵同】弋拭陟恻测翊洫啬穑鲫抑或匐【屋韵同】

【十四缉】缉辑戢立集邑急入泣湿习给十拾袭及级涩楫【叶韵同】粒汁蛰执笠隰汲吸絷挹浥悒岌熠葺什芨廿揖煜【屋韵同】歙笈【叶韵同】圾褶翕

第十八部

入声：五物六月七曷八黠九屑十六叶通用

【五物】物佛拂屈郁【馥郁，郁郁乎文哉】乞掘【月韵同】吃【口吃】讫绂弗勿迄不怫绋沸茀厥倔黻崛尉蔚契屹熨【未韵同】绂

【六月】月骨发阙越谒没伐罚卒【士卒】竭窟笏钺歇突

忽袜曰阀筏鹘【黠韵同】厥【物韵同】蹶蕨殁橛掘【物韵同】核蝎勃渤悖【队韵同】孛揭【屑韵同】碣粤樾鳜脖饽鹁捽【质韵同】猝惚兀讷【呐】羯凸咄【曷韵同】矻

【七曷】曷达末阔钵脱夺褐割沫拔【挺拔】葛阏渴拨豁括抹遏挞跋撮泼秣掇【屑韵同】聒獭【黠韵同】刺喝磕蘖瘌袜活鸹斡怛钹捋

【八黠】黠拔【拔擢】八察杀刹轧戛瞎刮刷滑辖铩猾捌叭札扎帕茁鹘揠萨捺

【九屑】屑节雪绝列烈结穴说血舌洁别缺裂热决铁灭折拙切悦辙诀泄锲咽【呜咽】轶噎彻澈哲鳖设啮劣玦截窃孽浙孑桔颉拮撷揭褐【曷韵同】缬碣【月韵同】挈抉亵薛拽【曳】爇冽瞥迭跌阅餮耋垤揑页阕觖谲夬撇蹩篾楔惙辍啜缀撤绁杰桀涅霓【蜺，齐、锡韵同】批【齐韵同】

【十六叶】叶帖贴牒接猎妾蝶叠箧惬涉鬣捷颊楫【缉韵同】聂摄慑镊蹑协侠荚挟铗浃睫厌靥蹀躞燮摺辄婕谍堞霎嗫喋碟鲽捻晔躐笈【缉韵同】

第十九部

入声：十五合十七洽通用

【十五合】合塔答纳榻阁杂腊匝阖蛤衲沓鸽踏拓拉盍塌咂盒卅搭褡飒磕榼遢蹋蜡溘邋趿

【十七洽】洽狭峡法甲业邺匣压鸭乏怯劫胁插锸押狎夹恰蛱硖掐札袷眨胛呷歃闸霎【叶韵同】

第四章　诗词的节奏布局及语法特点

第一节　诗词的节奏及布局

诗词的节奏和语句的结构是有密切关系的。换句话说，也就是和语法有密切的关系。

一、诗词的一般节奏

这里所讲的诗词的一般节奏，也就是律句的节奏。律句的节奏，是以每两个音节（即两个字）作为一个节奏单位的。如果是三字句、五字句和七字句，则最后一个字单独成为一个节奏单位。具体说来，如下表：

三字句：

平平——仄，仄仄——平。

平仄——仄，仄平——平。

四字句：

平平——仄仄，仄仄——平平。

五字句：

仄仄——平平——仄，平平——仄仄——平。

头节　　腹节　脚节　头节　　腹节　　脚节

平平——平仄——仄，仄仄——仄平——平。

头节　　腹节　脚节　头节　　腹节　　脚节

六字句：

仄仄——平平——仄仄，平平——仄仄——平平。

七字句：

平平——仄仄——平平——仄，仄仄——平平——仄仄

顶节　　头节　　腹节　脚节 顶节　　头节　　腹节

——平。

脚节

仄仄——平平——平仄——仄，平平——仄仄——仄平

顶节　　头节　　腹节　脚节 顶节　　头节　　腹节

——平。

脚节

从这一个角度上看，“一三五不论，二四六分明”这两句口诀基本上是正确的：第一、第三、第五字不在节奏点上，所以可以不论；第二、第四、第六字在节奏点上，所论需要分明。

意义单位常常和声律单位结合得很好。所谓意义单位，一般地说就是一个词（包括复音词）、一个词组（介词及其宾语）或一个句子形式；所谓声律单位，就是节奏。就多数情况来说，二者在诗句中是一致的。因此，我们试把诗句按节奏来分开，每一个双音节奏常常是和一个双音词、一个词组或一个句子形式相当的。

例如：

西风——烈，长空——雁叫——霜晨——月。（毛泽东）

指点——江山，激扬——文字，粪土——当年——万户——侯。（毛泽东）

宁化——清流——归化，路隘——林深——苔滑。（毛泽东）

天连——五岭——银锄——落，地动——三河——铁臂——摇。（毛泽东）

晴川——历历——汉阳——树，芳草——萋萋——鹦鹉——洲。（崔颢）

应当指出，三字句，特别五言、七言的三字尾，三个音节的结合比较密切，同时，节奏点也是可以移动的。移动以后就成为下面的另一种情况。

三字句：

平——平仄，仄——仄平。

平——仄仄，仄——平平。

五字句：

仄仄——平——平仄，平平——仄——仄平。

平平——平——仄仄，仄仄——仄——平平。

七字句：

平平——仄仄——平——平仄，仄仄——平平——仄——仄平。

仄仄——平平——平——仄仄，平平——仄仄——仄——平平。

我们试看，另一种诗句则和上述这种节奏相适应。

须——晴日。（毛泽东）

起——宏图。（毛泽东）

雨后——复——斜阳。（毛泽东）

六亿——神州——尽——舜尧。（毛泽东）

海月——低——云旆，江霞——入——锦车。（钱起）

乱花——渐欲——迷——人眼，浅草——才能——没——马蹄。（白居易）

实际上，五字句和七字句都可以分为两个较大的节奏单位：五字句分为二三，七字句分为四三。这样，不但把三字尾看成一个整体，连三字尾以外的部分也看成一个整体。这样分析更合于语言的实际，也更富于概括性。例如：

雨后——复斜阳。

别来——沧海事，语罢——暮天钟。

天连五岭——银锄落，地动三河——铁臂摇。

晴川历历——汉阳树，芳草萋萋——鹦鹉洲。

五字句分为二三，七字句分为四三，这是符合大多数情况的。但是，节奏单位和语法结构的一致性也不能绝对化，有些特殊情况不能用这个方式来概括。例如有所谓折腰句，按语法结构是三一三。陆游《秋晚登城北门》："一点烽传散关信，两行雁带杜陵秋。"如果分为两半，那就只能分成三四，而不能分成四三。又如毛泽东《沁园春·长沙》"粪土当年万户侯"，这个七字句如果要采用两分法，就只能分成二五，而不能分成四三；又如毛泽东《七律·赠柳亚子先生》"风物长宜放眼量"，这个七字句也只能分成二五，而不能分为四三。还有更特殊的情况。例如王维《送严秀才入蜀》

“山临青塞断，江向白云平”；杜甫《春宿左省》“星临万户动，月傍九霄多”；李白《渡荆门送别》“山随平野尽，江入大荒流”。“临青塞”“临万户”“随平尽”“向白云”“傍九霄”“入大荒”，都是动宾结构作状语用，它们的作用等于一个介词结构，按二三分开是不合于语法结构的。又如杜甫《旅夜书怀》“名岂文章著，官应老病休”，按节奏单位应该分为二三或二二一，但按语法结构则应分为一四，二者之间是有矛盾的。

杜甫《宿府》“永夜角声悲自语，中天月色好谁看”，按语法结构应该分成五二。王维《山居》“鹤巢松树遍，人访荜门稀”，按语法结构应该分成四一。元稹《遣行》“寻觅诗章在，思量岁月惊”，按语法结构也应该分成四一。这种结构是违反诗词节奏三字尾的情况的。

在节奏单位和语法结构发生矛盾的时候，矛盾的主要方面是语法结构。事实上，诗人们也是这样解决了矛盾的。

当诗人们吟诵的时候，仍旧按照三字尾的节奏来吟诵，但并不改变语法结构来迁就三字尾。

节奏单位和语法结构的一致是常例，不一致是变例。我们把常例和变例区别开来，节奏的问题也就看清楚了。

二、词的特殊节奏

词谱中有着大量的律句，这些律句的节奏自然是和诗的节奏一样的。但是，词在节奏上有它的特点，那就是那些非律句的节奏。

在词谱中，有些五字句无论按语法结构还是按平仄来看，都应该为一字豆加四字句。特别是后面跟着对仗，四字句的性质更为明显。试看毛泽东《沁园春·长沙》“看万山红遍，层林尽染；漫江碧透，百舸争流。”按四字句，应该是一三五不论，第一字和第三字可平可仄，所以“万”字仄而“长”字平，“红”字平而“内”字仄。这里不能按律诗的五字句来分析，因为这是词的节奏特点。《沁园春·雪》：“望长城内外，惟余莽莽；大河上下，顿失滔滔。”所以当我们分析节奏的时候，对这一种词句应该分析成“仄——（平）平——（仄）仄”，而对具体的词句则分析成为“看——万山——红遍”“望——长城——内外”。这样，节奏单位和语法结构还是完全一致的。

毛泽东《沁园春·长沙》后阕“恰同学少年，风华正茂；书生意气，挥斥方遒”也有类似的情况。按词谱，“同学少年”应是（平）平（仄）仄，现在用了（仄）仄（平）平是变通。从“恰同学少年”这个五字句说，并不犯孤平，因为这是一字豆，加四字句，不能看成五字律句。

不用对仗的地方也可以有这种五字句。仍以《沁园春》为例。毛泽东《沁园春·长沙》前阕：“问苍茫大地，谁主沉浮？”后阕：“到中流击水，浪遏飞舟。”《沁园春·雪》前阕：“看红装素裹，分外妖娆。”后阕：“数风流人物，还看今朝。”其中的五字句，无论按语法结构或者按平仄，都是一字豆加四字句。“大”“击”“素”“人”都落在四字句的第三字上，所以不拘平仄。

五字句也可以是上三下二，平仄也按三字句加二字句。

例如张元幹《石州慢》前阕末句“倚危樯清绝”，后阕末句“泣孤臣吴越”，它的节奏是“仄平平——平仄”。

四字句也可以是一字豆加三字句，例如张孝祥《六州歌头》“念腰间箭，匣中剑，空埃蠹，竟何成”，其中的“念腰间箭”就是这种情况。

七字句也可以是上三下四，例如辛弃疾《摸鱼儿》“更能消几番雨”，又如辛弃疾《太常引》“有道是清光更多”。

八字句往往是上三下五；九字句往往是上三下六，或上四下五；十一字句往往是上五下六或上四下七，这些都在上面谈过了。值得注意的是要保持语法结构和节奏单位的一致性。

在这一类的情况下，词谱是先有句型、后有平仄规则的。例如《沁园春》末两句，在陆游词中“有渔翁共醉，溪友为邻”，这个句型就是一个一字豆加两个四字句，然后规定这两句的节奏是“仄——（平）平（仄）仄，（仄）仄平平”。

在这里，语法结构对词的节奏是起决定作用的。

三、词的领字句

所谓词的领字，就是指在词句的开头，有一个或者两个、三个在语气上起停顿作用、但又不点断句子的字。这样的字，就是领字，在句中起着领起下文主句的作用，极为重要，不能不引起学词者的注意。

领字句也是词家独创，是在词体上与近体诗的一个显著区别。词句之所以要有领字，是因为词要合乐而歌，要通过歌舞艺伎之口演唱出来。如果所有的句子都由实字组成，读起来会感到不通畅，更难以上口歌唱了。因此，领字句这种特殊句式，仍是音乐赋予词体的。领字中固然以虚字为多，但也不尽然，也常用到一些动词。

在词中常用作领字的单字有任、看、正、待、乍、怕、总、爱、奈、似、但、料、 想、更、算、况、怅、快、早、尽、嗟、凭、叹、方、将、未、已、应、若、莫、念、 甚、恨、也、须、又、尚、恁、且、纵、渐、怎、望、向、对等，数量相当可观。

两字用作领字的常有莫是、又还、那堪、休说、休念、况且、将次、只是、未省、还见、几度、遥想、谁料、 何处、恰似、浑似、堪羡、无端、试问、纵把、犹是、漫道、只今等。

三字用作领字的常有怎奈向、终不似、不如向、更能消、最无端、又还是、更哪堪、又却是、便纵有、莫不是、似这般、当此际、算而今、空负了、又何妨、最难禁、都付与等等。

领字句中的领字 根据不同情况，又分为领一句、领二句、领三句、领四句等四种类型。

1. 领一句

一字领单句，即一字豆，一般多用去声。如：

柳永《雨霖铃》：对——长亭晚。秦观《八六子》：念——柳外青骢别后。贺铸《青玉案》：但——目送芳尘去。

两字领单句，如：

辛弃疾《水龙吟》：休说——鲈鱼堪脍。李煜《虞美人》：恰似—— 一江春水向东流。

三字领单句，如：

何梦桂《念奴娇》：更消得——风雨几番零落。晁补之《摸鱼儿》：最好是—— 一川夜月流光渚。

2. 领两句

一字领两句，如：

陈衍《扬州慢》：已——全家儿女，片帆来挂荆门。秦观《望海潮》：有——华灯碍月，飞盖妨花。青衣《月华清》：正——关山此夜，断肠芳影。

两字领两句，如：

柳永《笛家弄》：未省——宴处能忘管弦，醉里不寻花柳。沈祖芬《霜叶飞》：休记——到死蚕丝，他生密誓。

三字领两句，如：

李清照《永遇乐》：不如向——帘儿底下，听人笑语。

3. 领三句

一字领三句，如：

周邦彦《忆旧游》：渐——暗竹敲凉，疏萤照晓，两地魂销。

两字领三句，如：

张孝祥《念奴娇》：应念——岭表经年，孤光自照，肝胆皆冰雪。

三字领三句，如：

秦观《八六子》： 怎奈向——欢娱渐随流水，素弦声断，翠绡香减。

4. 领四句

一字领四句，如：

史达祖《风流子》：想——雾帐吹香，独怜奇俊；露杯分酒，谁伴婵娟。

领字句在词中不是可有可无的，它起着调节语气、节奏以配合乐曲歌唱的作用，同时又限定着词意的表达。特别是由于领字都位于一句之首，在乐曲上说，又是音乐的开头，因此选用恰当的领字，往往能产生使词章更加抑扬顿挫、跌宕起伏的艺术效果。

四、诗词的布局

（一）诗的布局

赋诗如同盖房，先要有设计（谋篇），接着才能施工（写作），最后搞装饰（修改、润色），看有无重字、闲字、失粘、出韵等错误。因此我们动笔起草时，必须要懂得一个“创作三阶段”：感知认识、构思布局、修饰成篇。这个三阶段在创作实践的全过程中，常常混融在一起交叉进行，它们之间的关系密切，不是截然分开的。

在审题立意之后按构思的内容形式写好提纲，包括诗体、诗题、结构、材料、掌故等。

动笔前，要自觉地强化表达基本技能训练，如语音驾驭、形象塑造、情节安排等，以便在起草时，做到行文如流水，全神贯注一气呵成。

起草时，要做到“意在笔先、心手相应”，表达服从于构思。

锻炼克服困难，坚持不懈的顽强意志，初稿一次不成，两次、三次直到满意为止，这就是所谓“诗不厌改”。

当然谋篇还有一个前提就是立意，诗以意为主。谋篇必须围绕立意来进行，怎样开头、怎样铺陈、怎样结尾得有个框架。广西诗人林本礼，有一首七绝《参观画展》：

赏山玩水太匆匆，三峡峨嵋半日穷。

醉眼不知原是画，却疑身在翠微中。

第一句是叙事，第二句承第一句，具体说明“太匆匆”，第三句以“不知原是画”一转奇峰突起，第四句以物我忘己作结，把对于画展的赞美之情和盘托出。全诗章法井然，读来如行云流水又波澜起伏，深得谋篇法度。

作者愈深入生活，体验愈真切，积累的原始材料愈丰富，感知认识便愈深刻，在提炼主题时，便愈能从现象到本质、从感性到理性地把握，进而在构思布局时愈能去粗取精，愈能概括典型化，高屋建瓴，统筹全局。同样构思愈精密，表达愈顺畅，构思与表达的过程，也是对感知认识不断深化的过程。无论感知还是构思，都只有在表达时得到明确的落实，主题也在表达中不断地清晰、深化。

诗的布局即结构，是有章法的。如元代杨载的《诗法家数》以“起、承、转、合”四个环节来归纳格律诗之章法：

起句要高远，承句要稳健，

转折不着力，结句不着迹。

从理论上讲，写作的首句是最难也是最重要的，头开得好即“占地步”，首先要阔占地步，然后几句似有源之泉源源而来矣。头开得好即“占好了地步”，使下面的诗句自然承接、顺势而下。再有就是结尾，它是全篇的收束，须有力、有味，做到首尾圆合，结尾的关合要自然不露痕迹。中间诗句的语意要有所变化、有所转折，才能扩大诗意的容量。如，王昌龄的《从军行》：

青海长云暗雪山，（起）孤城遥望玉门关。（承）

黄沙百战穿金甲，（转）不破楼兰终不还。（合）

此诗的上联写边塞的苍茫旷阔，层层云雾弥漫着远方的雪山，这幅远景正是从孤城玉门关上登高所见。这是一个倒装句，在写景中透露出边塞的壮观景象和艰苦的战斗环境。第三句如果继续写景就是再承，但通常第三句要有变化，所以诗人笔调一转，写将士们的爱国情怀和战斗决心，表现了戍边将士不畏艰险、不怕牺牲的英雄气概。第四句自然关合，使全诗精神为之一振，升华到一个很高的艺术境界，而且在精心布局的同时，也使全诗在表现手法上产生变化，上联在描述中营造出战争的特定环境，下联出句是陈述，对句是抒情。短短二十八个字，不但写出了丰富的思想内容，而且将描写陈述与抒情熔于一炉。

在开好起句的情况下，第三句的“转”是至关重要的有力一笔。杨载说：“绝句之法，要婉曲回环、删芜就简，句绝而意不绝，多以第三句为主，而第四句发之。”所谓发之指尾句或点题、或宕开情思留下余味。

杨载又说：“大抵起承二句固难，然不过平直叙起为佳，从容承之为是。至如宛转变化工夫全在第三句，若于此转变得好，则第四句如顺流之舟矣。”

至于律诗，古人认为五言律诗较易写好，因为语言的简炼是古汉语的一大优势，所以容易写得雄浑有力，唯七律增加二字后较难于驾驭。故明代胡震亨的《唐音癸签》卷三中，关于《律诗要法》云：七律有起承转合——

起为破题，或对景兴起、或比兴、或引事起、或就题起，要突兀高远……

承为颔联，或写意、或写景、或书事、或用事引证，要接破题，如骊龙之珠，抱而不脱。

转为颈联，或写意、写景、书事、用事引证，与前联之意相应、相避，在变化无穷……合为结句，或就题结、或开一步、或缴前联之意、或用事，必放一句作散场，如载奔马辞意俱尽，如临水送将归，辞尽意不完，如此则七律思过半矣。

在七律的四联中，首尾二联是全篇的意义重心，一般的律诗只要读一二句和七八句便能把握全诗的主题。所以明代王世贞在《艺苑卮言》卷一中说：“七律不难中二联，难在发端及结句耳。”而作为结构中“承转”的中间两联之作用，是在展示对偶美的同时，对诗意进行拓展引申、发挥和联想。胡震亨说得简明扼要：“作诗不过情景二端。如律诗前起后结，中四句二言景二言情，此通例也。”

请看杜甫的《蜀相》：

丞相祠堂何处寻，锦官城外柏森森。（起）前起
映阶碧草自春色，隔叶黄鹂空好音。（承）言景
三顾频烦天下计，两朝开济老臣心。（转）言情

出师未捷身先死，长使英雄泪满襟。（合）后结

诗圣杜甫的这首诗，被后人称为“七律正宗”。在章法结构上极严整。起句以破题起，又称直起法，“柏森森”三字既是描写也与起句相呼应，托物寓情颇显精神气概。颔联就柏森森描写顺流而下，进一步写祠堂的春景，承接十分自然。自字、空字点出盛衰沧桑之意，一代人杰身后却如此寥落空旷，实写中不无讽刺中晚唐不重人才景中含意。颈联笔势转到写人上来，概写诸葛亮的一生，从时空上由眼前之景推至昔日之事，为最后的直抒情怀蓄势铺垫。全诗的情调感慨悲凉，结构却极富变化。

那么律诗中间两联是否一定不能同时写景或同时抒情呢？其实盛唐之前的诗人并不太计较这些。如王维《汉江临泛》中的颔、颈二联：

楚塞三湘接，荆门九派通。
江流天地外，山色有无中。
郡邑浮前浦，波澜动远空。
襄阳好风日，留醉与山翁。

均是远眺写景。

李白《赠孟浩然》中间两联：

吾爱孟夫子，风流天下闻。
红颜弃轩冕，白首卧松云。
醉月频中圣，迷花不事君。
高山安可仰，徒此揖清芬。

又都是写人述事，所以两联间的相异也不能一概而论。

不过诗句在结构上的表达变化，应看作对结构章法的理性认识的深化，是需要肯定的。

明代李梦阳在谈到律诗中间两联的变化时，显然也注意到了两联都写景的情况，他说："叠景者意必二，阔大者半必细。"如杜甫的《送翰林张司马南海勒碑》：

冠冕通南极，文章落上台。
诏从三殿去，碑到百蛮开。
野馆浓花发，春帆细雨来。
不知沧海上，天遣几时回。

中两联，前半阔大后半工细也。如杜甫的《登兖州城楼》：

东郡趋庭日，南楼纵目初。
浮云连海岱，平野入青徐。
孤嶂秦碑在，荒城鲁殿余。
从来多古意，临眺独踌躇。

中两联，写景时仍有宏观与微观的变化。如果中间四句都写景、或都写人、或都写事就会给人像古体诗的感觉，因此求"变"应该是写诗的要义。

（二）词的布局

词大都分上、下阕，所以阕与阕之间的"过片（或称过变或叫换头）"，也就如同绝句律诗的转折处。宋代的张炎在《词源》中说："过阕不要断了曲（词）意，要承上启下，前虚则后实，前实则后虚，须辞意断而仍续，合而仍分，过变乃虚实转换处也。"至于如何做到承上启下断而仍续，清代周济在《介存斋论词》杂著中提出了“藕断丝连、异军突起”二法。他说：“吞吐之妙，全在换头煞尾……或藕断丝连或异军突起，皆须令读者耳目振动方成佳制。”具体形式如下：

1.前虚后实：这种情况表现为上阕或写景、或铺垫、或蓄势，后片着重写独特的情怀。如范仲淹的《渔家傲》：

塞下秋来风景异，衡阳雁去无留意。四面边声连角起，千嶂里，长烟落日孤城闭。　　浊酒一杯家万里，燕然未勒归无计。羌管悠悠霜满地，人不寐，将军白发征夫泪。

“塞下秋来风景异，”上阕写边塞风光，过阕用“浊酒一杯家万里”，过渡到个人内心情感的抒发。再如苏东坡的《浣溪沙》：

山下兰芽短浸溪，松间沙路净无泥，萧萧暮雨子规啼。　　谁道人生无再少？门前流水尚能西，休将白发唱黄鸡。

“山下兰芽短浸溪”，上阕写春景，过阕用“谁道人生无再少”的一问句转入内心情感的抒发。

2.前实后虚：特点是上阕写事抒情，下阕宕开写景，景中托意。如辛弃疾的《菩萨蛮》：

郁孤台下清江水，中间多少行人泪。西北望长安，可怜无数山。　　青山遮不住，毕竟东流去。江晚正愁余，山深闻鹧鸪 。

“郁孤台下清江水”上阕写南渡之事和悲壮之情后，过阙处“青山遮不住”转入借景物托寓中去。贺铸的《青玉案》：

凌波不过横塘路，但目送、芳尘去。锦瑟年华谁与度？月桥花院，琐窗朱户，只有春知处。　飞云冉冉蘅皋暮，彩笔新题断肠句。若问闲愁都几许？一川烟草，满城风絮，梅子黄时雨。

“凌波不过横塘路”，上阕写离别相思之情，过阕则以“飞云冉冉蘅皋暮”，转入意象、情味的虚写。

3.藕断丝连：这种转折是上阕一种意，下阕另起一种意，但过阙起连带照应的作用。如王安石的《桂枝香》：

登临送目，正故国晚秋，天气初肃。千里澄江似练，翠峰如簇。归帆去棹斜阳里，背西风，酒旗斜矗。彩舟云淡，星河鹭起，画图难足。　念往昔、繁华竞逐，叹门外楼头，悲恨相续。千古凭高，对此漫嗟荣辱。六朝旧事如流水，但寒烟、衰草凝绿。至今商女，时时犹唱，《后庭》遗曲。

“登临送目”，过阙用“念往昔、繁华竞逐”，由上阕的写景转入下阕的咏史似断实连。李清照《武陵春》：

风住尘香花已尽，日晚倦梳头。物是人非事事休，欲语泪先流。　闻说双溪春尚好，也拟泛轻舟。只恐双溪舴艋舟，载不动、许多愁。

“风住尘香花已尽”上阕写愁思，过阙却转入游春之思，“闻说双溪春尚好”，似心情转好另起一意，然而结句归于更深的感伤。

4.前总后分：即上阕总述，过阕一转，具体分述。如苏东坡的《念奴娇·赤壁怀古》：

大江东去，浪淘尽、千古风流人物。故垒西边，人道是、三国周郎赤壁。乱石穿空，惊涛拍岸，卷起千堆雪。江山如画，一时多少豪杰！　　遥想公瑾当年，小乔初嫁了，雄姿英发。羽扇纶巾，谈笑间、樯橹灰飞烟灭。故国神游，多情应笑我、早生华发。人间如梦，一樽还酹江月！

上阕总写“千古风流人物”，过阙一句“遥想公瑾当年”具写三国周瑜事迹。

5.承上启下：姜夔的《齐天乐》：

庾郎先自吟愁赋，凄凄更闻私语。露湿铜铺，苔侵石井，都是曾听伊处。哀音似诉，正思妇无眠，起寻机杼。曲曲屏山，夜凉独自甚情绪。　　西窗又吹暗雨，为谁频断续，相和砧杵。候馆迎秋，离宫吊月，别有伤心无数。豳诗漫与，笑篱落呼灯，世间儿女。写入琴丝，一声声更苦。

“庾郎先自吟愁赋”全篇写愁，上阕结拍：“曲曲屏山，夜凉独自甚情绪。”于过阙则云：“西窗又吹暗雨”，所以张炎认为：如此则曲（词）之意脉不断矣。当然词的过阕总是承上启下的。

有些词打破了词的通常格局，上、下阕抒写同一情事，过阙就需特别注意有变的问题。岳飞的《满江红》全篇写得激烈壮怀：

怒发冲冠，凭栏处，潇潇雨歇。抬望眼，仰天长啸，壮怀激烈。三十功名尘与土，八千里路云和月。莫等闲，白了少年头，空悲切。　　靖康耻，犹未雪；臣子恨，何时灭？驾长车，踏破贺兰山缺。壮志饥餐胡虏肉，笑谈渴饮匈奴血。待从头，收拾旧山河，朝天阙。

在上阕“莫等闲，白了少年头，空悲切”之后，换头用“靖康耻，犹未雪”一句重新振起，使全词千载后读之犹凛凛有生气。

6.异军突起：这样的作品往往感情较激越，在下阕开头换意的同时，再以非凡之语凸现情韵，这类情形以豪放风格的作品较为常见。如苏轼的《临江仙》：

夜饮东坡醒复醉，归来仿佛已三更。家童鼻息已雷鸣，敲门都不应，倚帐听江声。　　长恨此身非我有，何时忘却营营。夜阑风静縠纹平，小舟从此逝，江海寄余生。

“夜饮东坡醒复醉”，写在黄州夜归因家童熟睡叫门不应，过阙忽宕开一笔：“长恨此身非我有”，既是因自己家都回不去而产生的自然联想，又为下面的自我超越，“小舟从此逝，江海寄余生”埋下伏笔。过阙的作用，也使上、下阕的内容有了变化和区分。

所以词往往是上阕写景，下阕抒情；或上阕写昔，下阕写今；或上阕写事，下阕写情景。当然也可以相反结构，这方面例子很多，在两宋名家及前人的优秀作品中不难找到。

第二节　诗词的语法特点

由于文体的不同，诗词的语法和散文的语法不是完全一样的。律诗为字数及平仄规则所制约，要求在语法上比较自由；词既以律句为主，它的语法也和律诗差不多。在这种语法上的自由，不但不妨碍读者的了解，而且有时候还在一定程度上增加艺术效果。

关于诗词的语法特点，这里不详细讨论，只拣重要的几点谈一谈。

一、不完全句

本来，散文中也有一些不完全的句子，但那是个别情况。在诗词中，不完全句则是经常出现。诗词是最精练的语言，要在短短的几十个字中，表现出尺幅千里的画面，所以有许多句子的结构就非压缩不可。所谓不完全句，一般指没有谓语，或谓语不全的句子。最明显的不完全句是所谓名词句。一个名词性的词组，就算一句话。例如杜甫《春日忆李白》中两联：

清新庾开府，俊逸鲍将军。
渭北春天树，江东日暮云。

若依散文的语法看，这四句话是不完整的，但是诗人的意思已经完全表达出来了。李白的诗，清新得像庾信的诗一样，俊逸得像鲍照的诗一样。当时杜甫在渭北（长安），李白在江东，杜甫看见了暮云春树，触景生情，就引起了甜蜜的友谊的回忆来。这个意思不是很清楚吗？假如增加一些字，反而令人感到是多余的了。

崔颢《黄鹤楼》："晴川历历汉阳树，芳草萋萋鹦鹉洲。"这里有四层意思："晴川历历"是一个句子，"芳草萋萋"是一个句子，"汉阳树"与"鹦鹉洲"则不成为句子。但是，汉阳树和晴川的关系，芳草与鹦鹉洲的关系，却是表达出来了。因为晴川历历，所以汉阳树就更看得清楚了；因为芳草萋萋，所以鹦鹉洲更加美丽了。

杜甫《月夜》："香雾云鬟湿，清辉玉臂寒。"这里也有四层意思："云鬟湿"是一个句子形式，"玉臂寒"是一个句子形式，"香雾"和"清辉"则不成为句子形式。但是，香雾和云鬟的关系，清辉和玉臂的关系，却是很清楚了。杜甫怀念妻子，想象她在鄜州独自一个人观看中秋的明月，在乱离中怀念丈夫，深夜还不睡觉，云鬟为露水所侵，已经湿了，有似香雾；玉臂为明月的清辉所照，越来越感到寒冷了。

有时候，表面上好像有主语，有动词，有宾语，其实仍是不完全句。如苏轼《新城道中》："岭上晴云披絮帽，树头初日挂铜钲。"这不是两个意思，而是四个意思。"云"并不是"披"的主语，"日"也不是"挂"的主语。岭上积聚了晴云，好像披上了絮帽；树头初升起了太阳，好像挂上了铜钲。毛泽东所写的《忆秦娥·娄山关》："西风烈，长空雁叫霜晨月。""月"并不是"叫"的宾语。西风、雁、霜晨月，这是三层意思，这三件事形成了浓重的气氛。长空雁叫，是在霜晨月的景况下叫的。

有时候，副词不一定要像在散文中那样修饰动词。例如毛泽东《沁园春·长沙》里说："恰同学少年，风华正茂；书生意气，挥斥方遒。""恰"字是副词，后面没有紧跟着动词。又如《菩萨蛮·大柏地》里说："雨后复斜阳，关山阵阵苍。""复"字是副词，也没有修饰动词。

应当指出，所谓不完全句，只是从语法上去分析的。我们不能认为诗人们有意识地造成不完全句。诗的语言本来就像一幅幅的画面，很难机械地从语法结构上去理解它。这里只想强调一点，就是诗的语言要比散文的语言精练得多。

二、语序的变换

在诗词中，为了适应声律的要求，在不损害原意的原则下，诗人们可以对语序做适当的变换。现在举出毛泽东诗词中的几个例子来讨论。

七律《送瘟神》第二首："春风杨柳万千条，六亿神州尽舜尧。"第二句的意思是中国（神州）六亿人民都是舜尧。依平仄规则是"仄仄平平仄仄平"，所以"六亿"放在第一二两字，"神州"放在第三四两字，"尧舜"说成"舜尧"。"尧"字放在句末，还有押韵的原因。

《浣溪沙·1950年国庆观剧》后阕第一句；"一唱雄鸡天下白"，是"雄鸡一唱天下白"的意思。依平仄规则是"仄仄平平平仄仄"，所以"一唱"放在第一二两字，"雄鸡"放在第三四两字。

《西江月·井冈山》后阕第一、二两句："早已森严壁垒，更加众志成城。”“壁垒森严”和“众志成城”都是成语，但是，由于第一句应该是“仄仄平平仄仄”，所以“森严”放在第三四两字，“壁垒”放在第五六两字。

《浪淘沙·北戴河》最后两句：“萧瑟秋风今又是，换了人间！”曹操的《观沧海》原诗的句子：“秋风萧瑟，洪波涌起。”依《浪淘沙》的规则，这两句的平仄应该是“（仄）仄（平）平平仄仄，（仄）仄平平”，所以“萧瑟”放在第一二两字，“秋风”放在第三四两字。

语序的变换，有时也不能单纯理解为适应声律的要求。它还有积极的意义，那就是增加诗味，使句子成为诗的语言。杜甫《秋兴》（第八首）“香稻啄余鹦鹉粒，碧梧栖老凤凰枝”，有人以为就是“鹦鹉啄余香稻粒，凤凰栖老碧梧枝”。那是不对的。“香稻”和“碧桐”放在前面，表示诗人所咏的是香稻和碧桐，如果把“鹦鹉”和“凤凰”都挪到前面去，诗人所咏的对象就变为鹦鹉与凤凰，不合秋兴的题目了。又如杜甫《曲江》（第一首）“且看欲尽花经眼，莫厌伤多酒入唇。”上句“经眼”二字好像是多余的，下句“伤多”（感伤很多）似应放在“莫厌”的前面，如果真按这样去修改，即使平仄不失调，也是诗味索然的。这些地方，如果按照散文的语法来要求，那就是不懂得诗词的艺术了。

三、对仗上的语法问题

诗词的对仗，出句和对句常常是同一句型的。例如：

王维《使至塞上》：“征蓬出汉塞，归雁入胡天。”主语是名词前面加上动词定语，动词是单音词，宾语是名词前面加上专名定语。

毛泽东《送瘟神》：“红雨随心翻作浪，青山着意化为桥。”主语是颜色修饰的名词，“随心”和“着意”这两个动宾结构用作状语，用它们来修饰动词“翻”和“化”，动词后面有补语“作浪”和“为桥”。

语法结构相同的句子（即同句型的句子）互为对仗，这是正格。但是我们同时应该注意到：诗词的对仗还有另一种情况，就是只要求字面相对，而不要求句型相同。例如：

杜甫《八阵图》：“功盖三分国，名成八阵图。”“三分国”是“盖”的直接宾语，“八阵图”却不是“成”的直接宾语。

韩愈《精卫填海》：“口衔山石细，心望海波平。”“细”字是修饰语后置，“山石细”等于“细山石”；对句则是一个递系句“心里希望海波变为平静。”我们可以倒过来说“口衔细的山石”，但不能说“心望平的海波”。

毛泽东的七律《赠柳亚子先生》：“牢骚太盛防肠断，风物长宜放眼量。”“太盛”是连上读的，它是“牢骚”的谓语；“长宜”是连下读的，它是“放眼量”的状语。“肠断”连念，是“防”的宾语；“放眼”连念，是“量”的状语，二者的语法结构也不相同。

由上一些例子看来，可见对仗是不能太拘泥于句型相同的。一切形式要服从思想内容，对仗的句型也不能例外。

四、炼句

炼句是修辞问题，同时也常常是语法问题。诗人们最讲究炼句，把一个句子炼好了，全诗为之生色不少。

炼句，常常也就是炼字。就一般地说，诗句中最重要的一个字就是谓语的中心词（称为“谓词”）。把这个中心词炼好了，这是所谓一字千金，诗句就变为生动的、形象的了。著名的“推敲”的故事正是说明这个道理的。相传贾岛在驴背上得句“鸟宿池边树，僧敲月下门”。他想用“推”字，又想用“敲”字，犹豫不决，用手作推敲的样子，不知不觉地冲撞了京兆尹韩愈的前导，韩愈问明白了，就替他决定了用“敲”字。这个“敲”字，也正是谓语的中心词。

谓语中心词，一般是用动词充当的。因此，炼字往往也就是炼动词。现在试举一些例子来证明。

李白《塞下曲》第一首：“晓战随金鼓，宵眠抱玉鞍。”“随”和“抱”这两个字都锤炼得很好。鼓是进军的信号，所以只有“随”字最合适。“宵眠抱玉鞍”要比“伴玉鞍”“傍玉鞍”等说法好得多，因为只有“抱”字才能显示出枕戈待旦的紧张情况。

杜甫《春望》第三、四两句：“感时花溅泪，恨别鸟惊心。”“溅”和“惊”都是炼字。它们都是动词：花使泪溅，鸟使心惊。春来了，鸟语花香，本来应该欢笑愉快；现在由于国家遭逢丧乱，一家流离分散，花香鸟语只能使诗人溅泪惊心罢了。

毛泽东《菩萨蛮·黄鹤楼》第三、四两句：“烟雨莽苍苍，龟蛇锁大江。”“锁”字是炼字。一个“锁”字，把龟蛇二山在形势上的重要地位充分地显示出来了，而且非常形象。

假使换成“夹大江”之类，那就味同嚼蜡了。

毛泽东《清平东·六盘山》后阕前两句：“六盘山上高峰，红旗漫卷西风。”“卷”字是炼字。用“卷”字来形容红旗迎风飘扬，就显示了红旗是革命战斗力量的象征。

毛泽东《沁园春·雪》第八、九两句：“山舞银蛇，原驰蜡象。”“舞”和“驰”是炼字。本来是以银蛇形容雪后的山，蜡象形容雪后的高原，现在说成“山舞银蛇，原驰蜡象”，静态变为动态，就变成了诗的语言。“舞”和“驰”放到蛇和象的前面去，就使生动的形象更加突出。

毛泽东七律《长征》第三、四两句：“五岭逶迤腾细浪，乌蒙磅礴走泥丸。”“腾”和“走”是炼字。从语法上说，这两句也是倒装句，本来说的是细浪翻腾、泥丸滚动，说成“腾细流”“走泥丸”就更加苍劲有力。红军不怕远征难的革命气概被毛主席用恰当的比喻描写得十分传神。

形容词和名词，当它们被用作动词的时候，也往往是炼字。

杜甫《恨别》第三、四两句：“草木变衰行剑外，干戈阻绝老江边。”“老”字是形容词当动词用。诗人从爱国主义的情感出发，慨叹国乱未平，家人分散，自己垂老滞留在锦江边上。这里只用一个“老”字就充分表达了这种浓厚的情感。

毛泽东《沁园春·长沙》后阕第七、八、九句：“指点江山，激扬文字，粪土当年万户侯。”“粪土”二字是名词当动词用。毛主席把当年的万户侯看成粪土不如，这是蔑视阶级敌人的革命气概。“粪土”二字不但用得恰当，而且用得简练。

形容词即使不用作动词，有时也有炼字的作用。王维《观猎》第三、四两句：“草枯鹰眼疾，雪尽马蹄轻。”这两句话共有四个句子形式，“枯”“疾”“尽”“轻”都是谓语。但是，“枯”与“尽”是平常的谓语，而“疾”与“轻”是炼字。草枯以后，鹰的眼睛看得更清楚了，诗人不说看得清楚，而说“快”（疾），“快”比“清楚”更形象。雪尽以后，马蹄走得更快了，诗人不说快，而说“轻”，“轻”比“快”又更形象。

以上所述，凡涉及省略（不完全句）涉及语序（包括倒装句），涉及词性的变化，涉及句型的比较等，也都联系到语法问题。古代虽没有明确地规定语法这个学科，但是诗人们在创作实践中经常地接触到许多语法问题，而且实际上处理得很好。我们今天也应该从语法角度去了解旧体诗词，然后我们的了解才是全面的。

第五章 对联基础知识

第一节 对联之格律

对联，又叫楹联，俗称对子，是我国特有的一种汉语言文学艺术形式，为社会各阶层人士所喜闻乐见。对联格律，概括起来，是六大要素，又叫“六相”，分叙如下。

一是字数要相等。

上联字数等于下联字数。长联中上下联各分句字数分别相等。有一种特殊情况，即上下联故意字数不等，如民国时某人讽袁世凯一联：

袁世凯 千古；
中国人民万岁。

上联“袁世凯”三个字，下联“中国人民”四个字，意思是袁世凯对不起中国人民。

对联中允许出现叠字或重字，叠字与重字是对联中常用的修辞手法，只是在重叠时要注意上下联相一致。如明代顾宪成题无锡东林书院联：

风声、雨声、读书声，声声入耳；
家事、国事、天下事，事事关心。

但对联中应尽量避免“同位重字”和“异位重字”。所谓同位重字,就是以同一个字在上下联同一个位置相对。所谓异位重字,就是同一个字出现在上下联不同的位置。不过,有些虚词的同位重字是允许的,如杭州西湖葛岭联:

桃花流水之曲;

绿荫芳草之间。

上下联“之”字同位重复,但因为是虚字,是可以的。不过,有一种比较特殊的“异位互重”格式是允许的(称为“换位格”),如林森挽孙中山先生联:

一人千古;

千古一人。

二是词性相当。

在现代汉语中,有两大词类,即实词和虚词。前者包括:名词(含方位词)、动词、形容词(含颜色词)、数词、量词、代词六类。后者包括副词、介词、连词、助词、叹词、象声词六类。词性相当指上下联同一位置的词或词组应具有相同或相近词性。首先是“实对实,虚对虚”规则,这是一个最为基本,含义也最宽泛的规则。某些情况下只需遵循这一点即可。其次词类对应规则,即上述十二类词各自对应。大多数情况下应遵循此规则。再次是义类对应规则,义类对应,指将汉字中所表达的同一类型的事物放在一起对仗。古人很早就注意到这一修辞方法。特别是将名词部分分为许多小类,如.天文(日月风雨等)、时令(年节朝夕等)、地理(山风江河等)、宫室(楼台门户等)、草木(草木桃李等)、飞禽(鸡鸟凤鹤等)等等。最后是邻类对应规则,即门类相临近的字词可以互相通对。如天文对时令、天文对地理、地理对宫室等。

三是结构相称。

所谓结构相称，指上下联语句的语法结构（或者说其词组和句式之结构）应当尽可能相同，也即主谓结构对主谓结构、动宾结构对动宾结构、偏正结构对偏正结构、并列结构对并列结构，等等。如李白题湖南岳阳楼联：

水天一色；

风月无边。

此联上下联皆为主谓结构。其中，“水天”对“风月”皆为并列结构，“一色”对“无边”皆为偏正结构。但在词性相当的情况下，有些较为近似或较为特殊的句式结构，其要求可以适当放宽。

四是节奏相应。

就是上下联停顿的地方必须一致。如：

莫放 春秋 佳日过；

最难 风雨 故人来。

这是一副七字短联，上下联节奏完全相同，都是“二二三”。比较长的对联，节奏也必须相应。

五是平仄相谐。

上下联平仄相反。一般不要求字字相反，但应注意：上下联尾字（联脚）平仄应相反，并且上联为仄，下联为平；词组末字或者节奏点上的字应平仄相反；长联中上下联每个分句的尾字（句脚）应平仄相反。

1.汉语的平仄和节奏

汉语平仄，说穿了就是按照汉字的四声来区分，平仄声不同的字交替使用，以达到音韵谐调，读起来抑扬顿挫琅琅上口。汉字四声有新四声和旧四声之分。现代汉语的四声为阴平、阳平、上声、去声。阴平、阳平声调不高不低，不升不降，读时可以拉长声；而上声、去声的声调有高有低，有升有降，且声音短促。人们把阴平、阳平划归平声；把上声、去声划归仄声，这就是平、仄声的区别。古汉语四声为平、上、去、入，其平声在现代汉语中分解为阴平、阳平二声，上、去二声与现代汉语一致，只有入声已消失，但在我国某些地区，如上海、广东，山西等地还部分地保留着。古代汉语平、仄的划分是平声属平声，上、去、入声属仄声。

要按照联律之要求写对联，除了明白什么是平仄以外，最好再了解点语音节奏方面的知识。何谓节奏，节奏即有规律的重复。世界上许多事物都具有节奏性，如山势的起伏、海潮的涨落、人肺的呼吸以及走路时脚步之起落等。节奏可以给人以快感和美感。对联属于语言艺术，汉语语音本身就具有节奏性，所以对联在读法上也同样具有节奏性。下面我们通过一副例联来分析一下其中的节奏：

对江楼阁 参天 立
全楚山河 缩地 来

这是武汉黄鹤楼上的一副七言联，联中每两字或一字划为一个音步，这样读起来具有明显的节奏感。原来，汉字每一字就是一个音节，每两字或一字构成一个音步，这是联句、诗句的一种节奏规律。四言的音步为二二式；五言音步为二二一式；七言为二二二一式，余者类推。每一音步的第二字（单音步者即本字）处在节奏点上，可展现语音特色，尤为重要。明白了语音节奏是什么，再谈平仄就容易理解了。

2. 对联平仄要求

为方便创作，下面列举一些常见的对联平仄格式（为表示音步所在位置，中间留出空格）：

三言联：平平　仄
　　　　仄仄　平

例　联：重阳谷
　　　　端午桥

四言联：平平 仄仄
　　　　仄仄 平平

例　联：风舒 柳眼
　　　　雪积 梅腮

五言联：

（一）平平 平仄 仄
　　　仄仄 仄平 平

例　联：渔歌 随浪 涌
　　　　海货 与山 齐

（二）仄仄 平平 仄
　　　平平 仄仄 平

例　联：生意 春前 草

财源 雨后 泉

六言联：仄仄 平平 仄仄

平平 仄仄 平平

例　联：紫燕 黄莺 布谷

红梅 绿柳 迎春

七言联：仄仄 平平 平仄 仄

平平 仄仄 仄平 平

例　联：秋月 春风 常得 句

山容 水态 自成 图

平平仄仄 平平 仄

仄仄平平 仄仄 平

例联：　东风气暖 来阳 鸟

细雨春深 发杏 花

八言联：仄仄平平 平平 仄仄

平平仄仄 仄仄 平平

例　联：爆竹一声 人间 改岁

梅花数点 天下 皆春

由以上所列举的平仄格式可以看出，四言联加上三言联即：“平平仄仄”加“平平仄”；“仄仄平平”加上“仄仄平”可以得出七言联的平仄格式。

而五言联的平仄则是上例七言联前边去掉“平平”“仄仄”的结果，同理，九言联的联律实际等于四言联“平平仄仄”加上五言联“平平平仄仄”，得出“平平仄仄平平平仄仄”；“仄仄平平”加上“仄仄仄平平”，得出“仄仄平平仄仄仄平平”。以此类推，十言联等于四言联加六言联。这是一条规律，我们只要掌握了上边列举的几种平仄格式就可以了，再长的联也可以用上述方法推知。平仄在实际应用中有几条原则需要掌握住：

第一，上联尾字必须用仄声，下联尾字必须用平声；

第二，上下联之间节奏点上须平仄声字对立，否则就叫作“失对”；

第三，凡处在节奏点上的字不能变更平仄，否则就叫“失替”。根据以上所讲的原则，我们不妨找几副病联诊断一下病因何在。

山墅深藏，峰高树古
湖亭遥对，桥曲波皱

很明显，下联最末一个“皱”字读去声，属于仄声字，违反了上述的第一条原则，“下联末字必须用平声”。

三春细雨滋苗壮
一方净土育花红

联的病症在于，上下联节奏点上“春”对“方”、“雨”对“土”、“花”对“苗”三处失对，出现了平对平、仄对仄，违反了第二条原则。

志登高山求精进
刚下学海莫畏难

这副联的立意不错，但上下联都有“失替”之处，若将“山”字换成一个仄声字，“海”字换成平声字就可以了。

3. 关于对联平仄变格和其他

在欣赏对联的过程中，我们会发现有些对联，甚至名家的对联并不完全符合上述平仄格式，这牵涉到平仄的变格问题。例如：

欲共水仙荐秋菊
仄仄平平仄平仄
长留学士住西湖
平平仄仄仄平平

上联末尾“仄平仄”是常见的一种变格形式，已被大家认可，在实际创作中可以这么用。还有的对联音步结构与前例形式不同，如：

于此寻 孔颜 乐处
仄仄平 平平 仄仄
超然得 山水 真机
平平仄 仄仄 平平

其音步是二一二二式，这种音步形式虽不多见，但既已约定俗成，可以备作一格。

此外，关于古今四声的运用问题，当代联家的一致主张是，二者可以并行，但在一副对联中不可杂用。也就是说，同属于古读入声今读平声的字，不允许在一副联内有时当平声用有时当仄声用，必须达到联内的统一。

对联平仄问题不是绝对的，在许多情况下可以变通。如对联中出现叠字、复字、回文、谐趣、音韵等，可以视具体情况而定。有的因联意需要时也可以例外。

六是内容相关。什么是对联？就是既“对”又“联”。上面说到的字数相等、词性相当、结构相同、节奏相应和平仄相谐都是“对”，还差一个“联”。“联”就是要内容相关。一副对联的上下联之间，内容应当相关，如果上下联各写一个不相关的事物，两者不能照映、贯通、呼应，则不能算一副合格的对联，甚至不能算作对联。但对联的任何规则都有例外，“内容相关”也是如此。对联中有两类极特殊的对联。

一类“无情对”，上下联逐字逐词对仗工整，但内容毫不相关（或有似是而非的联系），上下联联意对比能产生意想不到的趣味性。如：

树已半寻休纵斧；

果然一点不相干。

上下联中，树、果、皆草木类；已、然、皆虚字；半、一、皆数字；寻、点、皆转义为动词；休、不、皆虚字；纵、相、皆虚字；斧、干、则为古代兵器。全联以口语对诗句，更显出乎意料之趣味。

二类分咏格诗钟。上下联分别咏出不相干的两个事物；逐字逐词对仗工整；通过联意从某一点上把两件事物关联起来。分咏格诗钟有些类似无情对，还类似谜语，但不同点也很多，有兴趣的联友可做进一步研习。

楹联强调内容相关，但又禁忌同义相对，称为“合掌”。所谓忌同义相对，指上下联相对的语句，其意思应尽量避免雷同，如“旭日”对“朝阳”、“史册”对“汗青”、“神州千古秀”对“赤县万年春”、“生意兴隆通四海”对“财源茂盛达三江”等，就属合掌。当然，个别非中心词语的合掌，或者合掌部分在联中比重很小，无伤大雅。

对联谱的一般规则：

启功先生在《诗文声律论稿》中，设计了一种可以任意截取的“平仄竿”，更加形象、易用。这种竿很简单： 平平仄仄平平仄仄平平仄仄…… 无限延伸下去，可以截出各种律句来。

常江先生把这个“双节平仄竿”借来，再制一根“单节平仄竿”：

平仄平仄平仄平仄平仄平仄……

来截取对联的平仄。同时引入律句中大体上“一三五（字）不论”的原则。这样，便可以得出律句平仄的总规律。

启功先生的发明，对于了解律诗的平仄的确是“更加形象、易用”。但常江先生这种“单节平仄竿”，连同启功先生的“双节平仄竿”一起用到对联上，却并不妥当。

第一种

这是一个上联句脚公式。从后往前截——

每边一句：仄

每边二句：平仄

每边三句：平平仄

每边四句：仄平平仄

每边五句：仄仄平平仄

每边六句：平仄仄平平仄

每边七句：平平仄仄平平仄

每边八句：仄平平仄仄平平仄

每边九句：仄仄平平仄仄平平仄

每边十句：平仄仄平平仄仄平平仄

每边十一句：平平仄仄平平仄仄平平仄

每边十二句：仄平平仄仄平平仄仄平平仄

每边十三句：仄仄平平仄仄平平仄仄平平仄

……这个省略号意味着，如果有九句，则首句句脚平仄还是仄；如果有十句，则首句句脚平仄又为平，等等。

下联平仄相反。

每边一句：平

每边二句：仄平

每边三句：仄仄平

每边四句：平仄仄平

每边五句：平平仄仄平

每边六句：仄平平仄仄平

每边七句：仄仄平平仄仄平

每边八句：平仄仄平平仄仄平

每边九句：平平仄仄平平仄仄平

每边十句：仄平平仄仄平平仄仄平

每边十一句：仄仄平平仄仄平平仄仄平

每边十二句：平仄仄平平仄仄平平仄仄平

每边十三句：平平仄仄平平仄仄平平仄仄平

……这个省略号意味着，如果有九句，则首句句脚平仄还是平；如果有十句，则首句句脚平仄又为仄。等等。

第二种

这是一个上联句脚公式。从后往前截——

每边一句: 仄

每边二句: 仄仄

每边三句: 平仄仄

每边四句: 平平仄仄

每边五句: 仄平平仄仄

每边六句: 仄仄平平仄仄

每边七句: 平仄仄平平仄仄

每边八句: 平平仄仄平平仄仄

每边九句: 仄平平仄仄平平仄仄

每边十句: 仄仄平平仄仄平平仄仄

每边十一句: 平仄仄平平仄仄平平仄仄

每边十二句: 平平仄仄平平仄仄平平仄仄

每边十三句: 仄平平仄仄平平仄仄平平仄仄

……这个省略号意味着, 如果有九句, 则首句句脚平仄是仄; 如果有十句, 则首句句脚平仄还是仄, 等等。

下联平仄相反。

每边一句: 平

每边二句: 平平

每边三句: 仄平平

每边四句: 仄仄平平

每边五句: 平仄仄平平

每边六句: 平平仄仄平平

每边七句：仄平平仄仄平平

每边八句：仄仄平平仄仄平平

每边九句：平仄仄平平仄仄平平

每边十句：平平仄仄平平仄仄平平

每边十一句：仄平平仄仄平平仄仄平平

每边十二句：仄仄平平仄仄平平仄仄平平

每边十三句：平仄仄平平仄仄平平仄仄平平

……这个省略号意味着，如果有九句，则首句句脚平仄是平；如果有十句，则首句句脚平仄还是平，等等。

第二节　对联之习俗

对联作为一种习俗，是中华民族优秀传统文化的重要组成部分。2005年国务院把楹联习俗列为第一批国家非物质文化遗产名录，有关介绍和评定文字如下。

楹联习俗源于我国古代汉语的对偶现象，西晋时期（290年左右），出现合律讲究的对句，可视为其形成的重要标志。在一千七百余年的历史传衍过程中，楹联与骈赋、律诗等传统文体形式互相影响、借鉴，历北宋、明、清三次重要发展时期，形式日益多样，文化积淀逐渐丰厚。楹联有偶语、俪辞、联语等通称，以“对联”称之，则肇始于明代。

楹联以“副”为量词，一般以两行文句为一副，并列竖排展示，自上而下读，先右后左，右边为上联，左边为下联。楹联属格律文学，有种种讲究，但无字数和句数的限制，少则一字，多至千言。上下对举、字数相等、词性相同、平仄相对、辞法相应、节律对拍、形对义联是其文体特性，其中尤以声律的平仄与词性的对仗为关捩。楹联言简意赅，雅俗共赏，人称“诗中之诗”。

楹联以文字为内容、以书法为载体，制品种类繁多，包括纸裱、镜框、木刻、石刻、竹刻等。在楹联发展过程中，出现了大量的相关著述，各类楹联典籍数以万计。

楹联应用广泛，除名胜宫殿、亭台楼阁、厅堂书屋悬挂外，还广泛应用于节庆、题赠、祝贺、哀挽、陵墓等场合。依据功用之不同，它可分为春联、寿联、风景名胜联、自题联及各种技巧联等。

楹联习俗在华人乃至全球使用汉语的地区以及与汉语汉字有文化渊源的民族中传承、流播，对于弘扬中华民族文化有着重大价值。

对联习俗主要包括以下四种。

1.春联习俗

春联古称春贴，是一年一度新春佳节时书写张贴的一种时令对联。春联习俗起源于五代，至宋代已成形，明代已很普遍。在湖南，贴春联是春节文化中的一种重要习俗。春联具有祝颂性、时效性和针对性特点，并突出一个"春"字。春联的种类比较多，依其使用场所，可分为门心、框对、横批、春条、斗斤等。"门心"贴于门板上端中心部位；"框对"贴于左右两个门框上；"横披"贴于门媚的横木上；"春条"根据不同的内容，贴于相应的地方；"斗斤"也叫"门叶"，为正方菱形，多贴在家具、影壁中。

2.婚联习俗

婚联是为庆贺结婚之喜而撰写对联，通常张贴于婚娶之家的大门、洞房门、厅堂或妆奁堂上。其内容多是对结婚双方的热情赞美和良好祝福，带有浓烈的吉祥、喜庆色彩。

3.寿联习俗

寿联是为过寿的人祝寿专用的对联，其内容一般是评赞过寿者的功业才能、道德文章、祝福过寿者多福高寿，美满幸福，具有热烈而庄重尊敬的感情色彩。

4.挽联习俗

挽联，有的地方叫丧联，系由挽词演变而来，是一种人们用于对先人、死者表示缅怀、寄托哀思的对联。往往贴在门口、骨灰盒两侧、追悼会会场两侧、花圈上，一般用白纸配黑字，具有肃穆、庄严和沉痛的感情色彩。透过联语，唤起人们对死者的追念和尊敬之情。

第三节　对联之起源

哲学探源。楹联者，对仗之文学也。这种语言文字的平行对称，与哲学中所谓“太极生两仪”，即把世界万事万物分为相互对称的阴阳两半，在思维本质上极为相通。因此，我们可以说，中国楹联的哲学渊源及深层民族文化心理，就是阴阳二元观念。阴阳二元论，是古代中国人世界观的基础。以阴阳二元观念去把握事物，是古代中国人思维方法。这种阴阳二元的思想观念渊源甚远，《易经》中的卦象符号，即由阴阳两爻组成，《易传》谓：“一阴一阳之谓道。”老子也说：“万物负阴而抱阳，冲气以为和。”荀子则认为：“天地合而万物生，阴阳合而变化起。”《黄老帛书》则称：“天地之道，有左有右，有阴有阳。”这种阴阳观念，不仅是一种抽象概念，而且广泛地浸润到古代中国人对自然界和人类社会万事万物的认识和解释中。《周易·序卦传》：“有天地然后有万物，有万物然后有男女，有男女然后有夫妇，有夫妇然后有父子，有父子然后有君臣，有君臣然后有上下，有上下然后有礼仪有所措。”《易传》中，分别以各种具体事物象征阴阳二爻。阴代表坤、地、女、妇、子、臣、腹、下、北、风、水、泽、花、黑白、柔顺等；与此相对应，阳则代表乾、天、男、父、君、首、上、南、雷、火、山、果、赤黄、刚健等。这种无所不在的阴阳观念，深入到了汉民族的潜意识之中，从而成为一种民族的集体无意识。而阴阳观念表现在民族心理上，重要的特征之一，就是对以“两”“对”的形式特征出现的事物的执着和迷恋。“物生在两……，体有左右，各有妃耦。”（《左传·昭公三十二年》）“天下的道路，只是一个包两个。”（《朱子语类》卷九十三）“成熟、新生，二者于义为对。对待之文，自太极出两仪后，无事无物不然；日用、寒暑、昼夜，以及人事之万有——生死、贵贱、贫富、尊卑、上下、长短、远近、新旧、大小、香臭、深浅、明暗，种种两端，不可枚举。”（叶燮：《原诗》外篇）这种根源于阴阳二元论世界观偏爱成双结对的民族心理，是对偶句式得以产生并流行的深层原因之一。前人的许多论述，也注意到了这种联系。《文心雕龙·丽辞》：“造物赋形，支体必双；神理为用，事不孤立。夫心生文辞，运裁百虑。高下相须，自然成对。……体植必两，辞动有配……”

语言寻根。一副标准的楹联，它最本质的特征是“对仗”。当它用口头表达时，是语言对仗，当它写出来时，是文字对仗。语言对仗的含义是什么呢？通常我们提到要求字数相等、词性相对、平仄相拗、句法相同这四项，四项中最关键的是字数相等和平仄相拗，这里的字数相等，不同于英语的“单词数”相等，其实质上是“音节”相等。即一个音节对应一个音节。在英语中，单词“car”与“jeep”在数量上是相等的，但音节不相等。而汉语“kǎchē”与“jīpǔ”，数量相等又音节相等。汉语之所以能实现“音节”相等，是因为汉语是以单音节为基本单位的语言。音节、语素、文字三位一体。汉语每个音节独立性强，都有确定的长度和音调，音调古有平、上、去、入四声，今有阳平、阴平、上声、去声四声，皆分平仄两大类。平对仄即谓相拗。这样，汉语的语素与语素之间（即字与字之间）就能建立起字数相等、平仄相谐的对仗关系。而英语中，即使事物的名称、概念能够相对，单词的数量和词性能够相对，两个句子的句式能够相对，但其音节长短不一，独立性弱，可自由拼读，又无声调，故无法相对。楹联大多数是写成文字，并且很多时候还要书写、悬挂或镌刻在其他建筑物或器物上。因此，楹联对仗的第二层即是所谓文字相对。文字相对意味着楹联不仅是语言艺术，又是装饰艺术。作为装饰艺术的一副楹联，要求整齐对称，给人一种和谐对称之美。汉字又恰好具备实现整齐对称的条件，它是以个体方块形式而存在的，方方正正，整整齐齐，在书写中各自占有相等的空间位置。它具有可读性，又具有可视性。其方块构形，既有美学的原则，又包含着力学的要求。它无论是横写与竖排，都能显得疏密有致，整齐美观。而英文呢，它是拼音文字，每个单词长短不一，只表音，不表义，更无可视性，只能横排，不能竖排，无法从形体上实现真正的对称。

下面试举两个意思相同的中英文对偶句进行比较，以进一步说明为何只有汉语才有真正的对仗，而英文和其他拼音文字则不能。

英文：（莎士比亚名言，按楹联形式排列）

Think good thoughts;

Write good words.

中文：

构佳思；

写妙句。

英文“上、下联”单词数相等、词性相同、句式也相同，但音节不相等。读起来，因其无声调，上下联都是一个声音面貌，没有平仄相间带来的抑扬顿挫。至于书写上，“下联”比“上联”少了两个字母的位置，故全不对称。读者或许会想，能不能找出和写出一个英文对偶句，在单词数相等、词性相同、句式相同的基础上音节也相等，书写空间（字母数相等）也相等呢？不能说绝对不能，但因英文的音节、文字、语素不是三位一体的，实际操作起来只能是顾此失彼，即使莎翁这个对偶句，在英语中都是极其罕见的。而中文的“构佳思；写妙句”情况就不同了。你看，字数相等，词性相同，句式相对，音节相等，平仄基本相谐，书写起来则完全整齐对称。因此，英文“think good thoughts; write good word.”不是楹联，而中文“构佳思；写妙句。”则可称为楹联。

对仗之路。从文学史的角度看，楹联系从古代诗文辞赋中的对偶句逐渐演化、发展而来。这个发展过程大约经历了三个阶段。

第一阶段为对偶阶段，时间跨度为先秦、两汉至南北朝。 在我国古诗文中，很早就出现了一些比较整齐的对偶句。流传至今的几篇上古歌谣已见其滥觞。如“凿井而饮，耕田而食”“日出而作，日入而息”之类。至先秦两汉，对偶句更是屡见不鲜。《易经》卦爻辞中已有一些对偶工整的文句，如："渺能视，跛能履。"（《履》卦"六三"）、"初登于天，后入于地。"（《明夷》卦"上六"）《易传》中对偶工整的句子更常见，如："仰以观于天文，俯以察于地理。"（《系辞下传》）"同声相应，同气相求，水流湿，火就燥，云从龙，风从虎……则各从其类也。"（乾·文言传）成书于春秋时期的《诗经》，其对偶句式已十分丰富。刘麟生在《中国骈文史》中说："古今作对之法，《诗经》中殆无不毕具"。他列举了正名对、同类对、连珠对、双声对、叠韵对、双韵对等各种对格的例句。如："青青子衿，悠悠我心。"（《郑风·子衿》）、"山有扶苏，隰有荷花。"（《郑风·山有扶苏》）《道德经》其中对偶句亦多。刘麟生曾说："《道德经》中裁对之法已经变化多端，有连环对者，有参差对者，有分字作对者。有复其字作对者。有反正作对者。"（《中国骈文史》）如："信言不美，美言不信。善者不辩，辩者不善。"（八十一章）、"独立而不改，周行而不殆。"（二十二章） 再看诸子散文中的对偶句。如："满招损，谦受益"（《尚书·武成》）、"乘肥马，衣轻裘"（《论语·雍也》）、"君子坦荡荡，小人长戚戚。"（《论语·述而》）等。 辞赋兴起于汉代，是一种讲究文采和韵律的新兴文学样式。对偶这种具有整齐美、对比美、音乐美的修辞手法，开始普遍而自觉地运用于赋的创作中。如司马相如的《子虚赋》中有："击灵鼓，起烽燧；车按行，骑就队。"

五言诗产生于汉代，至魏晋达到顶峰。其中对偶句亦较多运用。汉乐府中对偶句更趋工整，俨如后代律诗中的联句。如："少壮不努力，老大徒伤悲。"（《长歌行》）、"朔气传金柝，寒光照铁衣。将军百战死，壮士十年归。"（《木兰辞》） 在上述各种文体中，对偶句有以下三个特点：

一是它仅作为一种修辞手法来运用，并非文体的格律要求；

二是字数多从三字到七字之间；

三是对仗很宽松，字数、词性、句式大体能相对，但缺乏平仄的对仗。这正如朱光潜先生所言："意义的排偶较早起，声音的对仗是从它推演出来的。"（《朱光潜美学文集》第十二章）

第二阶段是骈偶阶段。骈体文起源于东汉的辞赋，兴于魏晋，盛于南北朝。骈体文从其名称即可知，它是崇尚对偶，多由对偶句组成的文体。这种对偶句连续运用，又称排偶或骈偶。刘勰在《文心雕龙·明诗》评价骈体文是"俪采百字之偶，争价一句之奇"。初唐王勃的《滕王阁序》一段为例：

时维九月，序属三秋。潦水尽而寒潭清，烟光凝而暮山紫。俨骖騑于上路，访风景于崇阿。临帝子之长洲，得仙人之旧馆。层台耸翠，上出重霄；飞阁流丹，下临无地。鹤汀凫渚，穷岛屿之萦回；桂殿兰宫，列冈峦之体势。披绣闼，俯雕甍，山原旷其盈视，川泽盱其骇瞩。闾阎扑地，钟鸣鼎食之家；舸舰迷津，青雀黄龙之轴。虹销雨霁，彩彻区明。落霞与孤鹜齐飞，秋水共长天一色。渔舟唱晚，响穷彭蠡之滨；雁阵惊寒，声断衡阳之浦。

全都是用对偶句组织，其中“落霞与孤鹜齐飞，秋水共长天一色”更是千古对偶名句。这种对偶句（即骈偶）是古代诗文辞赋中对偶句的进一步发展，它有以下三个特点：一是对偶不再是纯作为修辞手法，已经变成文体的主要格律要求。骈体文有三个特征，即四六句式、骈偶、用典，此其一。二是对偶字数有一定规律。主要是“四六”句式及其变化形式。主要有四字对偶，六字对偶，八字对偶，十字对偶，十二字对偶。三是对仗已相当工巧，但其中多有重字（“之、而”等字），声律对仗未完全成熟。

第三阶段是律偶阶段。律偶，格律诗中的对偶句。这种诗体又称近体诗，正式形成于唐代，但其溯源，则始于魏晋。曹魏时，李登作《声类》十卷，吕静作《韵集》五卷，分出清、浊音和宫、商、角、徵、羽诸声。另外，孙炎作《尔雅音义》，用反切注音，他是反切的创始人。但魏晋之际，只以宫、商之类分韵，还没有四声之名。南北朝时，由于受佛经“转读”的启发和影响，创立了四声之说，撰作声谱，借转读佛经声调，应用于中国诗文，遂成平、上、去、入四声。其间，周颙作《四声切韵》，沈约作《四声谱》，创“四声”“八病”之说，并根据诗歌要求有节奏感和音乐美的特点，经过创作实践的摸索，总结出诗歌必须“五字之中，音韵悉异，两句之内，角徵不同”的原则。于是，诗文的韵律日益严格。对偶句的格律由骈偶发展成为律偶。在沈约、谢朓的“永明体”诗中已有比较工整的律偶。如：“云去苍梧野，水还江汉流。”（谢朓《新亭诸别范零陵云》） 如“艾叶弥南浦，荷花绕北楼。”（沈约《休沐寄怀》）等。从齐梁“四声”“八病”说盛行之后，再把四声二元化，分为平（平声）、仄（上、去、入声）两大类，既有了平仄的概念，又逐步总结出每句诗的平仄应有变化，每句诗与每句诗之间的平仄也应有变化的“调平仄术”和联结律诗的“粘法”；同时，又发现每句诗用五、七字比用四、六字更富有音乐美，节奏也更加有变化；在一首诗中，骈偶句与散体句并用，又能显示出语言的错综美。就这样，从齐梁时略带格律的“新体诗”，经过一百多年的发展，到了唐代，律诗达到了严格精密的阶段，成为唐诗的主要形式之一。一般的五、七言律诗，都是八句成章，中间二联，习称颔联和颈联，必须对仗，句式、平仄、意思都要求相对。这就是标准的律偶。举杜甫《登高》即可见一斑：

风急天高猿啸哀，渚清沙白鸟飞回。
无边落木萧萧下，不尽长江滚滚来。
万里悲秋常作客，百年多病独登台。
艰难苦恨繁双鬓，潦倒新停浊酒杯。

这首诗的颔联和颈联，“无边落木萧萧下，不尽长江滚滚来。”“万里悲秋常作客，百年多病独登台”对仗极为工稳。远胜过骈体文中的骈偶句。除五、七言律诗外，唐诗中还有三韵小律、六律和排律，中间各联也都对仗。律偶也有三个特征：

一是对仗作为文体的一种格律要求运用；

二是字数由骈偶句喜用偶数向奇数转化，最后定格为五、七言；

三是对仗精确而工稳，声律对仗已成熟。

综上所述，汉文学的对偶句式历经了至少两三千年，经由排偶、骈偶、律偶三个阶段，“对称原则由意义推广到声音方面”（《朱光潜美学文集》第十二章），到盛唐已发展至尽善尽美。唐代诗人的对仗技巧已炉火纯青。如果把楹联比喻成孕育在诗文母体中的胎儿，那么此时的胎儿已发育成熟，即将呱呱坠地了。

第四节　对联之特征

季世昌、朱净之先生在《中国楹联学》中曾把楹联的特征概括为鲜明的民族性，强烈的时代性，严密的格律性，高度的概括性和广泛的实用性。鲜明的民族性是指楹联极为鲜明地体现着我们自己的民族传统和民族风貌。强烈的时代性是指楹联像一切文学形式一样，必然打上时代的印记。严密的格律性是指楹联有自己的独特格律。高度的概括性是指楹联具有比其他文学形式具有更强、更大的艺术概括力，它往往能以极其有限的文字反映深广的生活内容。广泛的实用性是指楹联普遍地运用到社会生活之中，可谓各行各业、各色人等，各种场合，无所不用，无所不在，无所不见。

傅小松的《中国楹联特征论略》则把楹联的特征概括为五个对立统一。

独特性和普遍性的统一。人们普遍认为楹联是中国最独特的一种文学形式，其独特性究竟表现在哪里呢？主要表现在结构和语言上。楹联可称之为“二元结构”文体。一副标准的对联，总是由相互对仗的两部分所组成，前一部分称为“上联”，又叫“出句”“对头”“对公”；后一部分称为“下联”，又叫“对句”“对尾”“对母”。两部分成双成对。只有上联或只有下联，只能算是半副对联。当然，许多对联，特别是书写悬挂的对联，除了上联、下联外，还有横批。横批是对联中一个有机组成部分，它往往是对全联带有总结性、画龙点睛或与对联互相结合的文字，一般是四个字，也有两个字、三个字、五个字或七个字的。从语言上看，楹联的语言既不是韵文语言，又不是散文语言，而是一种追求对仗和富有音乐性的特殊语言。楹联这种特殊的“语言——结构”方式，完全取决于汉语言及其文字的特殊性质。这种“语言——结构”的独特性使得楹联创作在构思、立意、布局、谋篇上迥异于其他文学形式。同样的客观对象和内容，楹样总是设法从两个方面、两个角度去观察和描述事物，并且努力把语言“整形”规范到二元的对称结构之中去。

楹联具有上述的独特性，但是，楹联仍是一种文学形式，具有文学的一般性和普遍性特征。它也是一种用语言塑造文学形象，反映社会生活、表达思想感情的艺术。它具有文学的形象性、真实性和倾向性等特点，也具有文学的认识作用、教育作用和审美功能。楹联可叙事、可状物、可抒情、可议论。如悼念死者，可写祭文，可写挽诗，也可写挽联，这说明楹联是文学大家庭中的一员，只是形式独特而已。

寄生性和包容性的统一。所谓寄生性，指楹联本从古文辞赋的骈词俪语派生发展而来，小而言之，它就是一对骈偶句，因此，它能寄生于各种文体之中。诗、词、曲、赋、骈文，乃至散文、戏剧、小说，哪一样中又没有工整的对偶句呢？但反过来，楹联又具有极大的包容性。它可以兼备其他文体的特征，吸收其他文体的表现手法，尤其是长联和超长联，简直能集中国文体技法之大成。诸如诗之精炼蕴藉，赋的铺陈夸张，词之中调长调，曲的意促爽劲，散文的自由潇洒，经文的节短韵长等等，皆兼收并蓄，熔铸创新。

楹联如词者如清许太眉题上海嘉定花神庙联：

海棠开后，燕子来时，良辰美景奈何天。芳草地，我醉欲眠。00棣花风，尔且慢到；

碧懈倾春，黄金买夜，寒食清明都过了。杜鹃道，不如归去。㖞流莺说：少住为佳。

此联实可当作一首清新秀美、温软伤怀的词来读。

楹联如曲者如清佚名讽某知府联：

见州县则吐气，见藩臬则低眉，见督抚大人茶话须臾，只解说㖞几个："是！是！是！"

有差役为爪牙，有书吏为羽翼，有地方绅董袖金贿赠，不觉的㖞说一声："呵！呵！呵！"

此联的口语化和谐谑意味，颇有曲的味道，刻画封建官僚丑态，惟妙惟肖。

楹联像散文者，如佚名题山东济南千佛山北极台联：

出门一瞧，数十里图画屏风，请看些梵宇僧楼，与丹枫翠柏相间，红的火红，白的雪白，青的靛青，绿的碧绿；

归台再想，几千年江山人物，回溯那朱门黄阁，和茅屋蓬扉接壤，名者争名，利者夺利，圣者益圣，庸者愈庸。

甚至连经文的独特文风也运用楹联之中，试看佚名题江苏镇江金山寺斋堂联：

一屋一椽，一粥一饭，檀越膏脂，行人血汗，尔戒不持，尔事不办，可惧，可忧，可嗟，可叹；

一时一日，一月一年，流水易度，幼影非坚，凡心未尽，圣果未圆，可惊，可怕，可悲，可怜。

实用性和艺术性的统一。如前所述，楹联是中国古典文学形式的一种，理所当然具有文学性和艺术性，它以诗、词、曲等前所未有的灵活体现了中国文字的语言艺术风采。对联之美在于对称、对比和对立统一。王力在《中国古典文论中谈到的语言形式美》一文中说，“中国古典文论中谈到的语言形式美，主要是两件事：第一是对偶，第二是声律”（《龙虫并雕斋文集》第456页）。对联讲究对仗与平仄，集中体现了古典文学的形式美 。北宋词人晏殊有一首名作《浣溪沙》：“一曲新词酒一杯，去年天气旧亭台，夕阳西下几时回。无可奈何花落去，似曾相识燕归来，小园香径独徘徊。”其中，“无可奈何花落去，似曾相识燕归来”，公推是千古名句。正是这个名句使这首词成为晏殊的代表作，并跻身诗词名篇之一。这个名句实际上首先是作为对联创作的。宋胡仔《苕溪渔隐丛话》后集卷二十引《复斋漫录》记载；晏殊一次邀王琪吃饭，谈起他一个上句：“无可奈何花落去”，恨无下句。王琪应声对道：“似曾相识燕归来。”晏殊大喜，于是把这个绝妙对句写进了《浣溪沙》一词。杨慎称这个对句“二语工丽，天然奇偶”。这就是对联的艺术魅力。

楹联的艺术性，可以用当代学者白启寰先生一副对联来概括：

对非小道，情真意切，可讽可歌，媲美诗词、曲赋、文章，恰似明珠映宝玉；

联本大观，源远流长，亦庄亦趣，增辉堂室、山川、人物，犹如老树灿新花。

楹联具有很高的艺术性，同时它又具有极强的实用性。它可以书写、雕刻、张贴、悬挂；可以撰联、赠联、征联、集联；可以用于金石书画、旅游景点、婚丧喜庆、室内设计、舞台道具、新闻标题、广告宣传、章回小说、文字游戏，一句话，它可以渗透到社会各个领域。

楹联这种实用性和文学性的巧妙统一是其他文学形式和应用文完全没有的。形成这种奇妙统一的原因在于楹联本身所具有的其他文学形式没有的特性。由于楹联是由对仗的上、下联两部分组成，具有外在形式的对称美与和谐美，把它书写镌刻于一特定的社会环境、自然环境和人类生活的具体场景中的建筑物、构筑物、搭构物的正门两侧，就能够产生鲜明的装饰美化作用、社会交际作用和宣传广告作用。其用途遍及三教九流，已成为一种正宗的主要的用于庆贺、吊挽、装饰的社会生活应用文。也许有人认为，把诗词刻于墙壁碑林，不也同样可以发挥实用功能吗？不错，但诗词是一个整体，不可能分成两半，以对称形式展列出来，它不能书写于门之两侧。而“门”，则是一个建筑物的中心，是其黄金段位，好比一个人的脸面。挂在大门两侧的楹联和刻在墙壁上的诗词，其实用功能的发挥是有天壤之别的。

通俗性和高雅性的统一。人们常说对联雅俗共赏，这丝毫不假。试想，还有那一种文学形式，像楹联一样，上为学者文人，下为妇人孺子所喜闻乐道，既可走进象牙之塔，又能步入陇亩民间，既是阳春白雪，又是下里巴人呢？这种奇妙的合一究竟是怎么回事呢？原因在于楹联是一种既简单又复杂、既纯粹又丰富的艺术，诚如前所述，楹联的规则并不复杂，尤其是对语言的色彩、风格，对题材、内容都没有什么要求，它一般很短小，又广泛应用于社会生活，不像其他文学形式戴着一副高雅的面孔，它易学、易懂、易记，也不难写。只要对得好，无论语言之俗雅，题材之大小，思想之深浅，皆成对联。但其他文学则未必然。诗尚典雅蕴藉，如“江山一笼统，井上黑窟窿，黄狗身上白，白狗身上肿”之类，只能称之为“打油诗”。一般人是不敢问津诗词的，怕写成打油诗。而楹联，至若逢年过节，家家写之，户户贴之，实为文学中之最通俗者。但是，楹联俗而能雅，而且是大雅。楹联规则简单，形式纯粹，但其对仗、联语，却博大精深，没有止境。短小隽永者，一语天然，非俗手能为；鸿篇巨制者则更是铺锦列绣，千汇万状，如同史诗，非大手笔不能作。那些优秀的风景名胜联，辉映山川古迹，永放异彩；那些著名的哲理格言联，传播四海，流芳百世；那些仁人志士的言志联，慷慨磊落，光耀千秋，岂非大雅乎？

严肃性和游戏性的统一。一般来说，文学和艺术是严肃的，人们反对游戏文学、游戏语言的那种不严肃的创作态度。但对于楹联来说，情况就不同了。楹联历来被很多人视为笔墨游戏，虽为偏见，但也说明了楹联具游戏性的特点。由于楹联追求对仗，自然是对得越工稳，越巧妙越好。这其中既是文学创作，又包含了思维游戏和语言游戏的成分。如果单纯向对得工、对得巧上发展，就纯粹变成了一种语文斗才和思想斗智。事实上，纯以逗乐谐趣、斗智试才为目的游戏性楹联也不少，它往往借助汉字音、形、义某一方面的特殊情况，运用各种修辞手法和别出心裁的奇思异构撰写而成。游戏性楹联在宋代就很普遍了。苏轼就曾经创作过不少游戏性对联，留下了许多趣闻佳话。从他以后，对对子成为文人之间乃至普通百姓中试才斗智的一种主要方式，成为我国传统文化的一部分。明代的朱元璋、刘基、解缙、清代的乾隆、纪昀、都是热衷于游戏性对联的大师。

楹联具有游戏性，但是，这绝不意味着楹联就变成了一种游戏。事实上，楹联能谐能庄，既是一种带游戏性的语言艺术，同时又具有文学的严肃性。那些极为庄重典雅的场合，如名胜古迹、祠墓碑林，如书院会馆、官厅衙署，都书挂楹联。人们以联斗智游戏，也用楹联来抒情言志、评人论史、写景状物。清末有个叫赵藩的，在成都武侯祠题了一联。联云：

能攻心则反侧自消，从古知兵非好战；

不审势即宽严皆误，后来治蜀要深思。

这副楹联既概括了诸葛亮用兵四川的特点，又总览了诸葛亮治理四川的策略，借此提出自己关于正反、宽严、和战、文武诸方面的政见，极富哲理，蕴含深刻的辩证法，发人深思。和历史任何优秀的哲理诗相比，它都毫不示弱。此联问世以来，好评如潮。人们“看中”的，正是此联深刻性和严肃性。毛泽东1958年参观武侯祠时，对此联看得很细，予以高度评价。这就是中国楹联，一种充满矛盾和对立统一的特殊艺术形式。

第五节　对联之文体

楹联的文体归属，是个没有完全谈清说透的问题。有的人认为楹联是一种特殊形式的诗，有的人则认为楹联属骈体文范畴。有人说楹联就是一种应用文，还有人说楹联是民间文学。五花八门，莫衷一是。从中国古代文体的参照系来看，楹联独具一格，别是一家，是一种与诗、词、曲、骈体文等并立的古典格律文学样式。

楹联非诗。前人多把楹联看作韵文大家族中的一员，或者把楹联看作“诗余”，称为“袖珍诗”“诗中之诗”“两行诗”。这种看法经不起推敲。显而易见，楹联无法划归韵文或诗歌范畴。首先，楹联不用韵，而中国传统古典诗歌（韵文）都是押韵的。押韵是韵文最重要的特征。否则，何以言韵文？从四言诗《诗经》、骚体诗、古乐府诗、古诗到近体诗，都是用韵的。可见用韵之于诗，若对仗之于楹联，乃根本法则，楹联既不押韵，何以称诗？再则，从句子看，诗的句子一般是较整饬的。四言诗每句四字，五言、六言、七言每句分别是五、六、七字。古风中个别句子略有长短变化。而楹联则不然，句子长短可任意变化，只要上下联对仗就行。可见，楹联不属于韵文范畴。

楹联非骈文。一些学者把楹联归属骈体文。像原金陵大学刘麟生在其《中国骈文史》中（1937年版）中，把楹联列入第十一章“骈文之支流余裔——联语”。梁启超也说过："在骈俪文里（楹联）原不过是附庸之附庸。"（《痛苦中的小玩意儿》）楹联与骈体文共同的地方无疑是对仗。但显而易见，这二者的对仗是有极大区别的。骈体文的对仗叫骈偶，骈偶句句首句尾的虚词以及共有的句子成分（主语、动词、助动词等）不算在对仗之内。如南北朝刘勰《文心雕龙·情采》："夫能设谟以位理，拟地以置心。""夫能"二字，不算入对仗。而楹联之对仗，则无论虚实，要求严格工稳。再则，骈体文的句子，规定只能是"四六"句式，而楹联，诚如上述，句子字数不受约束。从整个结构上看，骈体文是由一个个平行句子组成，而楹联则两个平行部分（上、下联）组成。楹联与骈体文，颇有形似之处，但终非一体。

楹联别是一家。宋代词刚刚兴盛时，李清照曾指出："词别是一家"，被视为精辟之见。在对待楹联上，也应该承认，它别是一家，而不是诗或骈体文的附庸和支流余裔。

为什么说楹联别是一家？我们可以考察一下中国古典格律文学发展的流变和过程。中国古典文学样式繁多，以往习惯于将之划分为散文和韵文两大类。韵文包括诗、词、曲等，也可通称为"诗歌"。我认为，似可划分为格律文学和非格律文学两大块。非格律文学就是广义上的散文。包括古典散文和古典小说等。所谓散，即不受程式、格律约束。格律文学则包括诗、词、曲、骈体文、赋、韵文（用韵的散文，如某些铭、经、志等）及楹联。从诗经、楚辞、汉赋、六朝骈骊，到唐诗、宋词、元曲、清联，中国古典格律文学不断流变，不断创新，形成多种文体，多种结构，多种格律。以盛唐律诗的形成为分界线，中国古典格律文学大体上经历了建构和解构两大过程。从周秦到盛唐，是格律文学的建构过程。表现为句式字数的增加，句式结构的规范化。句式，从二言开始，到汉代已达七言。《文心雕龙·章句》云：“二言肇于黄世，《竹弹之谣》是也。三言兴于虞时，《元首之诗》是也。四言广于夏年，《洛汭之歌》是也。五言见于周代，《行路之章》是也。六言、七言杂出《诗》《骚》，而体之篇，成于两汉，情数运周，随时代用矣”。齐梁以后，致力于句式结构的规范化。四声的发现和推广，大大促进了规范化进程。到唐代，律诗、律赋的结构已臻于尽善尽美。

从盛唐到清代，则是中国古典格律文学的解构过程。一方面，从乐府、律诗、绝句衍生出 “长短句”。于是“诗”解构为“词”。另一方面，从律诗和骈文剥离出“对仗句”，由律诗单对和骈文偶对，发展为既对又联的两行文学。于是“诗”和“骈文”解构为“联”。显然，楹联是中国古典格律文学在解构和发展中新出现的一大样式。格律文学各有其“律”。诗有“诗律”，词有“词律”，骈文也有“骈律”。楹联则有“联律”，什么是“联律”？可以用两个字概括，即“对仗”。

综上所述，楹联从文体上讲，既不属诗，亦不属骈体文，也不能认为是一种特殊形式的诗或特殊形式的骈体文。它是一种与诗、词、曲、骈体文等并立的又一种古典格律文学样式。

第六节　对联之称谓

楹联,通称对联。《辞海》:楹联,也叫“楹帖”“对联”“对子”。悬挂或粘贴在壁间柱上的联语。楹,即房柱或门柱。过去对联常常刻写在楹柱上,楹联名称由此得来。楹联是对联的雅称,用起来有强调其文学性质的意味。对联是楹联的泛称和俗称。在一般情况下两者可以通用。此外,楹联还有许多别称。具体分述于下。

常用的有以下六种。

1. 联语。这个词有“对联这一语言艺术”之意。如清代前期丁应鼎著《海门联语》。现在将对联称作“联语”也十分普遍。

2. 联句。联句本是旧时作诗方式之一,由两人或多人共作一首,相联成篇,多用于上层饮宴或朋友间的酬答。后常用作对联的别称,意思是对联是由两边字数相等的句子组成的艺术。如清林纾有《春觉斋联句》,俞樾有《曲园联句》,近人萨嘉榘有《林则徐联句类集》,而明朝林兆恩、清朝杨梦鲤等人的联书都只称《联句》。

3. 联对。对联的倒语。语出清梁章钜《楹联续话》:“严问樵官山左时,寅好中联对,多出其手。”如近人蔡郕有《联对作法》、王文儒有《联对大全》,今多用于文章。

4. 对句。本来是指对上他人所出之句,后即作对联别称。如清梁绍王《两般秋雨庵随笔》中云:“尝见有人写对句云：‘拳石画临黄子久，瓶胆花插紫丁香。’”今多用于文章。

5. 对语。对偶词语之意。如清陆以恬《冷庐杂识对语敏捷》云：“对语不难，难在敏捷。”

6. 对子。对联的通俗叫法。写对联叫作对子，对对联叫对对子。

不常用的有以下十二种。

1. 俪言、俪语。本是以对偶形式出现的方辞，后偶作对联代称。俪语，取语句成双配对之意。如清费师洪有《延旭轩俪语》，顾曾烜有《方宧俪语》等。 俪言，犹俪语。如清徐世昌有《藤墅俪言》。

2. 骈言、骈语。义同俪言，由汉魏时的“四六体”骈文演变为对联而名。如骈句：“老当益壮，宁知白首之心；穷且益坚，不坠青云之志。”

3. 偶语、偶句。本指相对私语，后取偶为“相对”之意作对联别称。如近人有《偶语百联》。清梁恭辰《楹联四话》：偶句有多用虚字者，亦自生动可喜。

4. 楹帖、帖子。义同楹联。常用于书名和其他，如清罗昌荃《楹帖采腴》。梁章钜《楹联丛话》：楹帖始于桃符。曲滢生《宋代楹联辑要》：楹联一名帖子。

5. 楹句、楹语，义同楹联。如清末江峰青《里居楹语录》、清杨浚有《冠悔堂楹语》，近人徐鋆有《澹庐楹语》，郑丰稔有《楹语享帚》等。清赵藩有《介庵楹句辑抄》，近人赵式铭《睫巢楹句》《楹句杂录》等。

6. 桃符。由春联源于桃符而得名。清富察敦崇《燕京岁时记·春联》云："春联者，桃符也。"所谓桃符，即把传说中的降鬼大神"神荼"和"郁垒"的名字，分别书写在两块桃木板上，悬挂于左右门，以驱鬼压邪。这种习俗至少从汉朝起就有，到了五代，人们才开始把联语题于桃木板上。据《宋史·蜀世家》记载，五代后蜀主孟昶"每岁除，命学士为词，题桃符，置寝门左右"。末年（公元九六四年），学士幸寅逊撰词，昶以其非工，自命笔题云："新年纳余庆，嘉节号长春。"这是我国最早出现的一副春联。宋代以后，民间新年悬挂春联已经相当普遍，王安石诗云："千门万户曈曈日，总把新桃换旧符"。由于对联的出现和桃符有密切的关系，所以古人又称对联为"桃符"。

7. 连语。取上下联相连之意而名，今仅见章太炎取自己的对联书名为《荆汉大师连语》。

8. 联偶。联语上下骈偶，故称。如近人曾国才有联书名《橘园联偶》。

9. 诗余。取对联是诗的变体而名，民国郭立志《曾文正公联语辑录·序》云："联语亦诗余也。"

10. 诗钟。本是兴起于晚清的一种文字游戏，其方法是取意义绝不相同的两个词或分咏，或嵌字。如以尺、蜂为题咏二句："灯下量衣催五夜，房中酿蜜正三春"。因其对仗工整与对联相同而作代称。

11. 小道。因过去对联地位低下所云，庄俞《应用对联粹编》："联语，小道也。"

12. 小品。因对联字数少、篇幅小而称之。陈方镛《楹联新话》：薛慰农……所撰联语小品，亦脍炙人口。

另外，对联还有一些简称，如：楹、对、偶、联，多在特定的语言环境中使用。如《俗语集对》《巧对录》《四书对》等书中的“对”，即指对联。又如《集宋四家词联》《绝妙好联》等书中的“联”，均指对联。除以上这些称谓外，集合性的称呼尚有对锦、对类、偶语、楹镜等。而且小类中尚有一些别称。如集句对，称集联、集对、辑对，集字也称集言，又可据所集内容冠以“集”或“联”，如集陶潜诗句的称集陶，集陆游诗句的称集陆，集经书的称联经，集《庄子》的称联庄等等。亦可不用集、联字而另创名称，如清吕佩芬集唐诗的联书称《采唐集》，何栻集苏轼诗的联书称《纳苏集》。再如挽联，也称挽词、挽句、挽言等，不一而足。

至于联书的名称，根据其性质，更是各式各样。如似诗话的称联话、联趣；存本、汇集本称联存、联录、联辑、联选、联集以至于联萃、联海等；美称更有联瑜、联璧、联珠、联锦、联粹等。

第七节　古代经典对联

上联：好读书不好读书。

下联：好读书不好读书。

此联为【明】徐渭所作。上联指年少时好读书却不爱好读书，年老时爱好读书不好读书。

上联：闲人免进贤人进。

原对：盗者莫来道者来。

新联：捞者莫来劳者来。

吾联：罪客勿来醉客来。

此联为【明】担山和尚所作。

上联：理想莫享醴。

下联：前途弗图钱。

上联：独览梅花扫腊雪。

下联：细睨山势舞流溪。

此联的妙处在于上联急读如音阶："多来米发索拉西"。下联为方言读数字："一二三四五六七"。

上联：暑鼠凉梁，提笔描猫惊暑鼠。

原对：饥鸡盗稻，呼童拾石打饥鸡。

古对：渴鹤汲漈，令奴响枪击渴鹤。

此联又作"暑鼠量梁"。

上联：暑鼠凉梁，笔壁描猫暑鼠惊竟沿檐，撞桩斯死，耄猫食尸。

原对：缺！

吾对：饥鸡盗稻，同童拾石饥鸡逸亦飞扉，碰棚彼毙，矢石落箩。

此联为网友改上联而出之新联，余勉而对矣。

上联：鸡饥争豆斗。

下联：鼠暑上梁凉。

上联：溪西犀喜戏。

下联：囿右鼬悠游。

上联：今宵消夏。

下联：明晌赏花。

上联：士农工（宫）商角徵羽。

下联：寒热温凉（良）恭俭让。

吾联：铝铜金钼（木）水火土。

此联也是一奇联。上联分两部分：士农工商；宫商角徵羽。前为四业，后为五音，而有一个字重复，一个字谐音。原对寒热温凉为四觉，温良恭俭让为君子的五种德行。我的铝铜金钼为四种金属，金木水火土为五行。

上联：游西湖，提锡壶，锡壶落西湖，惜乎锡壶。

吾对：赴新疆，携老姜，老姜长新疆，辛哉老姜。

古对：逢甲子，添家子，家子遇甲子，佳姿家子。

吾联：过九畹，擎酒碗，酒碗失九畹，久惋酒碗。

吾联：过桐岩，射彤雁，彤雁毙桐岩，痛焉彤雁。

九畹：三峡的九畹溪。

上联：尼肥和尚瘦。

下联：昼短夜差长。

此联谐音“尼肥和尚瘦”；“鬼短夜叉长”。

上联：削发又犯法。

下联：出家却带枷。

此联为嘲一和尚犯法所作。

上联：禾花何如荷花美。

下联：莓子每比梅子酸。

上联：画庙庙画妙化庙。

下联：名园园名圆明园。

上联：玛瑙原非马脑。

下联：琅玕不是狼肝。

此联为【明】王洪所对。

上联：下大雨，恐中泥，鸡蛋、豆腐留女婿，子莫言回。

原对：无！

此联相传为清代钟耘舫之岳父下雨时挽留女婿的话，看似平常，实则用心良苦，绝妙异常。因为它巧用谐音双关的修辞手法，全联皆是古代人名。为：夏大禹：【夏】王名；孔仲尼：孔子字仲尼；姬旦：【周】武王之名；杜甫、刘禹锡：【唐】诗人；子莫、颜回：孔子的弟子。因难度太大，据说至今无人能对。

上联：下大雨，恐中泥，鸡蛋、豆腐留女婿。

原对：无！

吾联：伤足跟，惧侵身，无医、没药安期生。

此联为上联的另一版本。我的谐音【商】祖庚：【商】王名；姬寤生：【春秋】郑庄公之名；吴懿：【三国·蜀】大将；梅爻：《封神榜》里的人物；安期生：【汉】仙人。

上联：下大雨麦子灌种。

下联：旱高地田禾必干。

此联谐音夏大禹；墨子【春秋】诸子（麦、墨古同音）；管仲：【春秋】人物；汉高帝：【汉】高祖刘邦；田何：【汉初】《易》学大师；比干：【商】纣的大臣。

上联：思南女子铜仁去。

下联：上蔡厨师会理来。

此联为清代吴进三所对。其友出此上联指一位思南地方的女子到铜仁那里去，谐音：思男女子同人去；进三指着上菜的厨师而对，原来此厨师祖籍上蔡，后住会理，经常在两地来往，谐音：上菜厨师烩鲤来。

上联：近世进士尽是近视，京师禁试进士，进士襟湿，巾拭。

原对：无！

上联：佛印水边寻蚌吃。

下联：东坡河上带家来。

此联为一日东坡带家眷出去游玩，遇到佛印在水边挖蚌吃，于是出此上联。谐音：佛印水边寻“棒”吃。佛印一听，以东坡带家眷而来而对，谐音：东坡河上带“枷”来。

上联：扬子江头渡杨子。

下联：焦山洞里住椒山。

此联为明代杨继盛(字椒山)题镇江焦山联。

上联：空中一朵白莲花，风捧奉佛。

下联：峡里几枝黄栗树，月远怨猿。

上联：玉澜堂，玉兰蕾茂方逾栏，欲拦余览。

下联：清宴舫，清艳荷香引轻燕，情湮晴烟。

此联反复快读，即成绕口。玉澜堂：在颐和园昆明湖畔，为当年光绪帝寝宫。清宴舫：一名石舫，在颐和园万寿山西麓岸边，为园中著名水上建筑。

谜语联

口中含玉确如玉	上联谜底：国
台下有心实无心	下联谜底：怠
鲁肃遣子问路	上联谜底：敬请指导
阳明笑启东窗	下联谜底：欢迎光临
日落香残免去凡心一点	上联谜底：秃。
炉熄火尽 务把意马牢栓	下联谜底：驴。
吴下门风户户尽吹单孔箫	上联谜底：吹火筒。
云间胜景家家皆鼓独弦琴	下联谜底：弹棉花。
白蛇过江头顶一轮红日	上联谜底：油灯。
青龙挂壁身披万点金星	下联谜底：秤。

黑不是白不是红黄更不是和狐狸猫狗仿佛既非家畜又非野兽上联谜底：猜。

诗也有词也有论语上也有对东西南北模糊虽是短品却是妙文下联谜底：谜。

隐字联

数声吹起湘江月	上联隐「笛」。
一枕招来巫峡云	下联隐「梦」。
一二三四五六七	上联隐「八」，意王八。
孝悌忠信礼义廉	下联隐「耻」，意无耻。
南北	横批：没东西。
二三四五	上联：缺一（衣）。
六七八九	下联：少十（食）。
一肩风雪三千里	上联隐「轿夫」。
两眼乾坤十二时	下联隐「猫」。

后 记

我初学写诗填词时，常常苦于没有这方面的工具书而力不从心，到了书店也不知购买什么类型的书。起步阶段只是模仿前人写的诗词，后来从当地方家手中借到了舒梦兰的《白香词谱》、王力的《诗词格律》、龙榆生的《唐宋词格律》、车万育的《声律启蒙》、杨载的《诗法家数》、胡震亨的《唐音癸签》、张炎的《词源》、傅小松的《中国楹联特征论略》、季世昌和朱净之的《中国楹联学》、余德泉的《对联格律·对联谱》和《平水韵部》《中华新韵简表》等书，我如饥似渴、废寝忘食地吸取其精华，摘录其经典。为适应学校培养新人继承中华民族国粹的需要，在乔基鸿老师的鼓励和指导下，我参考乔老提供的纲目，结合自己的心得和资料编写了本书。

本书共五章三十二节，二十余万字。诗谱按五绝、五律、七绝、七律分类，共十六种；词谱依词调长短分类，五十八字及以下为小令，五十九至九十字为中调，九十一字及以上为长调。共收录小令四十六种，中调十九种，长调十八种，凡八十三调。各类各调按字数多少排序。词谱中上列例作，下列词律，供使用者对照参考。以○表示平声，●表示仄声，⊙、☆、★表示可平可仄，△表示平韵，▲表示仄韵。谱中所指可平可仄，除专有名词等特殊情况外，应遵循如下规律：

1.⊙○⊙●或⊙●⊙○，前⊙用了平声则后⊙可以不论；如果前⊙用了仄声，则后⊙须用平声，以求音调和谐。

2.⊙⊙⊙⊙，表示可以●●○○或○○●●，也可以⊙○⊙●或⊙●⊙○，灵活掌握，但不可连平或连仄。

本书谱例并举，例子选用毛泽东诗词、人教版一至九年级语文古诗词及先贤名作。

编著此书近三年。期间断断续续，边学边著，终于得以完成。编著期间，因各种琐事，曾多有中断，又几度重拾，颇多感触。期间得到即墨市诗词学会副会长迟松淇、丁修功，即墨市老教协诗词书画社社长王士瑞等众方家的指点，深受其益。今将诗、词、对联的创作方法集于一处，为弘扬诗词文化，普及诗词知识，服务诗词创作，特根据时代特色在先贤名著的基础上校勘编纂成书。

感谢即墨市诗词学会周怀英会长、即墨市教体局江黎明局长、即墨市实验学校张维治校长亲自写序；感谢即墨市老教协诗词书画社副社长、《杏坛诗丛》副主编乔基鸿吟长帮助审阅、修改、校稿！感谢史文艺、修红岩、李鹏老师帮助校稿；感谢即墨区委宣传部、即墨区诗词学会梁孝平会长的大力支持！

2018年5月9日，即墨区实验学校被教育部和中华诗词学会联合指定为全国二十家“中华通韵”试点学校 ，是山东省唯一的代表。张维治校长和我参加了此次会议。经过近五十天的教学与创作，实验学校成为试点先进单位，我被评为试点工作先进个人。

2018年12月27日，《中华通韵》研制工作总结座谈会在教育部南楼H301会议室召开。田立新、王丹卉、张艳、耿宏莉、宋武全、范诗银、罗辉、钱志熙、林峰、星汉、李葆国、张伟超、何江、彭崇谷、冯蒸、钟振振、曹辛华、褚宝增、路伟、李红、陈逸云、吴北如、丁坷折、杜继凯等，来自教育部相关司局、中华诗词学会课题组、相关高校或单位的专家学者及中小学教师代表24人出席会议。

中华诗词学会常务副会长范诗银介绍了《中华通韵》近三年来的研制及征求意见情况。《国家语言文字事业“十三五”发展规划》明确提出要“研究制定中华诗词新韵规范”，2016年初，国家语委委托中华诗词学会开展专项课题研究，研制以《汉语拼音方案》和《通用规范汉字表》为基础的普通话新韵国家标准。经过近三年的研究论证、教学、创作实验并广泛向社会各界征求意见，同时吸收部分高校研究成果以及相关专家的意见建议，形成了《中华通韵》（送审稿）。与会专家围绕《中华通韵》（送审稿）展开座谈研讨，普遍认为研制《中华通韵》意义重大、送审稿总体科学可行，同时围绕具体韵部划分、字表设置等内容提出进一步修改完善的建设性意见，并希望尽快颁布使用。

教育部语用司、语信司司长田立新在讲话中指出，研制《中华通韵》具有重要的历史意义和时代价值，是传承弘扬中华优秀传统文化的重要途径，是语言文字发展变化和时代变迁、社会进步的必然结果，也是加强诗词教育和普及诗词创作知识的迫切需求。近三年来，在中华诗词学会牵头组织以及学界、诗词界等各方共同努力下，《中华通韵》研制工作取得重要阶段性成果，开展的研制、宣传、征求意见过程，也是统一思想、凝聚共识的过程，要坚持新不废旧、求同存异，保证“最大公约数”。她向为《中华通韵》研究制定付出辛勤努力和专业贡献的中华诗词学会以及相关专家表示由衷感谢，并表示将尽快推动《中华通韵》语言文字规范的审定发布，通过举办诗词创作征集活动等多种方式加大宣传，为提升诗词教育水平、深入实施中华经典诵读工程、弘扬中华优秀传统文化做出贡献。

按照《国家语委语言文字规范标准管理办法》有关程序，经审核，《中华通韵》于2019年7月15日批准作为国家语委语言文字规范发布（试行），于2019年11月1日正式实施。

自2012年10月以来，通过内部交流，大家普遍反映该书是一本初学写诗入门的好教材，同时也提出一些宝贵意见。本书这次的出版完善了八十三个词谱；删除了新韵《十四韵部表》《十八韵部表》；完善了《平水韵部表》《词林正韵表》；增添了《中华通韵表》。

值此再版之际，谨向关心和支持本书的诗词爱好者致以诚挚的谢意！

由于本人水平有限，书中不足之处在所难免，恳请专家和读者不吝赐教。

杜继凯

2019年9月